パブリックスクール
―群れを出た小鳥―

樋口美沙緒

キャラ文庫

この作品はフィクションです。
実在の人物・団体・事件などにはいっさい関係ありません。

目次

口絵・本文イラスト／yoco

一

「あっ、あ、エド、お願、もう、もう、許して……っ」

広い談話室。

夕方のひととき、暖炉の薪《まき》がパチパチと爆《は》ぜる温かな部屋で、礼《れい》は激しく犯されていた。

普段、この部屋はいつも寮生でいっぱいだ。けれど今はエドと礼の二人きり。礼は裸で談話室のソファにうつぶせにされ、後ろからエドの性を入れられて、執拗《しつよう》に責め立てられている。そうするとクッションに性器が擦《こす》れて、礼は先端からだらしなく愛液をこぼしては、ソファを汚していた。

今日はこれが、五度目のセックスだ。

イカされ、中で出された数も入れるともっと多い。

まずは朝、起きてすぐに昼までベッドで抱かれ、エドの部屋の風呂場で体を洗われながら指で後ろを弄《いじ》られてイかされ、食堂では食事の途中で挿入された。先日のように椅子《いす》の上ではなく、窓辺まで連れていかれ、どうせ誰も通らないのだからいいだろうと、窓枠に手をつかされて、立ったまま入れられて突かれ、そのまま礼は果ててしまった。

誰も見ないと分かっていても、男に抱かれる姿を窓辺にさらし、ガラスに白濁を飛ばして、礼のプライドはショックでずたずただった。それからこの談話室に運ばれ、床で一度犯され、次にはソファで抱かれているのだ。

ハーフタームが始まってから既に五日め。

この五日、礼は毎日気絶するまでエドに抱かれ続け、眼が覚めるとまた気絶するまで抱かれる生活を繰り返していた。寮のいたるところ、それこそ他の寮生の部屋と、地下の図書室以外では、すべての場所で礼はエドに犯された。

昼夜もなくエドとセックスをしていると、今日が何日なのかさえ、分からなくなる。

「あ、あっ、あん、エド、エド……、ああ……っ」

イきすぎた下半身の感覚はもうなく、礼は弛緩《しかん》しきっている。開きっぱなしの口からはかすれた喘《あえ》ぎと唾液が漏《も》れて、部屋には肌と肌のぶつかる音が淫猥《いんわい》に響いていた。

抱かれ続けた礼の体は、もう以前とは同じ体ではなくなっていた。ちょっと触られるだけでも感じてしまい、乳首や後孔を弄られると、それだけで全身甘い愉悦に満たされて、ときには達してしまう。後ろは常にぐずぐずで、解されなくてもエドの大きな性器をぬるりと呑《の》み込める。それどころか、なにか入っていないと物足りなく感じるのだ。

「お前の中は、もうすっかり……俺の形だな」

分かるか、と問われると、礼の下腹はきゅうっと引き締まり、中に入っているエドの大きさや形を、腹の奥で感じようとしてしまった。そうしてそれに興奮し、礼は「エド……ォ」と甘えた声を出していた。もう力なんて入らないのに、高くあげた尻《しり》がついうねうねと、物欲しげに回る。

（ダメ……なにも考えられない――）

ハアハアと息を乱しながら、礼は快感を追うことしかできなくなっている。

「他の男のものを入れたら、俺にはすぐ分かるからな……入れさせるなよ」

もし入れさせたら、ひどくする、とエドが言い、礼はこんなこと、エド以外とはしないし、誰もしたがらないのに……と思った。

抜き差しのスピードが速くなり、礼はもうすぐ中で出される、と知った。するとそれを期待して、礼の腰もはしたなく揺らめいてしまう。

「俺の名前を呼べ、レイ……」

言われて、礼は素直に従った。

「エド、エド……っ、あ、あん……エド……っ」

どうしてなのか知らないが、エドは果てるとき、礼に名前を呼ばせたがった。そうして、礼の名前もよく呼んでくれる。それだけが、強姦《ごうかん》めいた行為の中で、唯一救われるところだ。少なくともエドは、礼だと分かって抱いてくれている。

（僕なんて好みじゃないはずだから……せめてそれだけでも、嬉《うれ》しい――）

そう思う自分はきっとおかしいのだろうが、思考がぐちゃぐちゃで、意地などとても張れない。五日間、キスさえない荒《すさ》んだセックスの中で、名前を呼び合うことだけがまだ愛ある行為のように感じられて、礼は何度もエドの名前を呼んだ。

エドのものが中で弾けると、礼はその感触に、体を震わせながら達した。

体が焼けるように熱く、眼を閉じると、泥のような眠気に包まれ、意識はその中に引きずり込まれてしまった。

礼は夢を見た。

イギリスに来る前、母と二人で暮らしていた小さなアパートに、幼い礼が座っていた。手元にはスケッチブックと色鉛筆。買ってもらった画集が広げてあり、礼はちょうどミレイのオフィーリアを模写しているところだった。

窓の外には星空が広がり、夜のようだ。ふと顔をあげると、襖《ふすま》の向こうに母がいて、机に向かっている。翻訳の仕事中で、母は真面目な顔をしてじっと手元を見つめていた。その横顔に声をかけようとして――礼は、かけられなかった。

お母さん。

——そう呼んでも、母が振り向いてくれなかったらどうしよう。

胸の中には淋しさがある。邪魔をしないように、絵を描いていよう。僕にはそれくらいしかできないのだもの。

幼い礼はそう考えながら、言いしれぬ不安を感じていた。礼へ振り向かない母の横顔は遠く、どこか他人のように感じた。母は心の奥底で、礼がいなければ……と考えていないだろうか。

——こんなに近くにいて、愛されていることも知っている。なのに時々、どうしてこんなにも母を遠く思い、まるで一人ぼっちのように感じるのだろう……？

母の心が、分からないから？

けれど答えを出すより前に、礼の視界は霞《かす》み、母も、東京《とうきょう》のアパートも消えてしまう。

気がつくと夢の中の礼は、十三歳を過ぎていた。

うららかな陽が射す、イギリスの夏日。礼はグラームズの屋敷の中を走って、見晴らしのいい部屋に着くと、窓辺に飛びつく。広大な庭を有したグラームズ家の敷地が、その部屋からは一望できるのだ。窓に頰《ほお》を押しつけた礼は、遠くから走ってくる車を見つけて胸を高鳴らせた。

——エドだ！　エドが帰ってきた！

誰もいない部屋で、礼は小さく叫んだ。その日は夏期休暇の初日で、礼はエドがいつ帰ってくるかと、ずっと待ちわびていたのだった。

（ああそう、そういえばそうだったっけ……）

夢を見ている十六歳の礼は、ふと思い出す。

ハーフタームや長期休暇、エドが帰ってくる日。あるいは、帰ってこなくても週末になると必ず、礼はその部屋の窓から外を見ていた。エドが帰宅するのは大体正午より少し前。だからその時間になると、あてがなくても礼は遠くからエドを乗せた車が来ないか、期待して待っていたものだ。

そうして黒いリムジンが見えると、いつも心が躍った。エドが帰ってきたと思うだけで嬉しくて、時々はこっそり、ぴょんぴょんと飛び跳ねた。

車がロータリーに入り、エドが降りてくるのが見えると、窓を開けて、エド、と名前を呼ぼう。手を振ってこちらを見てもらおう。

十三歳の礼はそう考えるけれど、執事に迎えられているエドの横顔を見下ろしているうちに、怖くなってやめてしまった。

――エドは僕を、覚えていないかもしれない。

なぜか、そんなふうに感じたからだ。躍っていた心は静かになっていき、礼はエドを見下ろしながら、喜びではなく恐さで、心臓がドキドキと鳴っているのを感じる。

（……ああ、これはお母さんのときと同じ気持ちだ）

夢を見ている礼は、そう思った。

どれだけそばにいても、遠く感じてしまう淋しさ。相手の心の中に、自分を疎む気持ちがあったらどうしようと思う不安。

好きな人に、同じくらい好かれていたい。

だから邪魔をするのが怖く、一歩も二歩も退いてしまう自分の弱い心。

（どんなに近くても、エドの心は見えないから……）

幼い礼は窓辺のカーテンに寄り添い、淋しい気持ちでエドを眼で追っている。

――エド、こっちを見上げて。見上げて手を振ってくれたら……わずかでも愛してくれていると、そう思えるのに。

そんなことを心に願いながら、けれど口にも出せないでいる。

願うだけでは、エドは礼を見つけてはくれない。探してもくれない。エドの心の中になにがあるのか、礼は知らない。

幼いころも、今も知らない――知らないということだけを、十六歳の礼は知っている。

けれど今なら、想像することはできる。小さなアパートの奥で、夜遅くまで働いていた母の心も、きっと幼い礼と同じか、それ以上に孤独だっただろうということを。

ならば、エドの心は？

礼に待たれていたエドの心は、どうだっただろう。夢の中、十三歳の自分のそばに寄り添うように立って、礼は想像してみる。眼には見えないエドの心。近くて遠い、エドのことを。

眼が覚めると、礼はエドのベッドで眠っていた。

体は火照《ほて》って熱く、汗だくだった。額だけがひんやりと気持ち良く、のろのろと手を当てると、濡《ぬ》れたタオルが置かれていた。

（あれ……僕……）

起き上がろうとしたけれど、体に力が入らない。視界は霞み、意識はいまだぼんやりとしていた。

「いい、起きるな。まだ熱がある」

ふと声が聞こえ、礼は視線を動かした。見るとエドがベッドサイドにいて、水差しからグラスに水を注いでいるところだった。僕、どうしたの、と訊《き》こうとしたけれど、口が上手く開かない。ぼんやりエドを見つめていると、「風邪がぶり返したのかもな」と返ってくる。

「ヤリ終えたあと気絶して、そのまま熱を出したんだ。……半分は俺の責任だから、今日はここで寝てろ」

ほら、薬だ、とエドは言い、逞《たくま》しい腕で礼の薄い肩を支え、上半身を起こしてくれた。飲まされるまま錠剤を飲み、けれど礼は「僕、部屋に……」とか細い声を出した。

「エドに、うつしてしまう……」

それが心配だったけれど、言うとエドはムッとしたようだった。

「お前みたいにヤワじゃない。いいから寝ておけ。ここはストーブもあって暖かい」

口調はきつかったが、再びベッドに寝かせてくれるエドの手つきは優しかった。見ると、古いストーブには火が入り、鉄のケトルが湯気をたてている。一応はセントラルヒーティングがあるので、別個に暖房器具があるのは監督生の部屋だけだった。

（本当、暖かい……）

ホッとついた息が熱のせいでこもり、眼がじんじんと痛む。ベッドの横に座ったエドが、なにかほしいものはあるか、と訊いてくれ、礼はぼうっとエドを見つめ返した。

「……夢を見てたよ」

ぽつりと言うと、エドが怪訝《けげん》そうに眉《まゆ》を寄せた。礼は自分でも、どうしてこんな話をしているのかよく分からなかった。

ただ、薬を飲んだせいか、具合が悪いせいか、はたまた抱かれすぎて疲労しているせいなのか、重たい眠気がまたやって来て、意識をさらおうとしていた。もしもう一度眠ったら、さっき見ていた夢を忘れてしまう気がして、どうしてか言わなければならない。そんなふうに思った。

「グラームズの屋敷に、見晴らしのいい部屋があったでしょう？　庭の向こうが見える……玄関の上の、尖塔《せんとう》になったところ」

エドはまだ不可解そうな顔で、けれど一応は聞いてくれているらしく、礼が問うと眼をしばたたいて頷《うなず》いた。

「僕はいつもあそこで……エドが帰ってこないか、待ってた。遠くから車が来るのが見えると、小躍りしそうなほど嬉しくなった。──絶対にエドが帰ってこないと分かってる日も、淋しくなったら窓を覗《のぞ》いてた」

エドの眉間《みけん》の皺《しわ》が、ゆるゆると解けていく。かわりにだんだん、居心地悪そうな顔になるのを、礼はぼんやりと見つめていた。

「あのころ、僕は……お母さんを亡くして、エドを愛することだけが、世界のすべてだった。他になにもなくて、エドを愛してなかったら──僕は消えちゃう気がしてた」

あんまり自分が空っぽで、体の中には大きな空洞があって、そこにエドへの愛を詰め込まなければ、ぺしゃんこになって潰《つぶ》れてしまう……。

そんな気がしていたことを、礼はもしかしたら初めてエドに話したかもしれない。聞いているエドは複雑そうな顔で、じっと黙っている。

「……でも本当は、僕はあのころ、エドが僕に愛されてどう思ってたか、知らない。どうして優しくしてくれてたのかも……。理由はなんでもよかったんだ。僕は嬉しかったから。……だけど、時々不安になった。きみはもしかして、僕が迷惑かもしれないって」

最初のころ、エドは懐いてくる礼に、よく呆《あき》れた顔をしていた。困った顔もしていた。プレップスクールに通い出したら、俺なんて忘れるさとも言った。エドはなるべく礼の愛を、軽いものにしようとしていた……今なら、そう感じる。

「夢の中で想像した。……きみの気持ちはどんなだろうって。たとえば今、きみは僕を抱いているけど、それは、嬉しいのかな。それとも悲しいのかなって……きみは本当は嫌かもしれない。なんだかそう思ったよ……」

きみは優しいもの、と礼は呟《つぶや》いた。

きっと他の、メイソンやミルトンのような恋人たちには、エドはこんな乱暴な抱き方はしてこなかっただろう。礼を手ひどく抱いているのは、礼に腹を立てているからで、一度始めてしまったら、引っ込みがつかなくなったからで、本当はエドだってしたくてしているわけじゃないのだ。……礼には、そう思えてしまう。

「だけど本当のきみの気持ちは、全然分からない。……オーランドに言われたんだ。エドの心を理解するには、僕の心は小さすぎるって」

「……どういう意味だ」

初めてエドが訊き返してくれたが、オーランドの名前が出たせいか不機嫌そうだった。それがなんだかおかしく、礼はふふ、と微笑《わら》った。

「そのまんまだよ……僕は本当に、きみの気持ちがちっとも分からない――。ただ、僕はずっと……小さなころから、信じてたの。きみは優しいから……最後には僕を許してくれる。愛はきっと伝わるから、きみも少しは返してくれるって……」

思い込みなのにね、と、礼は言った。

眠気が強くなり、礼は半分眼を閉じてうとうとしていた。ごめんね、と、そう続けたとき、エドが身じろぐ気配があった。

「ごめんね。エド……約束を破って。ごめんね、リーストンまで追いかけてきて……きみを好きになって、きみを縛って……ごめんね」

――きみを分かってあげられなくて、ごめんね。

エドの顔から険が消え、緑の瞳が驚いたように礼を見つめている。礼はじわじわとこみあげてきた涙を、眼の端からこぼした。

「きみを理解したい……きみの悲しさや淋しさを、僕は知ってみたかった。……だけど、こんなに近くにいて……抱かれても、分からないんだね……」

幼かったころ、母の邪魔をしないよう息を潜めていたとき、礼は孤独だった。けれどその隣で、母も孤独だったと想像できる。

互いに愛し合っていて、触れあえるほど近くにいても、その淋しさは分かち合えなかった。そのことが悲しい、と思う。ただ悲しい。それなら愛は、なんのためにあるのだろうと。

「僕がいて、きみは苦しかった……？　愛されると、重たかった……？　最初に訊けばよかった。そうすればリーストンに、来ないですんだかも……。そうすれば、こんなふうに、きみは僕を抱かなくてよかったのに……」

「レイ、違う」

エドが礼の言葉を遮《さえぎ》るように声を出した。その声が震えて聞こえたのは、気のせいだろうか。

「これは違う。俺が犯しただけだ。腹いせに——むかついて」

ああ、そうなのかと礼は思った。愛して抱いたわけじゃないと、はっきり言われると、やっぱり悲しかった。それでも礼は抱かれて嬉しかったのだから、エドを責めることはできない。

「エドは……メイソンやミルトンとは、キスをする？」

ただ確かめたくて、礼は訊いた。

エドが礼とキスしないのは、このセックスを嫌々やっているせいだろうか。

訊くとエドが固まり、愕然《がくぜん》としたように礼を見ている。きっとするんだろうなあと礼は思いながら、まどろみの中に意識が溶けていくのを感じた。

——僕の血を全部抜いて……青い血を入れたら、きみは僕を好きになった？

それを口にしたかは分からない。言葉を失ったように、エドが礼を見下ろしているのだけが、閉じていく視界の中で最後に残った。

眼を閉じると、そのエドも真っ暗な闇の中に消えて見えなくなった。翌日の朝まで、礼はもう夢も見ないで眠った。

ハーフターム六日めは、朝からすがすがしく晴れていた。

どこか遠くで、電話のベルが鳴っている。

(電話だ。とらないと……)

そう思っているうちに、誰かがその電話をとったらしい。ベルが消え、しばらくまどろんだあと、礼は眼を覚ました。

起きると熱がひいており、体もすっかり軽くなっていた。エドが横の椅子に座ったまま腕を組み、うとうととしている。額に乗せられたタオルは、熱を吸ってすっかり生ぬるくなっていた。

(エド、もしかして一晩中ついててくれたの？)

上半身を起こした体勢で、しばらくの間びっくりしてエドを見ていると、音もなく目覚めたエドが礼を見やり、口元に手をあてて小さく欠伸《あくび》をした。

「……気分は？」

問われて、大丈夫だよと言うと、まだ眠そうに「そうか」と答えて、エドは立ち上がる。

「動けるか？」

訊かれて、礼は頷いた。

じゃあ着替えて来い、急がなくていいから、支度を終えたら一階のロビーに来るんだ、エドにそう言われ、礼はそろそろとベッドを抜けだした。ふらつくかと思ったが、そんなこともなくしっかり立てたので、礼はホッとした。

「ああ。いや、やっぱり着がえは俺が持ってきてやるから、お前、シャワーを浴びろ。バスタブに湯を張ってまずはしっかりつかれ。髪も洗えよ」

急に気が変わったのか、エドは出て行こうとした礼を引き留める。それから自室に据《す》え付けられた浴室へ入り、バスタブにさっさと湯を張りはじめた。バスタオルに替えのバスローブ、真新しい歯ブラシとドライヤーまで渡されて、礼は浴室に放り込まれてしまった。病み上がりで体が汗ばみ、気持ち悪いから、風呂は嬉しい。嬉しいが、エドの真意が分からなくて礼は少し戸惑っていた。

(体を洗ったら……また、抱かれるのかな)

今日はハーフターム最後の日だ。明日には寮生がみんな戻ってくる予定だった。

そうなればこれまでのように、好き勝手にセックスはできなくなる。ましてやエドは、礼を地下の図書室になど誘わないはずだと礼は思っていた。

(あそこに誘ったら、疑われるもの。……エドは僕を抱いてるなんて、きっと誰にも知られたくないはず――)

混血児の、美しくもない礼を相手にしているなんて、きっとエドのプライドに関わる。

そんな想像にすら傷つきながら、またエドに抱かれるのではと考えるだけで、快感がじわっと体の中に蘇《よみがえ》ってくる。

そんな自分がいやらしく思え、礼は羞恥《しゅうち》に顔を赤らめた。

そのくらい、エドとのセックスは気持ちいい。けれどしたいかと問われると困る。愛のない空しい行為だと、十分すぎるほど知っていた。

ため息混じりに体と髪を洗い、バスタブで温まってから浴室を出た。猫の額ほどの小さな脱衣場で髪を乾かす。出たら抱かれるのではと思うと、緊張してなかなか外へ出る気になれない。けれど髪はすぐ乾いてしまい、こっそりドアを開けると、エドはおらず、ティーテーブルの上に礼の着がえがきちんと載せられていた。

（あれ……）

出たらすぐに腕を掴《つか》まれ、強引にベッドに引きずり込まれるのではないか。

そう思っていた礼は少し拍子抜けした。

用意されていた着がえは、礼の部屋からわざわざ取ってきてくれたらしい。シャツにカーディガン、チェックのパンツだった。着替えていると、「髪は乾かしたろうな？」と言ってエドが部屋に戻ってくる。エドは仕立てのよいオックスフォードシャツにベスト、品の良いスラックスを身につけ、トレンチコートを羽織っていた。

「……どこか出掛けるの？」

眼をしばたたいて訊くと、「食事をとりに」と言われて、礼は納得した。休暇の間、食事は礼が気を失っている間に、エドが街中で買ってきてくれていた。いってらっしゃい、と言うと、エドが顔をしかめる。

「なに言ってる。お前も行くんだ。歩けるんだろ？」

エドは持っていた厚手のコートとマフラーを、礼に投げて寄越した。驚いたが、早くしろと促され慌ててコートを着る。そのまま出ようとすると、

「病み上がりなんだから、マフラーくらいしろ」

とエドは怒り、礼の手からマフラーを奪って、首にぐるぐると巻いてくれた。無造作なその手つきさえエドは美しく、礼のマフラーは品よく首もとにおさまる。

先に立って歩き出したエドを、後ろから早足で追いかける。足の長さが違うので、普通に歩くとどんどん距離が開いてしまう。けれど寮を出て、一分ほども歩いた頃には、自然と並んでいた。エドが歩調を緩めてくれたのだ。それとは気づかないくらい、ごくさりげなく。

（……エド、どうしたんだろう。ちょっと優しい……気がする）

もしかしたら、連日のセックスのあとに礼が熱を出したので、責任を感じてくれているのだろうか？　礼はマフラーに顔を埋めたまま、横を歩くエドの顔をちらりと見上げた。

そもそも、本来のエドは優しい。優しいと、礼は信じている。だからやっぱり礼に同情しているのだろう。

リーストンの校内はすっかり秋景色で、銀杏《いちょう》並木は美しい黄金色だった。秋の陽射しがうらうらと石造りの校舎を照らし、礼とエドしかいない校内はひっそりとし、木立の間から、コマ

ドリの鳴き声がした。足を止めてその声のほうを振り返ると、エドが怪訝な顔をする。

「どうした」

「ううん、コマドリの声がしたの」

慌ててエドに追いつきながら言うと、「コマドリなんて、どこにでもいるだろ」とエドが眉をしかめる。礼は、今年はここに群れがいないこと、一羽だけはぐれたかもしれないことを、エドに話した。

「コマドリの群れが夜に移動するのを、たまたま見たんだ。一羽で冬が越せるのかな……」

心配でコマドリを探したが、その姿は見えなかった。エドは礼の話を無関心げに聞いていた。

やがて大きな、鉄門の前に出た。エドは脇の通用門の鍵《かぎ》を持っていて、そこを開けて塀の向こうへ出ることができた。礼は後に続いたが、ドキドキした。

休暇以外でこの門を越えるのは三年めにして初めてのことだ。グラームズ家の迎車の中からしか見たことのなかった街へ、礼はエドについて出ながら、緊張していた。

学校から出てすぐは十字路になっており、街路樹がきれいに並んでいる。その向こうには石造りの古い四、五階建てのアパートメントが続き、それぞれ一階は店舗になっていて、張り出したシェードや看板に店の名前が書かれていた。人通りはさほど多くなく、のどかな雰囲気だが、テラスになったカフェにはわりと客がいて、新聞を広げて紅茶を飲む太った初老の男、おしゃべりに興じている若い女性のグループなど、年齢も性別も様々に見えた。それだけではない。礼を驚かせたのは、リーストンの塀の内側と違い、街行く人々の中にはアジア人や、肌の黒い人が大勢いたことだった。日本人らしき観光客もおり、それにも礼はびっくりした。

(たった一枚壁を隔てただけで……まるで違う世界みたい)

戸惑って立ち止まった礼に、エドが振り返る。

「どうした? 店に入るから来い」

もたもたしていると外出許可の時間が過ぎてしまうと、エドは文句を言った。礼はなんだかおかしかった。思わず、くすっと笑う。エドが不審げに振り返ったので、礼はつい、

「だって……エド、門限なんて気にするんだね。先生は見てないのに……」

「教師はいなくても、街の人間の眼があるだろう。俺は一応、監督生《プリフェクト》で寮代表《ヘッドボーイ》だ」

ムッとして言うエドに、礼は外に出られた解放感からか、つい続けた。

「そのうえ、グラームズ家の御曹司《おんぞうし》で?」

とたん、エドの眼にちらりと嫌悪が走る。礼はそれに、口を滑らせたことを後悔した。けれどエドは怒らず小さな声で「そういうことだ」と付け加えて、道沿いのカフェに入っていく。

(そういえば、イギリスで外食するのは初めてだ……)

初めてづくしで、礼はドキドキしながら店の中へ入った。店内はこざっぱりとしており、四人がけのテーブルや木造のカウンターが、ゆったりと配置されている。エドが窓際の席に着くと、ウェイトレスが飛んできた。

「今日はどうしたの？　リーストンは休暇中でしょ？」

嬉しそうな店員の態度で、礼はエドがこの店に来たことがあること、彼女がエドを気に入っていることを知った。エドは普段、礼以外の学生にして見せるよそ行きの笑顔になる。

「両親が急な海外出張でね。特別許可が下りて学校に残ってるんだ。食事はずっとデリで済ませてたんだけど、飽きたから店に来たんだよ。適当に腹ごしらえさせてくれるかな？」

「お安いご用よ。と、言いたいところだけど、うちもデリと大して変わらないわ。カフェは美《お》味《い》しく淹《い》れるわね」

彼女は肩を竦《すく》め、鼻歌まじりにカウンターのほうへ戻っていく。

「慣れてるんだね」

礼なんて年上の女性というだけでどぎまぎしたのに。感心して言うと、エドはつまらなそうに頬杖をついた。

「俺は女に興味がないからな。どうでもいい相手とはうまくやれるだろ」

そういうものかと礼は思った。けれど女性にまるで関心がないというエドは、いつか親の望んだとおりに結婚もし、子どももうけるのだ。望んでいないのに、そんな未来が課されているのはどんな気分なのだろうと思ったが、とても想像できない。ただエドは、その未来をもう受け入れたと話していたのだから、さほど苦痛に思っていないのかもしれない。

――俺は変わらなきゃならなかった。俺はただ、望まれるようにしてきただけだ……。

ふと礼の耳に、休暇の前日、エドから聞いた言葉が蘇ってきた。強烈な淫蕩《いんとう》にふけるあまり忘れていたが、強姦される直前は、そんなエドの価値観が理解できないと礼は言ったし、エドはそんな礼に腹を立てていた。

（……もしかして、ひどいことを言ったのかな。エドだって好きで、一族の価値観を受け入れたわけじゃないかもしれない。……だって今エドは、つまらなそうだもの）

店の窓の外にはすぐ、リーストン校内から続く川が見え、水平線に淡く陽光がきらめいている。頬杖をついてそれを見つめているエドの横顔は、どこか浮かず、退屈そうだった。

「……イギリスで、お店で食べるのは初めて。街を歩くのも初めて」

ぽつりと言うと、窓の外を見ていたエドが礼を振り向く。

「ちょっと嬉しい」

しかもそれが、エドと一緒だ。そこまでは言わないが、本当はそれが一番嬉しくてニコニコと微笑《ほほえ》むと、エドは口の端を持ち上げて小さく笑った。

「安いもんだな、お前の幸福は」

「僕はお金持ちじゃないもの」

おどおどすることなく、自然と声が出せる。それが礼には不思議だった。エドはまた少し笑い、けれどすぐに眼を伏せて「四年もすれば……」と呟いた。

「四年もすれば、日常になるさ。お前は大人になって、自由が得られる。ロンドンでもパリでも、世界中の好きな場所へ行って、好きな店で好きなものが食べられる。……学生時代なんて、一生から比べたらほんの一瞬のことだよ」

淡々と言うエドに、礼も笑いをおさめた。なぜか心臓が掴まれたように痛んだけれど、これは自分ではなくて、エドの痛みのように思えた。ただエドが、なにに悲しんでいるのかよく分からない。

「……エドはもうすぐだね。大学に進んだら、今より自由になるし、そこを卒業したらもっと自由になる」

もう一度笑顔を作り、明るくなるように言うと、エドはふっと息だけで嗤《わら》った。どこか自嘲《じちょう》するような、自虐《じぎゃく》的な笑みだ。

「本当にそう思うか？」

問われて、礼はドキリとした。ちょうどその時サンドイッチやフィッシュフライ、揚げたポテトなどが運ばれてきて、会話は中断されてしまった。エドはもうさっきまでの話を忘れたように、食事に取りかかっている。「冷めないうちに食えよ」と言われて、礼もそうした。味は置いておくとして、とりあえず冷えていないだけマシだろう。食べ終わると、礼はエドと二人、しばらく無言でコーヒーを飲んだ。

「……明日で終わりだな。ハーフタームも。昼には他の連中が帰ってくる」

ぽつりとエドが言い、礼は顔をあげた。

「そう……だね」

言いながら、みんなが帰ってきたら、エドは礼を抱くのをやめるのか訊いてみようか迷った。舞台の授業を辞めないならお前を犯す、と言っていたから、そのつもりかもしれない。

(だけどキスもしないし……他の人を抱いたほうが、エドは楽しいよね)

考えているうちにコーヒーを飲み終わり、エドは「そろそろ出るか」と言って席を立った。支払いはエドが持ってくれ――そもそも礼はお金を持っていなかった――カフェを出ると、川沿いの道を歩いて帰った。途中デリに寄り、晩ご飯のおかずも買う。

やがてリーストンの黒い鉄門が見えてきて、礼は少しがっかりした。

(エドとの外出も、もう終わりか……)

通用門の鍵穴にエドが鍵を差し込み、そこを通ると魔法が解けてしまったような、そんな気がした。淋しさが胸に湧《わ》いたが、エドは淡々と門を閉めてしまう。エドのことは諦《あきら》めると決めているけれど、愛さないとは決めていない。二人きりで歩く時間を惜しく思うのは、仕方のないことだった。

けれどしょんぼり歩いている礼に、エドが歩みを止めて訊いてくれた。

「天気がいいから……ボートでも乗るか?」

その言葉に、礼は驚いてしまった。眼を見開いて顔をあげると、「嫌か?」と訊かれる。エドは特になんの意図もなさそうな、ごくあっさりした声で、表情も素っ気ないほど静かだ。けれど礼は、必死になって首を縦に振った。

「乗りたい……っ」

頬を紅潮させて言う自分が、子どもっぽい自覚はあった。それが見苦しかったのか、エドは眼を細め、少し不機嫌そうな顔になったが、学校を流れる川の方角へ歩き出した。

何百年も前、この学校を建てたときに人為的に拓いて作ったという湖に、ボートが何艘《なんそう》も浮かんでぷかぷかと揺れている。

学校にはボートの授業もあるし、寮対抗のボート競技もある。しかしそれとはべつに、ここのボートは空いている時間は好きに乗ってもいいことになっていた。とはいえ、礼が乗るのはこれが初めてだ。

栈橋《さんばし》から、エドは慣れた様子でひょいとボートに乗ったが、礼は怖々と乗った。座ってろ、と言われて、エドと反対側にちょこんと座る。長いオールを持ったエドは、凪《な》いだ湖面へ滑り出し、やがて川へと出た。石造りの橋の下をくぐるとき、礼は頭を下げた。くぐり抜けると、薄暗かった視界が明るくなり、秋の陽光の下、ボートを漕《こ》ぐエドの金髪がきらきらと光って、それは川面に乱反射する光と溶けあう。眼をあげた礼には、エドの周囲にちかちかと光が踊っているように見えた。

川べりには常緑樹が緑の影を落とし、落葉樹は水面に葉を散らしている。ふとエドが、オールを回しながら口ずさんだ。

……Im wunderschönen Monat Mai　……Als alle Knospen sprangen

「知ってるか？　この歌」

「……シューマン？　ハイネの詩だ」

訊かれて、礼は答えた。エドが歌ったのはシューマンの『詩人の恋』の中の一詩だ。それは失恋から愛の昇華までを歌う歌曲集で、最初の歌では、五月のある日、突然恋に落ちた青年の喜びを歌っている。

「最も美しい季節、五月。すべての花が咲き乱れ、私の心にも花が咲いた。愛という花が……」

ドイツ語の歌詞を英語に訳す礼の声を、エドは黙って聞いている。

「喜びを歌ってるのに、この曲の旋律は短調で不安だろう。後の失恋を最初の曲で示唆《しさ》してる」

イギリスのパブリックスクールで教育を受けていれば、『詩人の恋』くらいは教養として誰でも知っている。エドの解説はごく一般的な解釈の一つだ。エドが言うように、愛の始まりを歌うわりに、この曲は悲しい旋律で始まるのだった。

「……そうだね」

同意しながら、礼は不思議に思った。教養としては身につけていても、およそ芸術分野に興味のないエドが、こんな話をするのは珍しかった。

「曲にあるように、青年も初めから叶《かな》わないって分かってたのかな……」

ぼんやりと言うと、

「……だとしても、恋はしてしまえば終わりだ。叶うから人を愛するわけじゃない。無理だと知っていても愛することはある——」

エドが呟き、礼はそれは誰の話だろうと思った。『詩人の恋』の話なのか、それとも——エド自身の体験だろうか？　ふとジョナスという名前が礼の脳裏を掠《かす》めていったが、礼はそれを断ち切るように話題を変えた。

「……エドはよくボートに乗るの？　ライアンやフィリップたちと？」

漕ぎ慣れたエドの様子でそう思ったが、いや、相手はライアンやフィリップではなく、メイソンやミルトンではないか、と礼は気付いて訊《たず》ねたことを後悔した。けれどエドが「乗るときは一人だ」と答えたので、礼は少し驚いた。

「一人で？」

「考え事をしたいときにな。……ここなら一人になれるだろ」

水面を渡る風がエドの前髪を揺らしている。礼は黙り、エドも、一人になりたいときがあるのだなと感じ入った。言われてみればそうだろうと思う。いつでも一人の礼と違い、エドは大抵誰かといる。

「……人とボートに乗ったのは、ここ最近じゃお前が初めてだ」

ぽつりと言われて、礼は胸がドキンと跳ねた。頬が上気し、素直に嬉しい、と感じてしまう。そうじゃないと分かりながら、まるでエドの特別になれたような気がして、嬉しい。嬉しさはじんと胸に広がり、礼は赤らむ顔をエドから隠すように、眼を伏せた。

けれど同時にこうも思う。

自分を崇拝してくれる大勢の人に囲まれながら、エドは一人になりたいと思っているのか。一人きりで『詩人の恋』を歌い、ぼんやりと考え事をするエドを想像すると、なんとなく淋しかった。

(誰もいなくて淋しいのより、誰かいても淋しいほうが、淋しい……)

ふと、礼は思う。

隣にいる誰かの心を、本当には分かれない。それはとてつもない淋しさだ。

(……愛しても愛されないことより、愛されても愛せないことのほうが……淋しいかもしれない。愛されない僕より、愛せないエドのほうが、辛《つら》いことも……あるのかもしれない)

それは礼の、想像の中のエドに過ぎないけれど。

それでもそんなふうに思うと、礼の心の中はシンと静まり返り、切ない痛みが胸にこみあげてきた。

「あそこ。お前がよくいる場所だろ」

不意にエドがオールを止め、川べりを指さした。中洲の向こう、木々の陰に、礼が一人でよく絵を描いている秘密の場所が見える。礼は眼を丸くして「わ、ここからだとよく見えるんだね」とエドを見上げた。エドはもしかして、一人でボートを漕いでいるときに礼を見かけていたのかもしれない。礼のほうは、まるで気付かなかったけれど。

「お前が絵を描いているのを見てると……ファブリスを思い出す」

と、エドはその秘密の場所を見つめたまま、独り言のように言った。ファブリスは礼の父で、エドの祖父だ。なぜだろうと首を傾《かし》げると、「祖父は絵が好きで、よく描いてた。屋敷にあるオフィーリアも、祖父が模写したものだ」と教えてくれ、礼は驚いてしまった。

「あの絵を……ファブリス……お父さんが？」

「お前の才能は、父親譲りなんだろうな。……子どものころ、一緒に過ごしていると、祖父は俺にいろんな話をしてくれた。……そのとき言われた。本当に愛するものができたら、できるだけ早く手放して、遠ざけるようにと」

「……どうして？」

なぜそんな悲しいことを、ファブリスはエドに言ったのだろう。分からずに眉を寄せて訊くと、エドは囁《ささや》くように答えてくれた。

「まっとうに愛そうと思うと、相手を傷つけると……今思えば、お前の母親と、お前のことを言っていたのかもしれないな」

エドの解釈に、礼は眼を瞠《みは》った。まさか、と思ったが、そうかもしれない、とも思う。

（ファブリスは、僕とお母さんを傷つけたと思ってた？　……そのくらいは、僕らを愛してくれてたんだろうか……）

死んだ人のことは、想像してもすべて憶測になる。そのとき風が強くなり、底冷えした突風に煽《あお》られて礼が小さくくしゃみをすると、エドが自分のコートを脱いで、それを礼に放った。

「着てろ。ちょっと冷えたな。戻ろう」

コートを渡されて、礼は慌てた。

「エドが寒いでしょ？」

「寒くない。いいから着ていろ。風邪をぶり返されると困る」

そんな答えを返されては、借りないわけにいかない。肩からエドのコートを羽織ると、それは礼の体には余ってぶかぶかと大きかったが、まだエドの温もりが残っていて、まとっていると体がぽかぽかと火照ってくる。

エドはボートを旋回させ、元の桟橋に向かって漕ぎ出した。礼はその横顔を見ながら、とても久しぶりに、ああ、こうだった、と思い出した。

リーストンに来るまでの二年間。たまに帰宅するエドは、ずっと礼にこんな態度だった。素っ気なく関心などなさそうなのに、ふと優しくしてくれる。礼はだから、エドが好きだった。

冷たくされたことより、優しくされたことを忘れられなかった。

　ボートを下りて寮に戻ると、エドは談話室の暖炉を焚《た》いてくれ、温かな紅茶を用意してくれた。病みあがりという理由だけで、礼はずっと座らせられ、エドは甲斐甲斐《かいがい》しいほどに世話を焼いてくれた。寮に戻ればまた抱かれるのでは、と思っていたけれど、そんなこともなかった。暇だからという理由でチェスもした。結果は礼の完敗だったけれど、エドが礼とこんなことをするなんて、と礼は驚かされっぱなしだった。

　やがて日が落ち、買ってきた食材で夕食をすますと、エドは礼に湯たんぽを持たせて、部屋まで送ってくれた。

「あのう、ありがとう。エド。今日は楽しかった」

　おずおずと言うと、エドは「ああ」と答えるだけだ。扉の前で、礼は数秒間もじもじした。

（……今日は、結局なにもしないのかな？　それとも今から、僕の部屋で、僕を抱く？）

　確かめたいが口に出す勇気がない。いくら風邪が治ったばかりとはいえ、これまで毎日、執拗なほど求められたのに、今日はぱったりそれがないので、礼は逆に不安だった。愛のないセックスに傷つきながら、抱かれることを嬉しくも思っている。矛盾しているけれど、エドを愛しているのだから仕方がなかった。

（明日にはみんな帰ってきちゃう。……寮でするなら、今日が最後だけど）

　上目遣いで、じっと問うようにエドを見つめる。

エドは無表情で礼を見下ろし、「なんだ?」と冷たく眼を細めた。無関心げなその顔に、礼は「なんでもないよ」と慌てて笑った。なんだ、と思う。

(そっか、明日からみんな帰ってくるから……エドはもうやめるつもりなんだ)

思い通りにならない礼に、もしかしたら愛想をつかしたか。もうエドは、礼などどうでもいいのかもしれない。急に優しくされた理由が、それしか思い当たらなかった。昼間だって、カフェの店員に優しくできるのは、興味がなくてどうでもいいからだと聞いたばかりだ。エドは礼のことも、そう感じているのかもしれない。

……だけど、このまま離れてしまうなんて淋しい。

胸の奥で声がし、傷ついている自分がいる。きっと寮生たちが帰ってきてしまえば、またエドは礼から遠くなるだろう。心が近づいたとは思えないが、少なくとも体だけは、この六日で奥深く繋《つな》がれたのに——。

(なに考えてるんだよ、僕は)

自分からエドとは離れると決めたくせに、裏腹な自分の思考に呆れ、礼は言い聞かせた。

(エドは諦めるんでしょう。最後に抱いてもらえてよかった。そう思うくらいでちょうどいい)

気持ちを切り替え、礼は顔をあげてニッコリした。おやすみなさい、エド、と言うと、エドが「ああ」とまた、素っ気なく返してくる。

けれどその次の瞬間、礼は眼を瞠っていた。

エドの体が傾《かし》ぎ、近づいてくる。長い指で顎《あご》をすくわれ、顔を上げさせられた。唇の端を、本当にほんの一瞬、わずかな温もりがかすめる。

エドが礼に、そっとキスをしたのだった。

「おやすみ、レイ」

眼を見開く礼を後目《しりめ》に、エドはすっと離れていく。緑の眼には傷ついたような、どこか腹を立てたような色があり、礼にはそれがどうしてなのか分からない。背を向けたエドはあっという間に廊下の向こうへ歩いて行ってしまっていた。

（……え？）

今起こったことがなにか、分からなかった。唇に、うっすらとキスの感触が残っている。おずおずとそこへ触れる、その指が震えた。礼は眼が回りそうなほど、動揺していた。

（エド、僕にキスしたの……？）

どうして。

家族ならばこのくらい普通かもしれない、お休みのキス。ほんの一瞬の、軽い触れあいだった。それでも、どれだけセックスをしても、唇には一切触れようとしなかったエドから、初めてのキスだ――礼にとっては、ファーストキスでもある。

ぼっと顔に熱がのぼり、心臓が太鼓のように大きな音をたてて逸る。膝《ひざ》から力が抜けて、礼はへなへなとその場に座り込んでいた。じんじんと眼の裏が痛み、泣きたくなっていたけれど、これは嬉しいからなのか、自分でもよく分からない。

（なんのキス？　どういう意味のキス……？　エドはまだ僕を抱いてくれる……？）

ごちゃごちゃした思考で考えている自分に、ああ、ダメだ、と礼は思い、熱くなった顔を両手で覆った。

（絶対に叶わないのに、諦めるしかないのに……やっぱりエドを、愛してる――）

心臓が痛くなり、礼はぎゅっと眼をつむった。この恋は初めから終わりまで、悲しい旋律を奏でている。『詩人の恋』やオフィーリアの恋と同じで、叶いはしない。

けれど叶わなくても、恋をしてしまえば終わりだ。

叶うから、人は人を愛するわけではないのだから。

二

ハーフタームが明けたその日、暦は十一月に入った。

窓には霜が降り、朝目覚めると部屋の中は凍えるように寒かった。身支度をしている途中、階下から聞こえてくる騒がしい声を聞いて、礼《れい》は窓辺に寄ってみた。

早朝なのに、もう寮生たちが続々と帰寮しており、その様子は賑《にぎ》やかで、昨日まで礼とエドの二人きりだったのが嘘のようだ。

（……終わっちゃったな、ハーフターム）

それが残念なのかホッとしているのか、礼には自分でも分からなかった。本当ならホッとしているべきなのに、昨晩、寝る間際にエドからされたキスのせいで心が揺らいでいる。

（ポスター案も結局仕上げてないし、いい加減しっかりしなきゃ）

舞台の授業を辞めるつもりはないのだ。この後、エドが礼に対してどう出るかは分からないが、オーランドをはじめマイクやテッドなど、知り合った人たちを無碍《むげ》にはできない。今日から気持ちを切り替え、やるべきことを果たさねばと礼は思い直した。

休暇明けの最初の食事は昼食からだが、メイトロンはいつもより一時間ほど早く用意してくれる。軽い朝食だけで寮に帰ってきた寮生たちはお腹を空かせ、鐘が鳴る前に食堂へ集まっていた。礼も下りていくと、上級生から下級生までが談話室に集まり、ボードゲームをしたり、休暇中の話をしたりして盛り上がっていた。

（……あそこでエドに抱かれたっけ）

廊下からその様子を見ていると、礼は居住まいの悪い気持ちになった。礼が精を吐いたソファや床にも、所狭しと寮生たちが座っている。頰に熱がのぼってきて、見ないふりで食堂へ行こうとしたそのとき、「レイ」と声をかけられた。顔をあげると、談話室にギルがいて、片手で礼をこまねいていた。

「……ギ、ギル。なに？」

あたりを窺《うかが》いながら、おずおずと中へ入って訊くと、「なにじゃない」とギルは半眼になっていた。幸いギルは、ライアンやフィリップ、ニコラなどの監督生と一緒ではない。特に見咎《みとが》められないので、礼はそわそわしながらもなんとかその場に留まった。

「マーティンから連絡があって、お前と話がしたいと言われたんだ。それで休暇中、何度かグラームズの屋敷に電話をしたのに、執事が毎回、出かけてるとか言ってた。どこ行ってた？」

恨みがましい眼で見られて、礼は「えっ」と小さく声をあげた。

どこへ？　実際には出かけていたわけではなく、この寮に残ってエドに犯されていた。しかしそんなふうに言えるわけもなく、困っておろおろしていると、ギルがため息をついた。

「なるほど。エドに授業のことがバレて、執事は口止めされてたんだな。よく学校へ戻してもらえたな。どうせ、屋敷で折檻《せっかん》されてたんだろう」

　折檻といっても、性的な折檻になるが、そこまでギルが分かっているかは怪しい。礼はおどおどしながら「うん、まあ、そう」と曖昧《あいまい》に返事を濁した。礼を見ているギルが不可解げに眉を寄せ、なにかに気付いたような顔をした。けれどもう一度口を開く前に、談話室の一部がざわめいたので、ギルはそちらに意識を奪われたようだった。

「おい、あいつ」

　と、上級生の誰かが言って、隣の人間を小突く。「なんでここに？」「誰？」「他寮生？」密やかな話し声の的を、礼は小さな頭をひょこっと動かして覗く。

（あ……）

　覗いた礼は、思わず眼を瞠った。そこには優しげな面立ちの青年が一人立っていて、たった今、談話室に入ってきたところのようだった。

　たぶんエドとそう変わらない年齢。けれど体はほっそりして、どこか女性的で柔らかい雰囲気だ。亜麻色の髪に、抜けるような白い肌。瞳は琥珀《こはく》色で、睫毛《まつげ》が長い。うっすら上気した頬に、ぽってりと赤い唇が官能的で色っぽく、とても美しい青年だった。エドやオーランドも、ずば抜けて美形だし、周囲の視線をかっさらってしまうが、彼には他の二人にはない儚《はかな》さと繊《せん》細《さい》さを感じる。思わず見とれながらも誰だろう、と思った。

ウェリントンの寮生ではない。少なくとも、礼は知らない人だったし、ギルも見覚えがないようだ。眉を寄せ「誰だ?」と首をひねっている。

「編入生かな……」

「こんな変な時期に? 上級生ではあるようだけど」

ギルが顔をしかめながら言う。しかし、妙な時期の編入生にしては、彼はリーストンの制服をきちんと着こなし、それはその細い体にぴたりとなじんで見える。

そのとき、注目を集めているその美青年が、ふと礼を見た。長い睫毛に縁取られた琥珀色の瞳が、とたん、ぱっときらめく。青年は微笑み、礼に向かってちょこんと首を傾げた。笑うと、花が咲いたように彼の周りが明るく見える。

「知り合いか?」

「え? う、ううん」

笑顔を向けられた礼にギルが訊くが、礼は知らなかった。けれどそれからすぐ、青年は「エド」と言って礼の後ろへ眼を向けた。ハッとして振り向くと、エドがやって来たところだった。眉間に皺を寄せ、厳しい顔をしたエドに、彼はニコニコと近寄っていく。見ると、談話室の奥でライアンとフィリップが、不愉快そうにエドと青年を睨《にら》んでいた。

「来たのか」

エドは礼、そして礼に話しかけているギルには眼もくれず、青年へ言った。彼はニッコリ微笑み、「昨日は突然ごめんね」と、謝った。

「執事さんに無理を言って、寮にまで、きみに電話を繋いでもらって……」

「いや、いい。部屋に案内する。こっちだ」

エドは周囲にちらっと眼を配ると、人目を避けるように彼の肩を抱き、廊下のほうへと促した。その横顔はどこか焦りを浮かべていて、早く人目から彼を隠したい、そんなふうに見えた。親密げなエドのその態度に、礼はドキッとさせられた。同時に、一昨日まで散々抱かれていたのに、自分を見向きもしないエドを、遠く感じて胸がモヤモヤとする。

「なんだあれは。エドのやつ、妙じゃないか?」

普通とは違う空気を察したのは、ギルも同じだったようだ。同意を求められたが、礼はなにも言えず、そうだね……とだけ呟いた。

胸の奥には嫌な予感が渦巻いていた。昨日の朝、目覚める前に夢うつつに聞いた電話の音が、ふと、蘇る。

(——あれは、現実だった? あの人がエドに電話をしてたの? エドとは知り合いなのかな……)

礼は思い悩んだけれど、その答えはほどなくして分かることになった。

新しく寮生が来た場合、普通は夕食時に監督生から紹介がある。寮内でも急にやってきた美青年の噂《うわさ》が絶えなかったが、そのうち誰か分かるだろうと、礼は気にするのをやめにした。

ハーフターム明けのその日、授業は午後からだったので、昼食をとったあとはそれぞれ課外活動に出る。礼は描きかけたまま放置してあったポスター案を持って、第六校舎へ向かった。エドに怒られないかと心配したが、寮内のどこにもエドの姿は見えず、エドは礼など気にしていないようだった。

（新しく来た編入生に、かかりきりなのかも――）

授業の参加を反対されると困るのに、そう考えると少し落ち込む。厄介な自分の思考を振り切って校舎に入ると、休み明けでも室内は騒がしく、活気に溢《あふ》れていた。

「レイ。よかった、今日は来ないんじゃないかと心配してたよ」

教室に入ると、まず飛んできたのはオーランドだった。彼は心配そうな顔をしている。そういえば、ギルからオーランドが礼と連絡をとりたがっていた、と聞かされたことを思い出した。

（休暇前、エドにバレたときにオーランドもいたから……きっと心配してくれてたんだな）

思い至り、礼は飛びついてきたオーランドの手を握り返した。

「大丈夫です。ごめんなさい、電話、くれてたみたいで……。あの、でも、ポスターは描けなくて……これからなんですけど」

「それは平気だよ。それより、この授業にはまだ出てくれるんだね？」

頷くと、オーランドは心底ホッとした様子だった。必要としてくれている。そう感じると、さっきまでの落ち込みが消えて、体の奥から力が湧いてきた。

礼は早速、ポスター案を作ることにした。

実際のポスターはパソコンで作成するので、礼は原案を作るだけだが、まずはこの大元がなければ成立しない。美術班のマイクに確認すると、背景もいよいよパネルに下描きが始まるという。下描きのチェックや配色のチェックは礼の仕事で、これからますます忙しく、責任も重くなりそうだった。

「レイ、放課後、時間あるかな。実は紹介したい人がいるんだ」

ポスター案を描いていると、途中でオーランドにそう言われた。放課後の課外授業時間もここに来て作業をする予定だったので、礼は「大丈夫です」と頷いた。それにしても、紹介したい人とは誰だろう？　不思議に思っていると、真向かいに腰を下ろしたオーランドが深々と安《あん》堵《ど》したような息をついた。

「……休暇中は心配したよ。きみに連絡がつかないから、エドになにかされてないかって……」

なにもなかったならよかった、と言うオーランドに、礼は返す言葉がなかった。実際には、ありすぎるほどあった。ただどう話していいものか、そもそも話すべきことなのか分からず、礼は黙り込んでいた。

「それで、最後の切り札を出したんだ。でもエドが怒鳴り込んでこないところを見ると、上手くいったのかな？」

ニッコリとオーランドが笑い、礼はなんのことか分からずに眼をしばたたく。教室にはちょうどギルが入ってきて、運営役の他の上級生と話をしていた。

――ギル、きみのところ、えらく美人の編入生が来たって？

――ああ。でもよく分からないんです、まだ紹介されてないので。最上級生の人たちは、知ってるみたいなんですが……。

うっすらと聞こえてくる会話のほうへ、オーランドはどうしてか眼を向けていたが、礼にはそれも、どうしてなのか分からなかった。

午後の授業が終わり、放課となった時間、礼はオーランドに言われたとおり第六校舎のほうに向かった。途中劇場の前を通ったので中を覗くと、マイクが先導して背景パネルの下描きが始まっていた。

「やあ、レイ。聞いたか？　オフィーリアのキャスト、新しく決まったらしいぞ」

礼に親しんでくれている美術班の一人が、そう声をかけてくれた。礼は眼を丸くした。

「前のキャストが降板したこと、もう皆さん知ってるんですか？」

訊くと、「新キャストが決まってから聞いたんだ。役者班は休暇中に知らされてたみたいだけどな」と教えられる。

「前のオフィーリアより美人だったよ。女装したら映えるんじゃないか。俺はきみのドレス姿も見たかったけど」

軽口に苦笑し、礼はオーランドに呼ばれてるからと言って劇場を出た。なんにせよ、配役が決まったのはいいことだと思う。自分の仕事は終わらせられていないが、憂いが一つ消えたので礼はホッと息をついた。

校舎には入らず、裏手にある中庭へ行く。そこには鉄製の優美なテーブルセットとパラソルが数本、備えられていて、舞台制作のメンバーだけでなく一般生徒がよく本を読んだりして休んでいるが、今の時間は人気《ひとけ》がなかった。

見ると、オーランドらしき人影がチェアの一つに座っており、もう一人誰かが対座していた。

「レイ。こっちこっち」

礼に気付いたオーランドが立ち上がり、手を振る。礼はぺこっと頭を下げて小走りに近寄った。そうして驚いた――。

オーランドの向かいに座っていたのは、今朝方寮に入ってきたばかりの謎の編入生だったのだ。彼のほうは礼が来ることを知っていたのか、朝と同じようにニッコリ笑った。

(もしかして……この人がオフィーリアをやるとか?)

不意に、礼は悟った。たしかに彼が女装をしたらとても美しいだろう。客寄せにも十分なる。

劇場で聞いたことを思い返し、きっとそうなのではと思っていると、青年は優しげな眼で礼をじっと見つめてきた。

「……レイ・ナカハラだね。きみの話はオーリーから聞いてるよ」

声をかけられ、礼は慌てて前に出た。青年の声は柔らかく、耳に心地好い。

「はい、レイ・ナカハラです。オーランドの後輩です」

ぺこりと頭を下げると、彼は眼を細めた。

「レイは美術をやってくれてるんだ。前にも話したけど」

オーランドに促され、礼は空いた席に座ったが、緊張してドキドキしてきた。こんなきれいな人となにを話せばいいのだろう、とも思ったし、なにより、彼はエドと知り合いかもしれないということが頭の隅に引っかかっていた。

「きみの絵なら見たよ。とっても素敵だった」

静かに褒《ほ》められ、礼は素直にお礼を言った。礼をじっと見つめてくる、琥珀色の眼はどうしてか少し悲しげで、心配そうだった。長い睫毛の下でその瞳は揺れていて、礼は彼から眼を逸《そ》らせなくなる。

どうしてこの人は、こんな物言いたげな瞳で、自分を見つめるのだろう。

礼はそう思い、思わず膝の上でぎゅっと拳《こぶし》を握りしめた。

そのときオーランドが、にこやかに話に入ってきた。

「レイ、紹介するね。こちらはボクの従兄弟《いとこ》で……リーストンの七年生だ。ずっと休学中だったけど、名前はジョナス。ジョナス・ハリントンだよ」

瞬間——礼は耳を疑った。頭の先から冷たいものが入ってきて、それが背筋を伝ってすうっと抜けていく……。

ジョナス・ハリントン。

間違いなく聞き覚えがある。まさか、と思う。思いながら顔をあげると、ジョナスは痛ましげな眼をして、まっすぐに礼を見つめている。その眼差しに、礼はドキリと震えた。間違いない、これはあのジョナスだ。そう感じた。

——四年前、イギリスに来たばかりのころから、礼はその名前をたびたび聞いてきた。

最初はサラからだったろうか？　けれどはっきりと意識したのは、出会ったばかりのエドが、初めて礼のベッドで眠りこけた夜だ。

寝ぼけたエドが「ジョナス」と呼んで、たった一粒、涙をこぼした。

あの時礼は、エドは誰かを愛しているのでは……そう、感じたのだ。

（この人が？）

礼は信じられない気持ちで、眼の前に座るジョナスの、憂いに満ちた瞳を見つめ返していた。

この人がジョナスなら……彼はもしかすると、エドが本気で愛した、最初で最後の人なのかもしれない。そう、思いながら。

ジョナス・ハリントンが復学して、エドワード・グラームズはおかしくなった。知っているか？　エドとジョナスは昔、恋人だったらしいぞ――。

ジョナスがオフィーリア役に決まってから一週間が経ったころ、あちこちでそんな声が囁かれ、礼の耳にも届くようになった。

十一月の中旬、背景パネルの下描きを、第六校舎のロビーに広げて組み、二階のバルコニーから全体図を覗いて確認作業をしていた礼は、一段落ついたところでふっとため息をついていた。

「レイ、まだ気に入らないところがある？」

横で一緒にパネルを見ていたマイクに訊かれ、礼はハッとして首を横に振った。

「いいえ、大体いいと思います。残り三面ももうすぐ下描きが上がりますよね」

「なんとかね。クリスマス休暇までに、彩色まで済ませないと」

マイクが肩を竦める。階下にいた美術班のメンバーが、「これで終わりなら一端片付けるけど」と声をあげ、礼は「お願いします」と返した。

階段を下りていくと、撤収を手伝いに来たギルがいる。舞台装置の作製も忙しくなり、大柄なギルはこの頃よく駆り出されていた。内心ではどうあれ、表面上は、ギルは快く引き受けている。

下でマイクと話していると、劇場にパネルを運び終えて戻ってきたギルと合流した。ギルはちょいちょい、と指を動かし、「話がある」と礼を呼びつけた。二人が従兄弟と知っているマイクは特に気にせず、「僕は劇場のほうに行って作業を見てくるから」と礼を残して出て行く。

礼はため息をついた。そうして、ギルにくっついて、第六校舎の外へと出た。

「妙なことになってるじゃないか。まさかマーティンが、ジョナス・ハリントンを復学させるとは思ってなかったよ」

校舎を離れ、二人並んで歩いているとギルが言う。やはりその話か、と思いながら礼は肩を落とした。

「七年生は昔のことを知ってるからな。ライアンたちが気を揉《も》んでる。そのうちお前もなにか訊かれるかもしれないな」

そのくらいのことは礼でも想像がつく。うつむくと、構内の街路は枯葉で埋まっていて、歩くたびに靴の下でカサカサと音がたった。

十一月に入ってから、学校はクリスマスに向けての準備を始めている。一年を通して行われる舞台芸術の授業とは別に、聖書の内容を扱うクリスマスの寸劇や、コンサートなどが、各寮ごとに休暇前に行われるのだ。

このごろ、礼はエドとまるで話をしていなかった。最後に話したのはハーフタームが終わる前夜。おやすみ、と言って初めてキスをしてくれた、あのときだけだった。けれどあの日の朝には、既にエドはジョナスと連絡を取り合い、彼が寮にやって来ることを知っていたらしい。――よくよく思い出して見ると、あの朝、礼はたしかに夢うつつに、どこかで電話が鳴っているのを聞いた覚えがあった。

そしてジョナスが寮に来てからというもの、エドは礼のことを見向きもしない。視界にも入れない。声もかけない。もちろんながら、舞台のことにも口を出さない。それだけではない。エドの様子は変わってしまった。他の生徒から見てもはっきりと分かるほど、おかしくなってしまったのだ。

エドは監督生として最低限の仕事はしているようだが、いつものように寮生たちとおしゃべりをすることがなくなり、談話室に出て来なくなった。取り巻きのライアンたちともつるんでおらず、部屋に一人で引きこもっている様子で、下級生からは具合が悪いのかと心配されてすらいた。いつもエドの身の回りを世話しているミシェルが、部屋に入れてもらえないから、湯たんぽを作れないと嘆いていたのも昨夜見た。

それと同時に、夜な夜な、寮のバルコニーでジョナス・ハリントンと話し込んでいるのを目撃した、という生徒が増えてきた。

あるときなど、窓から勝手に寮の外へ抜けだし、二人で夜道を散歩していたともいう。

この一週間でそんな目撃談が増えに増え、ウェリントンの英雄、リーストンの王さまのエドワード・グラームズは、ジョナス・ハリントンに骨抜きにされている——などという話がまことしやかに囁かれるようになっていた。

（だけどいくらジョナスが好きでも、エドらしくない——）

そう思うが、その「エドらしくない」行動の原因は、すべてジョナスのせいなのだと思うと、礼はモヤモヤと落ち込んでしまう。きっと自分は嫉妬《しっと》しているのだ。分かっていたが、エドを諦めると決めているくせに、そんなふうに感じる自分にも嫌悪が湧いた。

ジョナスとは、オーランドに紹介された日に少し話した。

聞けば、ジョナスは十四歳からずっと不登校で、家庭教師をつけていたらしい。

「テストを受けて、補講やレポートで単位はもらってて……学校の温情と……それから、きみのお義父《とう》さんが校長に口添えしてくれたおかげで、なんとか、籍は残してもらえてたんだけど」

と、言われたときには思わず息が止まった。

（……ジョージの口添え？）

一体全体、なぜジョージが、ジョナスを退学させないよう校長にお願いしていたのか。

パブリックスクールは存外に厳しいので、一年以上休んでいれば放校など当たり前だ。グラームズ家は多額の寄付をしているはずだから、多少の融通はきくにしても……相当頼み込まなければ、ジョナスが学校に残れるはずはなかった。

そんなジョナスがなぜ今になって学校に戻ってきたかというと、従兄弟であるオーランドから、オフィーリア役を頼まれたからのようだった。

「ずっと不登校だった生徒が主役なんて……と、思ったけど、そのほうが話題になって、舞台としては助かるなんて、身も蓋《ふた》もないこと、言われちゃったから」

ジョナスはオーランドと眼を合わせると、一瞬だけ額と額をこすり合わせ、子どものように笑みを交わした。礼はそれだけで、二人がとても仲良しなのだと気がついた。

不登校の理由には、きっとエドが絡んでいる――礼はそう悟っていたが、その場で訊くわけにはいかず我慢した。

とはいえジョナスの第一印象はどこまでも良く、

（……優しそうな人）

だと、今も思っている。

（グラームズ家ではサラが……ジョナスのことを下劣だって言ってたけど）

けれどジョナスと下劣は、まるで合わない言葉だ。それどころか、ジョナスにはにじみでるような品があり、笑顔は温かく、不登校などあまり言いたくないだろう事情さえ自然と話す姿には誠実さを感じた。

とても敵わない。

それが礼の、ジョナスへの感想だった。

ずっと学校は休んでいたとはいえ、落ち着いた話し方からは聡明さも感じた。貴族でないことをぬかせば、ジョナスは完璧《かんぺき》だ。彼がオフィーリアを演じるという噂は瞬く間に広まり、その美貌《びぼう》への感嘆や嫉妬も、あちこちで聞いた。

「それでギルは、僕になんの話？」

歩くうちに、とうとうボートの停泊場まで来てしまったので、礼は立ち止まって訊いた。するとギルはすぐに嫌な顔をした。

「お前、俺に対してずいぶん遠慮がなくなったじゃないか」

だって僕の頭の中、考えることが多くて、きみに割くほど余裕ないんだもの……とは、礼は言わなかったが、要するにそういう状態だった。

ギルのことは知れば知るほど、怖くなってきた。彼はたぶん劣等感からエドを嫌っていて、礼のことも好きではない。血統主義者で庶民嫌い。けれど無理に好かれようと思わなければ、ギルはごくシンプルな人間だと気付くことができた。今はエドに続いて寮代表を狙《ねら》っているが、それを邪魔さえしなければ、礼のことも必要以上に苦しめたりしない。幼いころはどうあれ、今のギルは損得勘定が上手く、虐めたところでなんのプラスもない相手に、余計なことはしない。言うなれば合理的なのだろう。

（そう分かれば、ギルって付き合いやすいほうだよね……）

とさえ、最近は思う。少なくともギルは、礼の前では優等生の仮面もかぶらない。たぶんごく自然体で振る舞っていて、これまでは条件反射で怯《おび》えていた礼も、好かれることはないのだと割り切れば、ことさらびくつく必要はないと知ったのだ。

「お前が授業に出てること、エドにバレてるんだろう？　なにも言われないのか」

「……ジョナスが来てからはね」

礼は正直に答えた。するとギルは不満そうに「またハリントンか」と呟いた。

ギルは過去に、エドとジョナスになにがあったかは知っている。また、もともとオーランドがジョナスと従兄弟であることも知っていたようだが、ジョナスの姿は見たことがなかったらしい。ギルにしてみてもジョナスの復学は予想外だったようだ。

「ちくしょう。マーティンに出し抜かれたな。俺の計算では、あいつに取り入ってハリントンと繋がって、エドへの切り札にしようと思ってたのに。お前にもなにも言わなくなって、ハリントンと夜な夜なデートしてるんじゃ、俺の最後のカードも効力をなくしたわけだ」

「……最後のカードってまさか僕だったの？」

停泊場の横に渡した古い木の柵にギルが寄りかかり、礼は隣に立つとびっくりして訊いた。

「今気付いたのか？」と、ギルは面白くなさそうに柵に頬杖をついた。

「お前をつつけば、エドは感情的になるだろ。でも、もうそうでもないみたいだな。ハリントンが来たら、ハリントンしか眼に入ってないみたいだし――」

そのギルの言葉に、礼の胸はちくんと痛んだ。悲しくなり、自分も柵に手をついて、ゆらゆらと揺れているボートの群れを見つめる。

「エドが感情的になってたなら、僕を憎んでたからだよ。……ジョナスのことは愛してるんだろうし、愛と憎しみじゃ、勝ち目なんてない。僕がエドへの切り札になんて、なれないよ」

そういうことか？　とギルはため息をつく。

「……マーティンはお前を授業に参加させるために、ハリントンを引っ張り出して、おかげでエドはお前に興味をなくしたってわけかな」

ずいぶん平然と、ひどいことを言うなあと礼は思ったが、事実かもしれなかった。

「俺の母にハリントンのことを報告して、エドを強請《ゆす》る手もあるが、そんなことをしても代表の座は転げてこないしな」

「そんなこと考えてるの？」

礼はびっくりしてギルを見た。ギルは不満そうに「だから、やらないって言ってるだろう？」と肩を竦める。

「今年度、エドが寮代表に選ばれて、去年の試験でオックスブリッジがほぼ確定した段階で、もうそんなことしても意味ないんだよ」

「従兄弟同士なのに、きみはいつもエドと争ってるね。そういうの、やめたほうがいいよ。ギルはギルのいいところがあるんだから」

思わず言うと、ギルはニヤニヤと笑って礼を振り返った。

「へえ、言うようになったじゃないか。お褒めいただき光栄だな。でも、競争は貴族の嗜《たしな》みさ。お前は庶民だから分からないんだよ」

「なら貴族には、愛が分からないの？」

「まさか、愛が名誉や金になるとでも？」

「……誰か本気で愛してみたら、名誉やお金より大事だって、きっと分かると思うよ」

呟くと、ふうん、とギルは素っ気ない。けれど、ぐるっと体を回転させて、礼と同じ方向を向いた。柵にもたれ、礼にやや体を傾けてくる。

「ならエドをやめて、俺を愛してみる？　俺でも、愛人にならしてやれるよ、コマドリちゃん」

礼はムッとして、上目遣いにギルを睨んだ。

「冗談ばっかり。僕に好かれたって、気味が悪いってきみは言うよ」

混血児の愛なんて、気分が悪くて吐きそうだ、と、ギルなら簡単に言いそうだ。けれど礼が反発すると、ギルは意外にも怒らず、なにか考えるような顔をした。

「どうかな。俺はわりと、お前と話すのを気に入ってる。言いたいことが言えるからね」

「——マッシュポテトもぶつけられるし？」

そうそれ、と言ってギルが笑ったので、礼もとうとう、少し笑ってしまった。

「愛人ならいいと思う。……お前は可愛《かわい》い」

ぽつりと言われ、礼は耳を疑った。けれどすぐに、これはからかいの一種だろうと思う。

「コマドリみたいで？　つぶれた顔も愛嬌《あいきょう》があるってことでしょう」

「……いや？　お前は鈍いから知らないだけさ。昔から、レイ・ナカハラは東の蕾《つぼみ》だって言われてるんだよ。咲いたところは見たことがないが、咲けばきっと美しいって――」

ばかばかしいよな、とギルが続けたので、驚いて固まっていた礼はやはりからかわれたのだと思い、なぜかホッとして笑った。

「きみは僕が嫌いでしょ。変な嘘言わないでよ」

けれどギルは「嘘じゃないさ」と肩を竦めた。

「嘘じゃないから、エドがずっとお前を隠してたんだ。……それに俺は、わりとお前を気に入ってるって、言ったろ」

さすがに、礼はおかしくなってしまった。けれどギルは「俺は大真面目に言ってるよ」と首を傾げて、礼の顔を覗き込んできた。

「言ったろ？　……俺にも感傷があるって。来年の今頃、お前はもうイギリスにいない。ずっと見てきたのに、手の届かない場所に行くと思うと……」

気が迷う、とギルは囁いて、礼の前髪を一房、すくいあげた。

「この髪、日に透かしても黒くて……いつも不思議だと思ってた」

甘めに整ったギルの顔が近づき、礼の前髪に口づける。うっすらと、ギルから香水の香りがして、礼はドキッとした。けれど予想外すぎて、すぐに動けない。これもなにかの計算だろうか？　頭の中でそう思ったが、思考が停止していた。

「……エドが眩《まぶ》しすぎるから、俺はなにをやっても一番にはなれない。こんな俺を憐《あわ》れんで、レイの中でくらい、一番にしてくれない？」

前髪を離したギルが礼の眼を下から覗き込んでくる。礼はびっくりして、息をするのも忘れていた。ギルがくすっと微笑む。

「驚いて大きくなってる眼、可愛いな」

からかうような声とは裏腹に、視線は熱っぽく礼の眼差しにからみつく。礼は思わず後ずさった。急に心臓がどく、と鳴り、頬にかっと熱が灯る。なぜだか腹が立ち、「ギル」と咎めるような声を出すと、ギルがくすっと笑った。

「意識してくれてる？」

「違う。変なこと言わないで。僕にちょっかいかけても、エドはもう動揺しないんだから」

きっとまだ、ギルはエドへのカードの使い方を考えているのだろう。

そうでなければおかしいと思って叱《しか》ると、ギルはくつくつと笑った。珍しく怒った礼を見ても、子犬に吠《ほ》えられただけのように動じていない。

「そういうんじゃないんだけどね。でもまあ、エドが動揺しないかどうかは、分からないよ」

肩を竦めて言い、ギルがくいっと顎をしゃくった。

示されたほうを見て、礼はハッとした。湖面に一艘ボートが停まっていて、そこにはエドが乗っていた。向かいにはジョナスが座っている——。

（……いつも一人で乗ってるって言ってたのに）

だから礼は、ついこの前、一緒に乗れて嬉しかったのだ。まるでエドに特別扱いされた気がした。そうではないと分かっていたのに、心がまともに傷つき、ショックが表情に出るのが自分でも分かる。とたんに、エドが礼を振り向いて眼を瞠るのが見えた。気付いたのはジョナスも一緒で、彼はにこやかに手を振ってきた。

けれどさすがに振り返す余裕はなくて、礼は精一杯小さく微笑むと、ぱっと踵《きびす》を返して湖を離れる。後ろから追いかけてきたギルが、「俺たちも乗ってみる？」とおかしげに訊いてきたが、礼は無言で首を横に振った。

「なあ、エドがジョナス・ハリントンとボートに乗ってるぜ」

「あの二人、本当にデキてるのか？」

湖から川に繋がる石橋の横まで来ると、何人かの生徒たちとかち合い、彼らがそんな噂をしながら、面白がるようにひゅうっと口笛を吹くのが聞こえた。

（エドが僕を抱かなくなったのは、あの日……ジョナスが帰ってくると知ったから？）

不意に、礼はずっと抱いていた疑問がはっきりと胸に湧いてくるのを感じた。

ハーフターム最後の日、エドは急に優しくなり、それまで執拗にしていたセックスをやめた。

ジョナスに意識を奪われ、礼などどうでもよくなったからかもしれない。

俺は家の言うとおりに生きているだけだ、と言い、そのために礼を痛めつけたエドが、ジョナスが来たとたん周りに変な噂を流されるのも厭《いと》わないほど、ころっと変化した。

（優等生を演じていたのも、ジョナスのため？ ……彼に会えたら、もうどうでもいいの？）

ならばそんなエドの体裁を守り続けた自分の二年と三ヶ月は、なんだったのだろう？

四年以上必死に愛してきても、エドは礼を振り向きもしなかった。愛などいらないと嘯《うそぶ》きながら、本当はただずっとジョナスだけを愛していたからだろうか？

考えれば考えるほど自分がみじめで、ちっぽけに思えてくる。

諦めるのだからどうでもいいと、頭の隅で考えるのにうまくいかない。

人気のない雑木林の中に入り込んだとたん、眼の端にじわじわと涙が浮かんできた。慌てて手の甲で拭《ぬぐ》うと、不意に肩を抱き寄せられた。

「憐れなレイ。こんなにエドを愛してるのに……」

耳元で囁いてくるギルの声は、今まで礼に向けられたことがないほど優しい。濡れた眼をあげると、睫毛にかかった目尻の涙を、ギルは長い指でそっと拭《ふ》いてくれた。同情をこめて微笑みながら、ギルは歌うように続けた。

「君の頬を、僕の頬にくっつけておくれ、涙を一緒に流せるように……」

「……ハイネだね」

ぽつりと言うと、そう、と答えが返ってくる。似たようなやりとりをエドともした。あのときもハイネだった。一人でいたいと時々思う。そんなふうに話していたエドの孤独は、もしかしたらジョナスのおかげで消えただろうか？

……礼が四年以上かけても、消せなかった孤独だ。

（……身勝手なのは僕だ。もう諦めると言ったのに、嫉妬してる）

自分がひどく醜く思える。

うつむくと、「顔をあげて」とギルが囁き頬に手を添えられた。顔を上げると、涙で湿った自分の睫毛の向こうに、ギルの顔が迫ってくるのが分かった。

ギル、と言おうとしたけれど、礼のその声は押しつけられた唇の中に吸い込まれた。

腰を抱かれ、腕をとられてしまうと、止められない。それ以前に、温かなキスの感触に、礼は呆然《ぼうぜん》として動けなくなっていた。

（ギルが、僕に、口づけてる……？）

あまりに突飛で予想外の状況に、礼の思考は追いつかない。

「おい！」

そのとき遠くから声がし、騒々しい足音がだんだんと近づいてきた。ギル、やめろ……と誰かがわめき、ギルの唇が離れる。瞬間、礼は手首を握られ、ギルから引き離されていた。

頭上からは荒い息が聞こえる。ギルはつまらなそうに眼を細めていたが、その青い瞳の奥に面白がるような光が残っていた。

「レイ、大丈夫？」

見ると、林の向こうからぜいぜいと息をあがらせてジョナスが走ってくる。ハッとして隣を見た礼は、自分をギルから引き離したのがエドだと、やっと理解した。

「なんのつもりなんだ、お前は！」

エドが目許を赤らめて怒鳴る。礼の手首を摑んでいるエドの手は、ぶるぶるとわなないていた。けれどギルはいたって冷静な顔で、肩を竦める。

「レイはエドを諦めたと言うから、俺がアプローチしてもいいかなって」

「俺に対する当てつけか？　相当焦ってるのか」

唸《うな》るように言ったエドへ、ギルは「はあ？」と小馬鹿にするように嗤った。

「純粋にレイに興味があるだけさ。ずっと見てたのは俺だって同じだ。それに、今までずっと檻《おり》に入れて、餌《えさ》もろくに与えなかったくせに、急に飼い主面するなんて図々しいよ、エド」

エドの緑の眼が、怒りを含んで見開かれる。けれど全身から放たれる怒気にも、ギルは怯んでいなかった。ニヤニヤしながら、それに、と続ける。

「可愛いペットが外に出たら、自分よりずっといい飼い主を見つけそうで、焦ってるのはきみのほうじゃないかい――？」

まずい、と礼は思った。なにがなにやら分からないが、エドが今にもギルを殴りつけそうな、そんな気配だけは感じ取れた。どうしようと思ったとき、突然ジョナスが「レイ！　帰ろうっ」と声を張り上げた。

「僕は稽古《けいこ》があるし、きみはまだ作業が途中でしょ。クレイス、いくら従兄弟でも同意なしのキスはダメだよ。レイがかわいそうだ」

ジョナスが会話に割り込んできたのは、ギルにとってもエドにとっても意外だったらしい。二人は不審げにジョナスを振り向いた。当のジョナスはてきぱきと礼の空いた手を握り、礼の手首をきつく摑んでいるエドの手を、ぱちぱちと叩《たた》き始めた。

「放して、エド。放してったら。今日は僕がレイを寮に帰すから、いいでしょ。さあ、放して。放しなさい。怒ってたらレイがかわいそう。きみはいつもそうだよ、すぐ頭に血が上る」

くどくど言われるうちに、エドの顔から険が抜けていく。エドは眉根を寄せたまま、不承不承というように礼の手首を解いてくれた。

「さあ、行こう。すぐに行こう。クレイス、きみは今日、もうレイに近づかないで」

エドもね、来ないでね、とジョナスが言い、礼はわけが分からないままジョナスに引っ張って行かれた。雑木林を抜け、二人の姿が見えなくなると、ジョナスが小さく息をついた。

「ひどい男たち！　貴族の男ってみんなああだよ。自分さえ愛してるなら、なにをしてもいいと思い込んでる」

怒ってはいるが、どこか可愛らしい口調で、ジョナスが同意を求めてくる。意図が分からず戸惑っていると、ジョナスは優しい眼をして笑い、それから悪戯《いたずら》っぽく付け加えた。
「あの二人は、きみの絵には要らない。今あったことは忘れて、きみのための一日をね。レイ」

ジョナスに言われたからではないが、第六校舎に戻ると、礼はもうエドとギルのことを考えるのはやめることにした。単純に、エドとギルの行動も感情も、まるで分からず、思考が止まってしまったのだ。

ジョナスは礼が無理矢理ギルにキスされ、傷ついていると思っているらしい。やたらと優しく、ギルが戻ってきたときに変なことをしないようにと、礼を役者班の中に混ぜてしまった。なので礼は、キャストが練習しているのを眺めながら、ポスター案を描きあげた。

（ジョナスとエドは、恋人として復縁したのかな？）

練習するジョナスの姿を見ていると、ふとそう思って落ち込んだけれど、礼はだとしても自分には関係のないことだと考えを振り切った。たとえそうだとしても、礼はジョナスのことを、好きになれる気がした。合間合間で眼が合うたび、ジョナスは礼にニッコリと微笑んでくれたが、それは天使のように優しく、温かな笑みだった。

「ポスター、いいのができそうだね」

案がまとまり、美術班全員の了解がとれたので、作業は次から別の人が担当する。礼の描いた下絵を取り込み、パソコンでレイアウトしていくからだ。礼の一番大変な仕事はすべて終わったので、あとはマイクと一緒に、背景の彩色を指示するのが主な作業になった。

寮への帰り道、なぜだかジョナスが一緒に帰ろうと言ってくれたので、二人並んで歩いているときに、ジョナスはそう褒めてくれた。

「オーリーが、ポスターにはきみの名前も載せるって張り切ってたよ」

「それは困ります。舞台にケチがついちゃう」

慌てて言うと、ジョナスは声をたてて笑った。

「それなら主演が僕だから、その時点で十分悪評だよ。でも、そのほうが宣伝になるらしいから、いいんじゃない？」

飄々《ひょうひょう》として、大人びた物言いは、少しだけ従兄弟のオーランドに似ていた。礼は黙り込み、少し言葉を探した。最近、夜が更けるのはいっそう早くなっていて、まだ夕方なのにあたりは真っ暗だった。青白い街灯が照らす夜道は寒く、礼はもうコートを着ている。細身の見た目に似合わず、ジョナスは寒さに強いようでマフラーを巻いただけだが。

（今日ボートで、エドとなにを話してたの……どうして、僕とギルを追いかけてきたの？　二人は昔から恋人で、今も付き合ってるの……？　だめだ、訊けない……）

悶々《もんもん》としている礼に気付いていないのか、ジョナスは「これからはなるべく、寮には僕と帰ろうか」と誘ってくれた。きょとんとすると、ジョナスは苦笑する。

「レイ。クレイスの話、分かってる？　きみは隙《すき》だらけだよ。エドも言ってた、十三くらいまではよかったけど、十六になってきみはすっかり変わっちゃって、困ってるって」

「……え」

軽い口調で言われたが、礼は青ざめてしまった。それは礼がエドとの約束を破ったことを指しているのだろうか。ジョナスが「もっと早く、日本に帰せばよかったって」と続けたので、ますます沈んでしまった。胸がじくじくと痛み、そんなにもエドは、自分が邪魔だったのかと思う。そしてジョナスに、そんな話までするとは。

（よっぽど信頼してるんだ――）

うつむいて歩くと、また涙ぐみそうで礼は唇を噛《か》みしめる。隣のジョナスは、もう全然関係のない話を始めていて、それに頷くのが精一杯だった。

けれどそのうちジョナスが無言になり、じっと礼を見下ろしてきた。ぼんやりしていた礼はしばらく気づかず、ようやくハッとして顔をあげると、ジョナスが少し困った顔をしていた。

「レイ、さっきボートで僕とエドを見て、勘違いしてるでしょ。僕らがこのところずっと一緒にいたのは、お互い報告することが多かったから……あとはエドが、僕に風評被害が出ないよう気を遣っただけだよ。……なんて言っても、信じられないかな？」

礼はなぜジョナスがこんなことを自分に釈明するのか、その意味が分からず戸惑った。

「こんなこと、改めて言うことでもないけど……僕とエドは、恋人じゃないよ」

はっきりと言われ、礼はますます困惑した。同時に、

（恋人じゃなくても、エドはジョナスのことをまだ愛してるんじゃないのかな……）

と思うと、モヤモヤした気持ちになる。

「……あの、そんなこと、どうして僕に？」

気持ちがぐちゃぐちゃとしてまとまらず、礼はうつむいた。ジョナスのことは嫌いではないのに、妬《ねた》ましい。こんな気持ちでいるなんて、ジョナスに申し訳なく、自己嫌悪が募ってくる。

するとジョナスが
「だってレイは、僕とエドを気にしてるでしょ？」

と、確信を突いた。この遠慮のない物言いは、やはりオーランドと似ている。

（気にしてる……けど、僕とエドは、恋人でもなんでもないし）

もしかして、片想いを憐れまれているのだろうか。それこそジョナスに負けたような気持ちで気まずい。返事に困っていると、ジョナスは首を傾げた。

「レイは四年前の僕らのこと、エドからなにも聞いてないの？」

悪気のない問いだ。そうと分かっていても、礼は情けなくなってうつむいてしまった。

「……エドは僕には、なにも言わないから」

エドとジョナスのことなど、周囲の反応で大体予想がつく。

それなのにそんなことさえ、エドは礼に話そうとしない。たしかにその昔、なにも話さなくていいと言ったのは礼のほうだった。それでも、なにひとつ話してもらえないのは、それだけエドが礼を信頼していない証《あかし》にも思えて、礼はそれが情けなかった。ジョナスはうつむいている礼の顔をじっと見つめていたが、やがて「僕が復学したのは、エドにきみがいるって知ったからだよ」と、呟いた。

礼が顔をあげると、ジョナスはオーリーからきみの話を聞いて、と続ける。

「……僕がエドにつけた傷は癒《い》えてるって分かった。本当は戻るつもりなんてなかった。逃げたのは僕だったから。だけどなんだか、エドが助けを必要としてる気がして」

ジョナスは礼を見つめると、優しげな笑みを浮かべた。

「……エドの口から、ちゃんと言い訳を聞けるといいね」

ジョナスはそれ以上話すつもりがないようだ。意味深な言葉を投げたあと、ぱっと笑顔になった。それから、「それより今日、一緒に夕飯食べない？」と、まるで違う話題を、うきうきと投げてくる。惑いながら、礼は頭の中でジョナスの言葉を反芻《はんすう》していた。

――エドが助けを必要としてる気がして。

（ジョナスはエドを、助けたくて戻ったの……？　僕が来たことはエドを苦しめたけど、ジョナスなら、助けになれるってこと……）

そう思うと胸が痛み、嫉妬が黒々と湧いてくる気がした。唇を引き結び、礼はこんなこと、もうやめようと自分に言い聞かせた。エドを助けられないことは、入学したときにもう分かっていて、だからこそ、エドから離れる決意をしたのじゃないか。

それなのに、そう決意した矢先に、ただやって来るだけでエドを助けられるらしいジョナスの存在が現れるなんて、とんだ皮肉だと思う。

……いいなあ。

胸の奥底で、そんなふうに思っている自分がいて、悲しい。

(ジョナスみたいになりたい……。きれいで、優しくて……エドに、愛される人に――)

ばかげた考えだと分かっているのに、これまで想像の向こうにしかいなかったジョナス・ハリントンが眼の前にいると思うと、そう思う気持ちに歯止めがかけられなかった。本当はこの四年間、ずっと心の底で、礼が愛しているエドから、愛を注がれているだろうジョナスが羨《うらや》ましかったのだから……。

(こんなふうに考えてる自分は、好きじゃない)

けれど礼はそう思う。羨望《せんぼう》はあるけれど、ジョナスのことは嫌いにはなれない。むしろ好ましく感じている。

ぎゅっと眼をつむり、モヤモヤとした嫉妬を礼は心の中に押し込めた。変わろうと決めたのだ。誰かと比べたりせず、自分は自分の道を歩くのだ。

必死になって、礼は自分に言い聞かせていた。

三

やがて寮についたので、礼《れい》は食堂の前で一度ジョナスと別れた。夕飯時には合流しようと言われたので、それは一応承諾した。

そのまま階段をのぼり部屋に戻ろうとした礼は、ふと廊下の先で集まっている寮生たちの声を耳にしてしまった。

「ジョナス・ハリントンの家は経営が傾いてたろ。どうやって学校に戻ったんだ」

「それがどうやら持ち直したらしい。聞いて驚くな、資金の援助をしたのは、グラームズ社だって話だ――」

話をしているのは、ライアンやフィリップなど監督生《プリフェクト》を含む最上級生たち、五人だった。エドの姿はない。彼らの口調は明らかに、ジョナスを蔑《さげす》んでいる。自分にもジョナスへの嫉妬《しっと》はあるが、礼は寄ってたかって人の陰口を叩《たた》くことは、自分がされてきただけに嫌だった。

聞きたくなくて、頭を低くして隠れるように廊下を通る。けれど案の定ライアンに見つかり、「レイ、おい。お前、ちょっと来い」と言われて、無理矢理輪の中に引き入れられてしまった。

「……なんですか？」

思わず、緊張した声が出る。

「なんだじゃない。窓から見てたぞ。お前、ジョナス・ハリントンと帰ってきたよな。あいつがなんの魂胆で復学したか、訊《き》いてるか？」

居丈高な口調と、「魂胆」という言葉の意地悪さに、礼はムッとした。震える拳《こぶし》をぎゅっと握り、緊張はしていたが、それでもなるべく毅然《きぜん》と答える。

「ジョナスは……舞台に出るために復学したんです。魂胆なんてありません」

「そういうことを訊いてるんじゃないんだよ」

説明していると、ライアンが覚えの悪い子どもに言うように、イライラと礼の言葉を遮った。

「お前もグラームズ家の恩情に与《あずか》ってる身なら、多少は知ってるだろ？　あのジョナスが、エドになにをしたか……ジョナスのせいで、エドは一ヶ月も謹慎処分を受けたんだぞ」

知らなかった。ライアンから初めて明かされた言葉に、礼は眼を見開いた。周りの生徒が「三年生の年度末だったよな」と付け足したので、礼はハッとなった。

（三年生の年度末……？　じゃあ、僕が日本からイギリスに渡ってくる直前てこと――？）

胸がドキドキしはじめ、礼は思わず、外気で冷たくなったコートの上から、心臓を押さえていた。

「ジョナスは男たらしで、気に入った相手を見つけると、相談があるからって泣き落としでべッドに誘いこむ。エドもその手口ではめられたんだ」

「それが寮監《ハウスマスター》に見つかって、謹慎処分だ。それなのに家の経営が傾いて、グラームズ社に株を売られそうになったとたん、ジョナスはエドを脅《おど》すために手首を切った」

——手首を切った？

礼は固まり、眼を見開いた。足元が震え、そうして突然十二歳の夜、晩餐会《ばんさんかい》のバルコニーでギルがエドに、悔し紛れに吐き捨てた言葉を思い出した。

——新しい男娼《だんしょう》も、きみのために手首を切るかもしれないね、エド！

あのときエドは青ざめ、取り乱していた。感情的になり、礼に毒づいた。

——なんで俺がお前に、責任を持たなきゃならない!?

喉《のど》から血が吹き出ているかのように、擦《す》り切れ、追い詰められたあの声。

エドの叫びが脳裏に返ってきて、礼は呆然《ぼうぜん》となった。

——ここにいたってお前を愛する人間なんか誰もいない。誰も、誰もだ！　俺も含めてな。俺はジョージもサラも、ギルも、死んでしまえと思ってる。お前に構ったのだって、愛からじゃない、憂さ晴らしだ……犬が一匹俺のせいでいなくなったから——同じ雑種のお前を構えば、気が紛れるかと……。

（あ……）

頭がくらくらし、礼は口元を片手で覆った。ゆっくりと迫り上がってくる吐き気に、眼の前がチカチカと点滅した。意識の向こうで、ライアンたちはまだ説明を続けている。

——五年前、エドは寛大にも、庶民のジョナスを友人にしてやった。

それなのにジョナスはエドを罠《わな》にはめ、ベッドに誘い込んだのだ。二人のことは問題になり、ジョナスは手首を切って学校へ来なくなった。エドは謹慎処分を受け、ひどく落ち込んでいた。

「謹慎が解けて帰ってきてからのエドは、そりゃあもう、猛勉強と努力で、信頼を回復したんだ。今ではこの寮とリーストンのヒーローだ」

「それがジョナスのやつ、ふてぶてしいにもほどがある。戻ってきてエドを誘惑してる」

「どうせ、そばにいてくれなきゃ、また手首を切るとでも脅したのさ」

礼は違う、と首を振った。

そうじゃない。そんなんじゃないはずだと思った。ジョナス一人が悪者にされているが、そんな噂《うわさ》をエドが流すはずはない。ハリントン社の株を売らなかった、とジョージは昔サラに責められていたはず。そしてジョナスが学校に在籍できるよう、取りはからっていたのもジョージ。なら、息子のためにジョナスの悪評を流すくらいするだろう。そのせいでジョナスが手首を切ったのなら……。

——ジョージとサラを、俺は殺したい。あいつらは殺しかけた——俺の友だちを……。

血を吐くように叫んでいた、十四歳のエドの、今より幼い声が耳に返り、礼の体は震えてくる。はっきりと分かった。理解した。なにがあったのか。

やっぱりエドはジョナスを愛していて、その人を失いかけて、そのせいで苦しんできたのだ。あのころ礼に優しくしてくれていたのは、ジョナスへの贖罪《しょくざい》だった――。

（……じゃあ全然、エドは僕なんて、好きじゃなかった？）

頭がガンガンし、眼の前が霞《かす》んだ。気分が悪くて吐き気がする。痛いほどの悲しみがのぼってくるが、礼はなんとか平静を保とうと苦心していた。

「レイ、お前の口から、ジョナスに学校を辞めるよう言えよ。一応はグラームズ家の人間だ。多少は効果があるだろ」

ずきずきと痛むこめかみを押さえ、なにを言っているのだろうとライアンを見上げると、ハリントンの会社に、資金援助してるのはグラームズ社なんだから、とフィリップも口を挟《はさ》む。

「……いや、です」

気がつくと、礼はそう言っていた。予想外の返事だったのだろう、ライアンたちが一瞬、驚いたように礼を見る。

「なんだって？」

ライアンが眉《まゆ》をしかめ、礼はもう一度「いやです」と言った。

「言いたいなら、ご自分たちで言ってください。だけど、噂だけをあてにして人を判断しているなんて……愚かだと思います」

言ったとたん、あたりが一瞬、水を打ったように静かになった。ライアンが怒りで顔をまっ赤にし、震えている。けれど礼は心の中で波立つ自分の感情を抑えておくのに必死で、それに注意を払う余裕もない。

突然、礼はものすごい力でライアンに胸倉を摑《つか》まれていた。

「言ってくれるな、庶民のアジア人が……」

低い声で唸《うな》るように言う、ライアンの眼はプライドを傷つけられて腹を立てている。

礼はライアンの腕が大きく振り上がるのを見た。さすがにまずいと思ったのか、フィリップが「ライアン」と名前を呼んだが、完全に頭に血の上ったライアンは聞いていない。大きな手のひらが、礼の頰《ほお》めがけて落ちてくる——。

ぎゅっと眼を閉じ、礼は衝撃に備えた。

けれど衝撃はなかった。おそるおそる眼を開けた礼は息を吞《の》む。すぐ間近に、エドが立っていたからだ。

エドはライアンの腕を鷲摑《わしづか》みにしており、その眼には苛立《いらだ》たしげな怒りがあった。エドは冷たくライアンを睨《にら》みつけ、睨まれたライアンは、「エド……」とかすれた声を出した。不意にエドが礼の肩を引き寄せ、ライアンを突き飛ばした。

ライアンはよろめき、壁に背をぶつけて尻餅《しりもち》をついた。その場にいた上級生や、廊下を歩いていた寮生たちまでもが、大きな物音に一斉に振り向く。倒れたライアンは青ざめ、震えていた。周りにいる四人の男子生徒たちも、同じような表情だった。まるで、牙《きば》を剝《む》いた猛獣でも見るような顔だ。

エドは蔑みをこめた瞳でじっと彼らを睨みつけている。それは今まで、礼だけは知っていた
――他の学生にはまず見せたことがないだろう、エドのもう一つの顔だった。

「エド……どうしてそいつを庇《かば》うんだ」

「そ、そうだよ。ライアンはきみのために、便宜を図っていたところなのに」

ライアンが呻《うめ》き、フィリップが慌てて弁護を重ねた。

「……ライアンが俺の義弟を殴ろうとしていた。俺が怒るのは当然じゃないか？」

普段の、穏やかな声からは想像もできないほど冷たく、エドは言い放った。とりつく島もないその言い方に、ライアンがよろよろと立ち上がる。

「違う。エド。ジョナスが戻ってきたろ？　またお前がハメられたらいけないと思って、俺たちなりにお前を思いやって……」

「ライアン」

けれどエドは、静かにライアンの言葉を遮った。

「いつ俺がそんなことを頼んだ？　ジョナスのことなら心配しなくても、大株主はうちだ。彼が俺になにができる？　俺が好き好んで一緒にいる。そうは考えなかったか？」

――好きで一緒に……。

その言葉に眼を見開いたのはライアンたちもだが、礼も息が止まりそうになった。胸がぎゅ

っと苦しくなり、体が小さく震える。

それから、とエドは礼の肩をぐっと抱き寄せて続けた。

「レイのことだが、再三俺は言ったはずだな。関わってくれるなと。……それは遠慮じゃない。忠告だと、推量できないほどきみは察しが悪いのか？」

エドが眼を細めると、そこには鋭い光がぎらりと光った。ライアンやフィリップが青い顔をさらに青くし、怯《おび》えたように一歩後ずさる。

「これ以上愚鈍になってくれるなよ」

突き放すような言葉。それはいつものように穏やかでも、優しくもない。表情は冷たく、声音は厳しく、エドの眼には服従しか許さない激しい光が宿っていた。

礼には見慣れた姿でも、見ている寮生の誰もが眼を疑うように硬直している。

エドはそれでもまだ、笑わなかった。微笑《ほほえ》んで、「冗談さ」などとは言わない。そのまま礼を連れ、階段をあがる。引っ張られながら、礼は動揺し、頭の奥が冷たくなっていた。

（エド、どうしちゃったの……なにを言われてもいいの……？）

けれど礼の不安をよそに、エドは無言で階段を上っていくだけだった。

「エド。……い、いいの、あんな態度……」

階段を二階分のぼり、二人きりになってからやっと、礼は言った。その声は不安に震えていたが、エドは「なにがだ」と不機嫌そうに返してくるだけだ。

「助けてやったんだろう。お前こそ、非力なくせになぜ突っかかった？　バカが」

バカが、と言われると、胸のうちにモヤモヤと嫌な気持ちが湧《わ》いた。エドのせいじゃないか、と、理不尽だと分かりながらどうしても感じてしまう。

「だってジョナスのことを、知りもせずに悪く言われたから……」

「ジョナスを知らないのはお前もだろう。なぜそれで反論する」

「それは……」

……エドの好きな人だからでしょう。

（エドの好きな人だから、エドの大事な人だから、だから僕は）

思ったけれど、さすがに言えず礼は黙った。黙っていると、黒い感情の塊が喉元まで上ってくる。エドがずっとジョナスを愛していて、その愛のはけ口に自分を使っていたのだという事実が、ジョナスへの嫉妬と羨望《せんぼう》、エドへのやりきれない怒りのようなものになってしまう。

（ダメだ。僕に怒る資格なんてない。……最初からエドは、僕を好きだったわけじゃない。僕が勝手に愛しただけ――）

「大体、ジョナスのこともライアンたちのこともどうでもいい。問題はお前だ。一体なんなんだ？　なんでギルとキスした！」

突然振り向いたエドに怒鳴られて、礼は眼を見開いた。

気がつくと、もう礼の部屋の前まで来ている。幸い人気《ひとけ》はなかったが、こんな寮内でギルとのキスについて怒鳴るなんて――礼はカッと頬を赤らめ「ちょっと」と声を潜めた。

「大きな声で言わないで……」

「言われて疚《やま》しいこととか？　疚しいことなのか？　いつからあんなことをしてた？　言っておくが俺は今日、あれからずっと怒ってる。何度目だ、くそったれ！」

汚い言葉で罵《ののし》るエドに、礼は慌てた。廊下の向こうで足音がし、こんなふうにわめき散らすエドを見られてはなるまいと、礼は空いた手でエドの制服の裾《すそ》を摑み、ぐいぐいと引っ張って自分の部屋に入れた。

「は、初めてに決まってるでしょ？　ギルはたぶん、エドをからかうためにやったんだから」

正直言えば、ギルの真意はよく分からなかった。ただ、あのときエドが来てもまるで慌てていなかったので、エドがやって来ると確信していて、わざとキスしたのではないか――と、礼は思う。なぜだかギルは、そうすればエドが怒ると思っていたようだ。

「俺に見せつけたかったことは分かってる」

イライラとエドが言うので、礼は不思議になった。

「じゃあなにを怒ってるの？　ギルは昔からエドと仲が悪いし、寮代表《ヘッドボーイ》になりたいから、エドを感情的にさせてるんだよ、きっと」

「お前、耳がないのか？　バカなのか？　ずっとお前を見てたってあいつが言ってたろう！」

どん、とエドが足を踏みならしたので、礼はびっくりした。

「……見てたって、監視してたってことじゃないか」

そんなことは、もうずっと昔から知っている、と礼は続けた。エドだってギルに見られてきたはずだ。ギルの後ろにはカーラがいたのだ。

「でももう一族のテストは終わったって言ってたし……きみに、ひどいことをするつもりはないと思うよ」

「誰がそんな話をしてる？　お前の話だ、お前の。なんでキスなんてさせた？　最近あいつとよく喋《しゃべ》ってる。ずいぶん仲良くなってるが、なんなんだ？　まさか俺が抱かなくなったから、体が疼《うず》いて、ギルと寝たくなったか！」

激しく怒鳴りつけられ、礼は一瞬ぽかんとした。けれどすぐに、ムカムカと怒りが湧いてきた。俺が抱かなくなったから――そう言われたとたん、体の奥に小さく熱が燻《くすぶ》る。たった一言で、一週間抱かれ続けた記憶が蘇《よみがえ》り、エドが言うように体が疼いた。本当はジョナスが来てからずっと、一度も触れられずに淋しかった。それを見抜かれたようで頬が赤くなる。

「ギルが……僕とそんなことするわけない。彼は僕を嫌ってるんだから、仲良くなったわけじゃなくて……授業で会うだけだよ」

震える声で反論したが、エドは鼻で嗤《わら》った。

「どうだか。あっちじゃお前は人気らしいじゃないか。コマドリちゃんだったか？　どれだけ淫乱《いんらん》な小鳥か知れば、ギルだって気が迷う。他は凡庸《ぼんよう》でも、お前の体だけは良かったからな」

卑猥《ひわい》な言葉で貶《おとし》められ、今度こそ礼はカッとなった。

「エ、エドがそれを言うの……っ？　きみが僕を抱いたのに……それに今は、エドはジョナスといるじゃないか……っ」

エドがむっと眉根を寄せたが、礼は言葉を挟ませなかった。

「休暇中、あんなにめちゃくちゃにしたくせに……ジョナスから連絡があったとたん……、や、やめたんでしょ。きみが愛してるのは一人だけだから……ジョナスが戻ってきて眼が覚めたんだ。僕を犯したことも、なかったことにしてる。……授業のことも、もうなにも言わない。全部、全部ジョナスのためなんでしょう……っ」

怒鳴ったとたんに、礼の眼には我慢ができずに涙が盛り上がる。頰をこぼれる前に、ごしごしと手の甲で拭《ぬぐ》う。

みっともない、恥ずかしい。

ジョナスに嫉妬している自分をさらけ出してしまった。自己嫌悪で情けなく、礼は唇を嚙《か》んでうつむく。

「出て行って。ライアンたちから助けてくれて、ありがと……」

これ以上話をしていたら、もっと嫌なことを言ってしまう。だからそう言ったが、エドはむっつりと不機嫌そうな顔をしたまま、微動だにしない。

「……まだ話が終わってない。なんでギルとキスしてたか、訊いてない」

イライラと言われて、礼はさすがに耳を疑い、こぼれそうだった涙も引っ込んだ。

「……なに、言ってるの？　ジョナスと一緒にいる言い訳もしないきみに、ギルと僕のことを、なんで説明しなきゃいけないの？」

「それこそ、ジョナスのことを、なんでお前に説明しなきゃいけない」

訊いたとたん、返ってきた答えに、礼は呆気《あっけ》にとられる。

「きみとジョナスはキスしていいけど、僕とギルがキスしちゃいけないってこと？　エド、勝手だよ！」

こんなふうに怒りに任せてエドを罵ったことは今まで一度もなかった。けれど礼はもう我慢できなかった。嫌われることや、怒らせることなど気にしていられない。

「関係ないなら、なんで僕を抱いたの⁉　……きみはまだジョナスが、好きなのに……僕がきみを好きって知ってるのに――」

「お前が俺を好き？　とっくに、俺を愛するのをやめると抜かしてただろう！」

「エドは返してくれないから、そうするしかないじゃないか！」

目頭がじわじわと熱くなり、鼻の奥が酸っぱくなった。

ジョナスが好きなエドに、嫌がらせのように抱かれた自分が、みじめだ。それなのにそんな仕打ちをしておきながら、いざジョナスが現れると、エドは急に礼への興味を失った。

それがどれだけ礼のプライドを傷つけたかなんて、エドは知るよしもないだろう。そのうえ、ジョナスとのことを訊いても、関係ないと言われるだけ。

(四年経ってもまだ、僕は蚊帳《かや》の外だ——)

一人だけのけ者にされている。どれだけ愛情を注いでも、結局、エドは礼になにも話してはくれない……。

そんな淋しさに、胸が詰まる。

「……グラームズ社がハリントン社を援助してるなんて、僕は知らなかった。きみとジョナスは昔、恋人だったんでしょ? だけど引き裂かれたんだよね。ロミオとジュリエットみたいに」

訊《たず》ねても、エドは顔をしかめるだけだったが、礼は構わず続けた。

「僕はずっと……エドが優等生を演じているのは、一族に認められるためだと思ってた。でも、そうじゃなくて……ジョナスのためだったの? ジョージの怒りを解いて、信用させて、ハリントン社を助けてもらえるよう……」

ありうる話だと思った。グラームズ社はイギリス全土に大きな影響を持っている。中小企業の多くが、資金提供を受けている。グラームズ家の御曹司《おんぞうし》のエドが、たまたま、自分の父親が大株主を務めている会社の子息と、パブリックスクールで出会う……なんて、偶然でもなんでもない。

事実、ライアンやフィリップなどもそうした関係にある一人だ。

「――そうしたら僕が追いかけてきた。エドは僕が邪魔だったんでしょ？　ジョナスがいるのに、日本人の、混血の……汚い血の僕が、きみを好きなんて言ってまとわりつく……」

「黙れよ」

エドが眉をひそめ、冷たい声で礼を制する。礼の声は震えていた。睫毛《まつげ》に涙がかかる。自分でも、こんな卑屈なことを言うのは嫌なのに、止まれない。

休暇の間、と、礼は涙声で続ける。

「エドはセックスはしても、キスはしなかった……だから、エドが僕を抱いたのは、愛情からじゃないって分かってた。なのに最後だけ、優しくされて……期待した。だけどあれは、あの朝もう、ジョナスと電話で話してたからなんだね――」

声が続かない。礼はしゃくりあげた。涙で歪《ゆが》んだ視界の中で、エドが驚いたように礼を見ているが、その意味も分からないし、考えられない。

「……違う、レイ。たしかにあの朝、お前が寝てる間に執事を経由して……連絡は受けた。でも俺がお前を犯すのを辞めたのは、前の晩に……お前が」

エドは言いにくそうに言葉を探している。小さな声で「くそ」と呟《つぶや》く。

「……お前が、メイソンやミルトンとはキスするのかと、言うから……」

「……？　だから、同情してくれたの……？」

礼は驚き、そうして胸に、細い針を突き刺されたような気がした。はっきりとショックを受けたのは、数秒後のことだ。やっぱりあのキスも優しさも、エドの意思ではない――。

あのな、とエドが慌てたように言葉を継ぐ。

「誤解するな。キスなんて社交辞令だ。イギリス人で、ベッドでキスしない男はいない。それだけのことで……ジョナスのことも、お前は勘違いしてる。あいつはマーティンに呼ばれて、俺に説教しに来たんだよ、お前のことを聞いて……心配してくれたんだ。俺は事情を話した」

「事情って……？」

わけが分からず訊くと、エドはもごもごと声をこもらせ「だから」と呻《うめ》く。

「お前が俺の生《い》け贄《にえ》で……俺がお前を抱いたことだが……」

礼はもう言葉が出ず、エドを見つめた。

（なんで？　ジョナスに……恋人に、レイプした相手の話をしたの？　なんのために？）

まるで見世物ではないか。ジョナスがたびたび心配そうに礼を見つめていたのは、そのせいなのだろうか？　好きな男に、愛されてもないのに抱かれていた。そんな話を、知らないうちに裏で知られていたなんて――。

みじめな気持ちが湧きあがり、礼はうつむく。

「ただ俺とお前じゃ、どうにもならない。あいつは一度経験して知ってる。……ジョナスに言われたんだ、お前が傷つかないためには、マーティンの授業に参加させるべきだって……。それでも俺は嫌だから、ジョナスから、授業でお前に悪い虫がついてないか聞いて……」

そこまで言って、エドはなぜかハッと慌てたように「それだけじゃないが」とつけ足した。

「ジョナスが戻ってきたのに、俺が無視していたら、悪い噂を肯定する。あれはジョナスが悪かったと言うようなものだ。だから一緒にいた」

（エドは優しい）

ふと、そのことが頭の隅に浮かぶ。

長い年月、そう信じてきたから礼はエドを愛してこられた。どんなに冷たくされても、きっと本当のエドは優しいはずだと……。

ただその優しさは、礼ではなくジョナスに向けられていたのだと思う。頑《かたく》なに優等生を演じてきたのに、たぶんジョージが苦心して流しただろう噂を覆すようなマネを、エドはジョナスのためならば簡単にできてしまうのだ。

（僕とは、僕に悪い噂が出ても、ずっと遠ざかってたのに……ジョナスには違うんだ）

「……エドはジョナスのためなら、全部捨てられるんだね。……やっぱりちゃんと、エドは人を愛せるんだ」

ふと自虐《じぎやく》めいた笑みがこぼれ、同時に、こみあげてきた涙が一粒、頬を転げた。

「日本に帰りたい」

自分がみじめだ。気がつくと、そう呟いていた。

「きみと出会う前に……今ならきっと、イギリスなんて行かないって言う」

「レイ」

繰り返すと、エドが不意に、切羽詰まった声を出す。

「エドのことなんて、好きにならなきゃよかったのに――」

エドが声をなくしたように、口だけを動かして、なにか言いかける。もう行って、と礼は言い、しゃくりあげて、エドの胸を押した。これ以上無様な姿を見せて、嗤われたくなかった。

その刹那《せつな》だった。礼は手首を握られ、そして、強い力で引き寄せられていた。あっと思ったときには、腰に逞《たくま》しい腕が回っていた。そのまま引き上げられ、足が宙に浮く。

「レイ」

エドが喘《あえ》ぐように名前を呼んだ。濡《ぬ》れた眼をあげると、エドのほうも泣き出しそうな顔をしていた。すがるような眼で見られ、どうしてそんな顔をするのと思ったのと同時に、エドの額が額にごつん、と当たった。

「そんなこと、言うな――」

咎《とが》めるように呟いたエドの唇が、ゆっくりと礼のそれに重なった。

柔らかく温かな感触に眼を見開くと、エドは熱い舌で、礼の唇をそっと舐《な》めた。それは普段のエドの、礼に対する態度からは想像もできないほど優しい仕草だ。そしてエドはその舌で、遠慮がちに礼の歯列をノックした。

小さく歯を開けると、エドの舌が入ってくる。

「ん……」

身じろぎする礼の体を、エドが強く抱きすくめてきた。口の中に入ってきたエドの舌は熱く甘い。思わず眼を閉じると、エドの舌は礼の口腔を優しく撫《な》で、おずおずと舌をからめとる。あくまで優しく優しく、そっと、遠慮がちに中を愛撫《あいぶ》し、その舌は出ていってしまう――。唇を離す間際、エドの歯が淡く、焦れったいほど優しい力で、礼の下唇を噛んだ。

あまりにも甘く切ない愛撫に、礼は頭がくらくらとした。唇を離したエドは、礼を床に下ろす。下ろしながら、髪と額、それから目元と頬に、ついばむようなキスをする。

「……エド」

戸惑い、礼はかすれた声を出した。頬が熱い。潤んだ眼で見上げると、エドは腰を折り、礼の頬をそっと両手で包んだ。エドの瞳はどうしてか潤んで、思い詰めたように揺れていた。きゅっと引き結ばれた唇が、物言いたげに何度か動き、けれど、話すことができないように声は聞こえてこなかった。

心臓が痛いほどに鳴り、礼はもう動けなかった。ためらいがちにエドの手を握り返すと、たまらなくなったようにエドが空いた手を礼の背に回す。とたん、礼はどきりとした。下肢にエドの股間《こかん》が当たる。そこはまるで石のように硬くなっていた。

（エド……どうして……？）

自分なんかに、なぜエドは欲情しているのだろう。キスなど社交辞令だと、ついさっき言ったばかりなのに――。

心臓がうるさく、頭がくらくらする。抱かれなくなってからずっと、抑えこんできたセックスの愉悦がじんと全身に広がっていく。体の表面がざわざわと粟《あわ》だち、体の奥で燻っていた熱が、礼の中に戻ってくる――。昼夜も忘れ、激しく犯されたあの快感。後ろに入れられ、乳首を弄《いじ》られて何度も達した淫靡《いんび》な記憶に、背筋がぞくぞくと震えた。

（あ……だめ）

制服の中で、礼の性器まで膨《ふく》らみ始めている。それだけではない。馴らされた乳首はシャツに擦れただけで尖《とが》ってきて、尻の窄《すぼ》まりはひくひくと動いた。恥ずかしくてうつむくと、身じろいだ礼の性器が、エドの太ももに擦れた。

反応していることを、知られたかもしれない。恥ずかしさにうつむき、耳まで赤く染める。とたんに、エドの手がすうっと礼の背をなぞり、腰より下へゆっくりと下りていく。窄まりのところに、人差し指をくいっと曲げて入れられ、礼はぴくんと腰を揺らした。

「……ここがまだ俺の形か、確かめても？」

耳元で囁《ささや》かれ、礼はダメだと言おうとした。受け入れる意味がない。エドにはジョナスがいる。これは恋人同士のセックスじゃない。分かっているのに、でも、と胸の内で声がした。

（日本に帰ってしまったら、エドには二度と抱いてもらえない……）

エドを好きにならなければよかった。

そう言ったばかりなのに、矛盾している。矛盾していると分かりながら、礼は拒めなかった。頷《うなず》くこともできずに震えていると、エドが頬に手を添えてくれた。

もう一度、今度はさっきより深く口づけられ、礼はたまらず、エドへすべてを預けていた。

四

　夕飯の鐘が鳴っても、エドは下りていかなかった。ベッドの上で裸に剝かれ、仰向けの体勢でエドのものを受け入れている礼《れい》も、だから下りていけない。

「レイ、レイ……」

　エドが何度も名前を呼ぶ。その声はなぜか切なく聞こえ、礼もまた枕に顔を埋めたまま、エドの名前を呼んだ。既に一度達した体は、二度目の突き上げに尻を揺らしている。胸に、ぽたぽたとエドの汗が落ちてきて、その刺激だけでも礼は「あっ、んぅ」と喘いでしまう。

　やがて熱い迸《ほとばし》りが体の中に放たれると、礼もまた果ててしまった。

「……中は俺の形のままだな」

　荒い息をつきながら、エドが呟く。まだ精を放っているそれを、礼の中でぬるぬると回し、エドは満足げに倒れ込んできた。

「エド……ん、んん、あ」

　達したばかりの礼は、ぎゅっと抱きすくめられて、びくびくと体を震わせた。中にはまだエドのものがあり、内腿《もも》がひくひくとわななないた。

「……監督生の仕事、い、いいの……」

かすれた声で訊くと、エドは「消灯前には戻る」と囁いて、礼の耳朶《みみたぶ》を優しく噛んだ。同時に、大きなエドの手が礼の腹から胸をなぞり、ベッドに二人倒れ込んだまま、手持ちぶさたに乳首を捏《こ》ねる。

「あ、あ……だ、だめ……」

乳首を弄《いじ》られると、それだけで後孔が締まる。すると中にエドの性を感じ、腰が揺れる。もう二度も中で出したのに、エドの性は礼が腰を振ると、すぐにまた硬度を取り戻した。

「レイ……お前もう、共同浴場には行くな」

ゆるゆると尻を揺らし、礼の中をゆっくりと掻《か》き回しながら、エドが耳元で言う。

「ど、どうして……あっ」

乳首をきゅうっと引っ張られ、礼はびくんと背を反らした。甘い快感が背筋を駆け、口の端からだらしなく唾液が垂れた。

「男が大勢いる。……ギルも監視役で入るだろ。なにがあるか分からない」

「でも、あ、お、お風呂、入れな……あ、あ、エド、だめ……」

動かないで、と礼は懇願したが、エドは乳首を今度はぎゅっと押しつぶし、また大きく勃《た》ちあがった性で、礼の後ろをずん、と突いた。礼は「ひあっ」と叫んでシーツを指で掻いた。

「……消灯したら、毎晩俺の部屋まで来い。俺のところで、入ればいい――」

そうしろ、いいな、とエドは上半身を起こし、礼をベッドに、己の剛直で串刺すように強く突き始める。イったばかりで刺激され、礼は声を殺そうと、枕を引き寄せ、抱き締めて顔を押しつけた。すぐ外の廊下や、階下の食堂からうっすらと人の話し声がし、寮生たちが騒がしく移動する足音も聞こえる中、ベッドはぎしぎしと軋《きし》み、肌と肌のぶつかる音や、エドの精液をたっぷりと飲まされた後孔が、ぐぷぐぷとたてる水音が部屋中に響いている。それが外に聞こえないか、礼は気が気ではなかった。

（……夕食を、ジョナスととるって……約束してたのに）

エドに言って、放してもらわねばならない。そう思うのに礼の性器も再び硬くなり、突かれるたびに揺れて、はしたなく蜜《みつ》をこぼしている。

「ん、う、エド……っ、あ、ひう……ん」

悦楽に思考が蕩《とろ》け、礼は喘ぎながら腰を振ってしまう。

「共同浴場に行ったら……そこで俺は……お前を犯してしまう。だから、いいな」

念を押すエドの眼が野獣のようにぎらついている。潤んだ瞳で見ているると、背がぞくぞくと震えた。後孔がきゅうきゅうと締まり、体の芯《しん》が甘く崩れていく。命じられ、犯すと言われて感じている自分が歪んでいる気がして、礼は目眩《めまい》がした。

そうしてその日、だめだと思いながら、結局消灯間近まで礼はエドと抱き合っていた。

（やってしまった……。エドとのセックスなんて……なんてバカなこと、しちゃったんだろう——）

翌朝、ベッドで目覚めた礼は腰のあたりに鈍い痛みを感じて、落ち込んだ。

消灯前の見回りのため、エドが出ていったあと、礼はなんの後始末もできず、落ちるようにして眠ってしまった。けれどどうやら、あのあと戻ってきてくれたエドが、後ろをきれいにし、着がえさせてくれたらしい。寝ぼけ眼に世話を焼かれた記憶があり、礼はきちんとパジャマで眠っていた。

白濁まみれで起きてしまったら、これよりずっと自己嫌悪がひどかっただろうと思いながら、それでも重たい罪悪感に襲われる。一体どんな顔をして、朝の食堂へ下りていけばいいのだろう。部屋にこもってエドと抱き合っていたことが、もしも寮生の誰かにバレていたら？　もしかしたら今もエドと恋仲かもしれない、ジョナスとどんな顔をして会えば？　それにエドにも、どう接していいか分からない。

（昨夜のあれは……なんだったの……なんて、訊けない。気の迷い……としか、思えないけど）

けれどそれにしてはおかしい。なぜ、ジョナスが復学してそばにいるのに、礼を抱く必要があるのだろう。もしも二人が今も愛し合っているなら浮気になるし、性欲解消をするにしても、礼である必要などない。

（……僕があんまり、物欲しげだった？　……エドはそれを見て、同情してくれたのかな）

分からない。なによりもジョナスへの後ろめたさと、昨日のエドの様子を、寮生たちがどう捉《とら》えているのかが不安で、礼は朝食に下りていくのに勇気を振り絞らねばならなかった。本当は逃げ出したかったが、そうしては後でもっと怖くなる。

緊張しながら階下に下りると、食堂はもういっぱいで、とっくに朝食が始まっていた。中へ入るとエドはまだいなかったが、奥の席にジョナスが座っているのが見えた。

礼は迷い、それから意を決して、ジョナスの隣に座った。

「お、おはよう。ジョナス」

かける声が震えたが、ジョナスは礼を見上げると、嬉《うれ》しそうに笑ってくれた。

「おはよう。良かった。昨夜はここでしばらく待ったのに、きみ、下りてこないから……」

夕食を一緒にとろうと約束していたのに、すっぽかしてしまったのだ。礼は座ったままジョナスに向き直って座り、頭を下げた。

「ごめんなさい……あの、昨日、あの……」

そこから先の言葉が続かない。心臓がドキドキと激しく鳴り、べっとりとした脂汗が額に浮かび上がった。一体なにをどう、謝ればいいのだろう。押し寄せてくる罪悪感に、手足がカタカタと震えだす。そんな礼を見ていたジョナスが、不意に言った。

「昨夜、もしかしてエドと寝た？」

「……」

一瞬、声が出なかった。けれど礼は震えながら、搾《しぼ》り出すように「うん」と言った。ごめんなさい、そう続けようとしたけれど、続かない。目眩がして、顔をあげられない。ジョナスがどんな表情をしているのか、知るのが怖かった。

「ふうん。そうか。やっぱりね……」

ジョナスの声音は至って普通だ。少し、呆《あき》れているようにも聞こえる。どうしよう、と思っていたそのとき、食堂がざわざわとざわめき、礼の耳に「エドだ」と誰かが囁くのが聞こえた。思わず目線だけあげると、ちょうど食堂に、エドが入ってきたところだった。

ライアンやフィリップたちはいつもの定位置に座っており、エドを見て固唾《かたず》を飲んでいる。どうやら昨日、エドがライアンたちと揉《も》めたことは寮生すべての知るところとなっているらしく、食堂中の視線がエドに集まっていた。

エドは気遣わしげに自分を見ている視線が気にならないのか、ライアンたちの眼の前を素通りした。あちこちでざわめきが起こったが、それさえ無視し、一直線に歩いてくる。それは、礼とジョナスの眼の前だった。

「おはよう、ジョナス。レイ。……レイ、その、大丈夫か？」

控えめに、けれど心配そうに窺《うかが》う眼をして、エドは礼に訊いてきた。昨夜のセックスの疲労が残っていないか、その確認だろうとは、いくら鈍い礼でも分かる。けれどなぜそれを、わざわざジョナスの前で訊くのか？　頭から血の気がひいたが、そのとたん「エド」と硬い声が聞こえた。発したのはジョナスで、彼は立ち上がると、その美しい瞳で、じろりとエドを睨みつけた。

次の瞬間、食堂に張り詰めた音が響いていた。

眼の前に立つエドの頰を、ジョナスがなんの躊躇《ためら》いもなく、したたかに引っぱたいたのだ――。

礼は息を吞み、体を竦《すく》めた。思考が追いつかず、どうしていいか分からずに固まる。叩かれたエドはじっとしており、ジョナスの顔も冷たいほどに無表情だ。

「僕に言ったよね？　もうしないって。……約束を破ったんだから叩かれて当然だよ」

淡々と言うジョナスに、エドも「ああ」と返すだけだ。

「僕はもう面倒みきれない。徒労は嫌いなんだ。……きみは目立つから、あっちで食べて」

突き放されたエドは黙り込み、けれど一秒後には、踵《きびす》を返してジョナスの言うとおりに従った。礼は呆気にとられていたが、それは食堂にいる他の寮生も同じだった。ジョナスだけが席に座り直すと、「レイ、早く食べないと時間なくなっちゃうよ」と穏やかに声をかけてくる。

けれど礼は食事どころではなかった。

ジョナスになにを言い、どう弁明すればいいのか、エドになにかしてあげられるのか分からず、緊張で震えながら、頭の中でただただ思考を巡らせていた。

「ジョナス。……ジョナス、あの。あの、話をさせて」

朝礼が終わり、朝の授業に向かう途中で礼はジョナスを追いかけていた。

食堂では、まともに謝ることもできなかった。エドだけではなく、エドを叩いたジョナスにも視線が集まり、あちこちからひそひそと話し声がしていたし、ジョナスはもう礼から昨夜の話を聞きたくなさそうだった。

けれど、ジョナスがエドを叩いたのは礼とエドがセックスをしたことと無関係ではないはず。なにを話してもすべて言い訳になるが、せめてきちんと謝らねばならないと、礼は彼が一人になるのを待ったのだった。

朝の校内は霧で霞み、視界が悪い。ジョナスは川沿いの縁道を歩いていたので、よけいに人目から隠れやすい。ここなら話ができるだろう。

振り向いたジョナスはいたって普通の調子で、「レイ、一限目はないの?」と訊いてきた。

「……あるけど、きみに謝らなきゃ」

必死になって言う声は震えていた。許せないと言われたら、どうすればいいのか——。うつむいていると、ジョナスはふと、視線を川のほうへ向けた。

「じゃあ……うーん、そうだね。カフェにでも行く？」

今から外へ出るつもりかと驚き、礼は顔をあげた。するとジョナスは、悪戯《いたずら》っぽい笑みを浮かべ、上着の内側から小さな魔法瓶《びん》を取り出した。

「カフェ・ハリントンでよければ。食堂で紅茶をもらってあるんだ。ビスケットもあるけど」

ジョナスの声音が冗談めいていて、優しいので、礼は戸惑った。礼に怒っていないのか、それとも本心を隠しているだけなのか――先に立って歩き出したジョナスが、川沿いに置いてあるベンチに座った。座面は少し湿っていたが、ちょうどトネリコの木が枝を下ろし、人目から隠れられる。隣に座ると、川面をそよそよと移動する霧の中に、うっすらと古い校舎が見えるだけで、あたりはシンと静かだった。

ジョナスは魔法瓶からカップへ温かい紅茶を注ぎ、渡してくれた。礼はありがとう、と頭を下げながら、これから謝るのに親切にしてもらって、どうしようかとまた思い悩んだ。

「……エドとセックスしたことなら、べつに謝ることじゃないよ」

言葉を選んでいると、また、ジョナスが先手を打った。礼はぎくりとして顔をあげたが、ジョナスはどこかおかしそうにしていた。

「レイって律儀だよね。昨日、僕、言わなかった？　エドと僕は恋人じゃないって。……本当はエドから、きみにその話をするべきだと思ってたから、あまりちゃんと言わなかったんだけど——なにもかも、話したほうがいいのかもね」

肩を竦めて、ジョナスはポケットからビスケットを取り出した。いつだったかオーランドが、イギリスで食べる価値があるものの一つ、と揶揄《やゆ》していたショートブレッドだ。

「僕とエドはね、入学して最初の部屋が同室だったんだよ」

ビスケットをかじると、ジョナスはぽつぽつ、話し始めた。

ハリントン社はジョナスの祖父が始めた会社らしい。食品の輸入会社で、一代で大きくなり、ジョナスの家族はハイソサエティにも出入りするようになったが、そもそも庶民の出自なので、社交界ではニューマネー、すなわち成金と皮肉られるそうだ。

大株主はグラームズ社。グラームズ社は海運会社だから、食品輸入を取り扱うハリントン社とは縁が深いという。

「祖父は経営が上手かったけど、僕の父は凡人だ。ヨーロッパはこのところ不景気で、うちの会社も右肩下がり。そうしたら、大株主の息子と寮で同室だろう？　最初は上手くやらなきゃって思って緊張してた」

リーストンの寮で個室が与えられるのは五年生からだ。三年生、四年生は四人部屋で過ごすが、エドとジョナスはそこで一緒だったという。

「大企業の御曹司。次期社長だ。ライアンやフィリップたちの家も、グラームズ社にずいぶん出資してもらってる。そりゃあみんな、顔色を窺う。僕なんて庶民だから、きっと嫌われると思ってたら……エドは血統なんて気にせず、僕と親しくしてくれた……」

　昔のエドはそんな人だったのだとジョナスは説明し、そうして親しみが、ほのかな恋情に変わったと話してくれた。

「もともと僕は、男の人しか好きになれないみたい。エドもそうだったらしくて、互いに悩んでた。僕らどっちも長男だし」

　いずれは稼業を継いで、結婚して子どもも持たなければならないが、どうしても女性に興味を持てない。後ろめたさのせいで、弱気になり劣等感を抱えていたジョナスとエドは、急速に近づいていき、そうして互いに惹《ひ》かれあった。

「といっても、子どもの恋愛だったんだよ」

　と、ジョナスは前置きした。

「なんていうか……試してみたかったんだ。男とするセックスってどんなものか。本当に自分が、ゲイなのかどうかね。愛というより友情だった。添い遂げたいとか、そんな思い詰めたものじゃなくてさ。だからベッドにいるところを見られたって、もしエドがグラームズ家の長男じゃなく、僕もハリントン社の息子じゃなければ……こんなにこじれなかったろうね」

　二人同時に謹慎を食らったが、なんといっても大騒ぎしたのは両家の家族だった。

　それでもまだジョナスの一家は理解があったが、一族の監視が厳しいエドの家では大問題になり、エドがこのままジョナスと関係を続けるなら、次期社長には相応《ふさわ》しくないと騒ぐ者も現れたらしい。

エドの父、礼の養父でもあるジョージは慌てふためき、ハリントン社の株をすべて売却しようとした。大株主が株を売却するとなれば、ハリントン社は倒産するかもしれない。会社の株価は一気に下がり、一家が路頭に迷うことを恐れたジョナスは、追い詰められて手首を切った――という。

「これね……その痕《あと》」

ビスケットの最後の一かけを口に放り込み、ジョナスはなんでもないことのように、左手の上着の袖《そで》をめくりあげて、礼に手首を見せてくれた。礼はぎくりとして、そこにまだ残る、痛々しい傷跡を見つめた。

お茶は飲めないまま、もうすっかり手の中で冷えている。じっと黙り込んでいると、ジョナスが小さく笑った。

「……もう昔の話だよ。それに僕が手首を切ったのは家族のためで――エドのためじゃない。分かるかな。僕はオフィーリアじゃなかったんだよ」

もしもオフィーリアが川に身を投げたのなら、それは、ハムレットに愛されたかったからだろう。けれど自分が手首を切ったのは、エドに愛されたかったからではなく、家族を救うためだったと、ジョナスは話した。

「単純に、僕がいなくなったら、エドは社長になれて、うちの株も売られないと思ったんだ。

でもそれは浅はかな考えだった。結果的に、エドは僕への友情をとってくれたからね」

「……友情？」

愛ではなく？　不思議に思って問うと、「友情だよ」と、ジョナスは繰り返した。

「僕が手首を切って、エドは自分の父親を激しく憎んだ。株を売ったら学校を辞めて、一族を出て行くと言った。そこで彼の父親は、入院中の僕を見舞って交換条件を出したんだ」

もしも今度の事件を、すべてジョナスがエドを誘惑したという形にしてくれるなら、出資を続ける。学校にも、籍は置いておけるよう取りはからう。しかしエドが監督生になるまでは、復学を待ってほしい――。ジョナスは言われるままそれを飲み、エドはジョージを憎みながら学校へ戻った。ジョナスが学校に戻れるよう、エドは監督生になる努力をした。

「……でもね。本当は、もう戻るつもりはなかった。リーストンに未練はないし。だけどオーリーが、皮肉にもこの学校に入って。はじめは他人事《ひとごと》のように見てたけど、オーリーからレイのことを聞いた。それでね、一年だけ戻ろうと思ったんだ」

「……それは、どうして？」

ジョナスには、再三、同じようなことを言われてきた。けれどなぜ彼が、自分にこだわるのかレイには分からなかった。不安になりながらジョナスを見つめると、ジョナスは「エドのことを、愛してくれてる子がいる。……エドはきっと、苦しんでると思った」と、呟いた。

――エドは苦しんでると思った。

（それは……僕がエドを愛してるせいで……？）

そういう意味だろうか。これ以上愛してはならないと責められるのが怖くてうつむくと、ジョナスは静かに続けた。

「……僕が朝、エドに怒ったのはね、卒業したら、エドはレイを捨てるって、知ってるから」

ドキンと胸が鳴り、礼は体を揺らした。手の中で、お茶がこぼれそうになる。

――卒業したら、エドはレイを捨てる。

頭の中で、残酷なその言葉がリフレインした。

「レイも知ってるでしょう。……エドはきみを……愛してないんじゃなくて、愛せない。愛したくても、愛せない。なのにきみを抱くなんて……」

呆れたようにため息をつき、ジョナスは膝の上に頬杖をついた。

「レイ。ね。レイ……分かってる？　エドはね、きみの恋人にはなってくれないんだよ」

――どうしたって、来年の六月には別れがやって来る。それを分かってる？

そう、ジョナスに訊かれる。

その声が悲しそうで、顔をあげると、ジョナスは心配そうに礼を見つめてくれていた。琥珀《こはく》の瞳はこんな曇天の下でも、宝石のように美しい。礼は不意に理解した。ジョナスはこの数年間、不遇の目に遭いながら――礼とは違う、親のような愛で、ずっとエドのことを案じていたに違いない。

だから礼が、かつての自分のようにならないか心配して、来てくれた。エドがまた傷つかないよう、そうして礼が、手首を切ったりしないように……。

そこにはもう、激しく求める恋情はないのだろう。ジョナスの愛はたしかに、友愛や慈愛に変わっている。かつてのエドとの恋愛がどんなものだったか知らないが、少なくともジョナスの中の感情は、セックスが必要な愛ではないのだ――それだけに、きっとジョナスはエドのことを深く理解しているし、二人は強い絆《きずな》で結ばれている。

どうしてか、礼にはそう思えた。そこにはなぜか嫉妬は湧かない。ジョナスが礼に向けてくれている心配が、心の底からのものだと分かるからだ。

（ジョナスは……優しい）

いずれやって来る六月。エドに捨てられたとき、礼が耐えられるのか、懸念してくれている。

そうして礼の心は今、改めて突きつけられた真実にしぼみ、傷ついている。その傷つきに心は静かに痛み、切り刻まれ、深い悲しみに沈んでいった。

（……分かってた。分かってたけど、やっぱりそうなんだ。――エドが僕を愛することは、絶対にないんだ）

改めて突きつけられたその真実が、ただ心に痛く、辛《つら》い。両手で包んだカップの中、冷えた紅茶の表面には、礼の顔が映って揺れている。

「ありがとう……ジョナス」

今はそう言うしかなくて、礼は呟いた。声はもう震えていなかった。けれど他に言葉を探しても、なにも出てこない。

「……あのね、僕はちゃんと、分かってるつもりだよ。悲しいけど……ずっとエドを愛してきたけど、叶《かな》わないって理解してる。……エドには、僕の愛は届いてないことも」

だから大丈夫。エドと別れても、川に身を投げたりはしない。

そう続けた礼の言葉を、ジョナスはしばらくの間じっと黙って聞いていた。けれどやがて、ぽつんと呟いた。

「……きみの愛が届いてるかどうかは、エドにしか分からない。きみに分かるのは、エドの愛がきみに届いたかどうかだけじゃない？」

一瞬、意味を解しかねて顔をあげた礼の手から、ジョナスはそっと水筒のカップを持ち上げた。冷えた紅茶を飲みこみ、「やっぱり、冷えると味が落ちるね」と肩を竦める。

「愛を受け取ってないのは、自分のほうかもしれない。そう考えたことはある？」

問われても、礼は返事を返せなかった。

エドの愛を、自分が？　そもそも、エドが自分を愛しているかなんて、分からないし、愛されていないはずだと思ってきた。それなのに、受け取れていないかもしれないなんて、当然ながら思ったことすらない。

「……紅茶、水筒のはまだあったかいよ。飲んでから行く？　授業には遅刻だけどね」

ジョナスは優しい声で、いつものように柔らかく微笑んでいる。その瞳を見返す。ジョナスには愛がある。ふと、そう感じた。

出会って間もないし、よく知らない。それでもなぜなのか理由は知らないが、ジョナスはちゃんと、礼のことを愛してくれている。長い睫毛に縁取られた琥珀の瞳。桃色の唇。優しい笑みのそこかしこに、ジョナスの愛情が見え隠れしている……そう、感じ取れる。

そうして礼も、きっとジョナスを愛している。嫉妬も感じるけれど、ジョナスを愛したいとも思う。この愛情はきっと、ジョナスと同じだけの愛、同じ形の愛ではないだろう。

（きっとジョナスは……僕がジョナスを理解しているのより深く、僕を理解してくれてる。だからジョナスの愛は、僕のより、深いかもしれない……）

それでも礼の愛も、愛ではあるのだ。胸の中にそっと、たしかに存在しているのを感じられる。もしかしたら――と、礼は思った。

（エドの気持ちも……本当はどこかに、あったのかな）

その愛は、礼の愛と同じではなくても――同じではないから、見落としていただけで、愛が伝わらないと嘆いていた自分のほうが、エドの愛を知らなかったのかもしれない……？

胸が痛み、得体の知れない淋しさが、急に体中に押し寄せてきて心をさらい、礼は呆然とした。

出会ったころのエドの面影が、ふっと瞼《まぶた》の裏に返ってくる。

（どうやって僕は……最初に、エドを愛したっけ……？）

最初の始まりを、礼はぼんやりと思い出し始めた――。

それはとても、シンプルではなかっただろうか……？

ジョナスが新しく、紅茶を入れてくれた。

受け取った礼は、口をつけてゆっくりと飲み込む。アールグレイの甘い香りが、鼻腔《びこう》いっぱいに広がっていく。川面の向こうは相変わらず白かったが、霧は少し晴れたようだ。

遠く見える石造りの校舎の、切り立った尖塔《せんとう》の形が、くっきりと見え始めていた。


結局その日、礼は一時限目をサボってしまった。けれどそれ以外は、一日普通に過ごした。

舞台制作の授業にもちゃんと出て、寮に帰るときは約束したとおりジョナスと一緒に戻った。

ジョナスとはもう、朝の話を蒸し返したりせず、読んだ本の話や稽古《けいこ》の進み具合などをとりとめなく話した。なぜだか分からないが、なにか憑《つ》きものが落ちたように、礼はジョナス相手に自然体で会話できた。あるいはそれは、ジョナスの愛情を感じたからかもしれない。夕飯には、今度は礼から誘うと、ジョナスは喜んでくれた。

エドはというと、監督生としての仕事を淡々とこなしている様子だった。けれどライアンたちが一歩も二歩も退いている様子なのは、遠目にも見てとれた。

「エドはどうしたのかな？　ハリントンとは結局破局か？」

「その前の、メイソンとミルトンの騒動はなんだったんだ」

夕食を食べている間中、そこかしこでそんな声が聞こえた。名前があがったメイソンやミルトンは、ジョナスと礼を見つけるとじろりと睨んではきたが、不機嫌そうに去っていっただけで、特になにも言われずにすんだ。礼は始終緊張し、びくびくと食べていたが、ジョナスは平気そうだった。

この中で一番辛いのは、エドかもしれない。ウェリントンの英雄から、一気に「男にフラれた憐れなゲイ」のレッテルが貼られそうになっている。けれどエドのほうも、堂々としていて、まるで意に介していない様子だった。

（それどころじゃないのかも。……ジョナスに叩かれて、エドはショックを受けたかな）

礼にはエドの心中は推し量れない。夕飯が終わったあとは、ジョナスと二人で人の少ない談話室に行き、窓辺のソファでジョナスが台本を読むのを手伝った。オーランドの脚本制作はまだ終わっておらずあとは、最後の一場だけ、あがってきていないという。

「レイ、風呂には行くの？　きみ一人じゃ不安だから、一緒に行こうか」

談話の時間が終わるころ、ジョナスはそう申し出てくれた。風呂くらいでなにが不安なのだろう――と礼は思ったが、昨夜エドに言われたことを思い出し、ハッとなった。一瞬迷ったが、今朝、腹を割ってなにもかも話してくれたジョナスに言わないのは失礼な気がしたので、エドから共同浴場には行くなと言われたこと、消灯後にエドの部屋の風呂を使うよう命じられたことを、こっそりと話した。

話し終えると、ジョナスはため息をついた。しかめ面ですっかり呆れたようだった。

「……い、行かないほうがいいかな？」

「行ったらまあ、また抱かれるかもしれないね」

ジョナスはあのバカ、と小さく悪態づいたが、礼は胸が跳ね、ドキドキと頬に熱を上らせてしまう。あとで傷つくことになるのだから、もうきちんと拒まねばならないのに、エドがまだ自分を抱きたいと思っていたら――それはそれで嬉しいと感じる自分がいる。

「エドに言われたら、断れないと思う……。だから、バカなのは僕かも……」

呟くと、ジョナスは「否定できないな」とはっきりしていた。けれどジョナスは反対しなかった。礼が決めることだ、とあっさりしていた。

「僕は……ジョナスと話して、改めて思ったんだ。もう少しエドを理解したいって」

ふと礼が言うと、ジョナスは大きな眼をしばたたいた。

「いずれ別れることになるのは分かってる。だけど、それなら余計に。……エドの愛を、僕は知らないから……そのためにはきっと、もっと話さなきゃ分からないでしょ？」

寮内で、普通に話すのは難しい。人目もあるし、エドの迷惑にはなりたくない。消灯後に部屋に行ってもいいのなら、一日にほんの一言か二言でも、会話ができるのなら嬉しいし、またとなない機会を逃したくないとも思ってしまう。

「――そんなふうに言われたら、止める理由がなくなるよ」

ジョナスは苦笑し、台本を畳むと礼の頭をそっと、優しく撫でてくれた。頑張れ、と言われると嬉しくなり、礼はジョナスに、ホッと笑みを浮かべて見せた。

結局、その日は浴場に行かず、礼は消灯を待ってエドの部屋に向かった。

下着だけ替えを持ち、パジャマを着て、忍ぶように暗い廊下を歩く。部屋が近づいてくるにつれ、緊張で心臓が激しく鼓動し始める。

顔を合わせてなにを言えばいいのか、昨夜抱かれたことを考えただけで頬が熱くなったが、同時に、エドはもうあのときの言葉など忘れていて、礼が訪れても「なぜ来た」と訝《いぶか》しがるかもしれない、とも思った。

（本当に来てよかったのかな……）

ぐるぐると考えながら部屋の前に立ち、しばらくの間ノックするのを躊躇った。けれど勇気を振り絞って、小さくノックすると、ほどなくして扉が開き、エドが立っていた。

「レイ……」

エドはまだ、寝てはいなかったようだ。寝室には灯りがついており、前室の間接照明も、一つ点っていた。

扉を開けたエドは両手を戸口にかけたまま、しばらくの間固まっていた。じっと礼を見下ろす眼はどこか驚きを含んでいるし、眼の下は疲れたように、少し黒ずんで見えている。

「……エド？　あの、お風呂に……だめだった？　だめだったら、僕、戻るよ」

やはりエドは、昨夜の言葉など覚えていなかったのだと礼は思った。情事の最中の、ただの戯《ざ》れ言《ごと》だったのだろう。真に受けて来てしまったことが恥ずかしく、カッと頬が赤くなる。けれど戻りかけたとき、エドが礼の手首を摑んで部屋の中へ引き入れてくれた。

一瞬、エドの胸板に礼の額が当たる。それだけで胸が高鳴ったが、エドは礼の手を離すと、扉を閉め、さっさと浴室のほうへ歩いて行ってしまった。

「湯はすぐ溜《た》まるから、シャワーを浴びていろ。好きに使っていい」

バスタブに湯を入れながら、エドはそう言った。

（お湯を溜めてなかったんだから、やっぱり来ること、忘れてたのかな……）

一人だけ意識していたのだろうか？　部屋に来いと招いたのも、エドにとっては大した言葉じゃなかったのだと思うと恥ずかしく、そうして同じくらい、がっかりもした。

（こんな些細《ささい》なことでもまだ落ち込むなんて……）

エドのことを諦《あきら》めることなんて、まるでできていない。けれど沈みかけた心を、礼はふるふると首を横に振って押しやった。明るくいよう、と思う。自分の悲しみばかり見ていたら、エドの気持ちを見失う。

「ありがとう。ごめんね。……あの、バスタオル借りてもいい？」

「……ああ。そこにある」

浴室の前についた、小さな脱衣場にはタオルが積み重なっている。ハーフタームの間、礼はずっとエドに抱かれて、この浴室はもう使い慣れていたので知っていた。思い出すとドキドキしたが、顔をあげると、浴室から出てきたエドはふいっと礼から視線を背けた。

あれ、と思い、「エド……」と声をかけながら顔を覗き込んだが、やはりエドは礼と視線を合わせなかった。

「来ないと思ってた」

ぽつり、小さな声で呟かれ、礼が眼を丸くしたのと同時に、エドは浴室を出て行ってしまった。背後で扉を閉められると、もう後は追えない。礼は仕方なく服を脱ぎ、風呂を使わせてもらった。

（……来たら迷惑だった？　エド、なんだか元気がなかった。……ジョナスに叩かれたから？　寮のみんなに、嫌なことを言われてるせいかな……）

抱かれたら……と心配していたが、取り越し苦労だったようだ。自分が一人で舞い上がっていたみたいで、少し情けない。

風呂を出たあとは、どうしたらいいのだろう？

湯の溜まったバスタブに浸かりながら、礼は悶々《もんもん》とした。エドのことを知りたい。エドの気持ち、今なにに悩んでいるか、話してほしい……。

（でも、ジョナスにならば相談しても……僕にはきっと、してくれない——）

もはや嫉妬はしないけれど、無力な自分が悲しかった。あまり長居をしても迷惑になる。そろそろ風呂を出ねばと考え、礼は一つだけ決めた。

（明日も来ていいの？　って、訊いてみよう。今は無理でも、いつかは、もう少し会話ができるようになるかもしれない……）

体を拭《ふ》き、パジャマに着替えて出ると、エドは寝室ではなくリビングのティーテーブルに座っていた。椅子《いす》の肘《ひじ》掛けに頬杖をつき、相変わらず明後日のほうを見ている。

「エド、バスタブは洗ったほうがいい？」

なるべく明るい声で訊くと、「ミシェルがやる。放っておけ」と言われ、礼は「う、うん」と頷く。そこで会話が終わり、礼は困ってもじもじとした。エドは黙り込んだままで、次になにを言えばいいのか思いつかない。そういえばいつも、礼は自分から話しかけることはあまりなかった。会話の発端はエドの問いかけ、あるいは小言が中心だ。そう考えると、自分はエドに対して少し怠慢だったのかな、とも思う。

（気付かないところで甘えてたかも……エドだけじゃなくて、たぶん誰に対しても、僕は受け身だし……）

「おい、髪が乾いてないぞ」

一人考え込んでいると、不意に不機嫌な声が飛んできた。顔をあげると、エドが立ち上がり、イライラした様子で礼の頭を見ている。

「ああ……部屋に帰ったらちゃんと拭くよ」

「俺の部屋にはドライヤーがあるの、知ってるだろう」

「でも長時間いたら悪いし」

「風邪をひかれるほうが困る」

つっけんどんな物言いだが、いつものエドのようで礼はホッとする。思わず微笑むと、エドは「なにがおかしいんだ」と怒り、浴室からドライヤーを取ってきた。顎《あご》をしゃくり、「座れ」と命じられる。戸惑っていると、肩を押されて椅子に座らされた。直後、ドライヤーの温風が頭にあたる。背後に立ったエドが、礼の髪を乾かしてくれているのだ。

「あ、ありがとう」

お礼を言っても、エドは無言だった。ちらりと見ると、不機嫌そうな顔をしている。それにも、礼は少しホッとした。髪を乾かしてもらったのは、初めてではない。日本人としては平均的な体力の礼だけれど、エドからすると、とても病弱に見えるらしい。髪が濡れているとすぐに風邪をひくと思われていて、情事の後に礼がぐったりしていると、後始末のついでにあててくれた。けれどそのときは今のように意識がなかったので、エドがどんなふうに礼の髪を乾かしてくれるのか、初めて知った気がする。

「……エドの指って、やっぱり長いね」

エドの指は、礼の髪の奥まで入り込んですうっと梳《す》いていく。その手つきは丁寧だ。

「あと育ちがいいのが分かる。雑じゃないもの」

「……お前みたいな猫ッ毛、雑にできないだろ」

褒《ほ》めると、そんな答えが返ってくる。長い指の感触も、その言葉も少しくすぐったかった。

意識して、雑にならないようにしてくれている。それだけのことが嬉しく、

（……やっぱりエドは、ちゃんと、優しいのかもしれない）

ふと、そんなふうに感じた。

「お風呂は……明日も来ていいの？」

気がつくと、自然と訊きたかった言葉が出ていた。

「――ジョナスに怒られなかったのか」

問い返され、礼は眼をしばたたいた。髪がちょうど乾いたので、ドライヤーの温風が止む。

「ジョナスに言われて、僕が来ないと思ってた……？」

思わず振り向いて問うと、エドはぷいっと顔を背け、ドライヤーを片付けに行ってしまった。

けれどきっとそうなのだろう、と思う。

「ジョナスは呆れてたけど……べつに僕が決めたらいいって。……エドが迷惑ならやめるよ？」

椅子を立ち、浴室の入り口まで追いかけて行って、そう言う。すると、棚にドライヤーをし

まっていたエドが、ムッと顔をしかめる。

「俺が来いと言ったのに、なんで迷惑になる。問題ないなら来い」

（それって来てほしいのかな、そうでもないのかな……）

よく分からず、礼はエドの顔をじっと見たが、エドは礼を見ないので、やっぱり分からないままだった。けれどとりあえず、明日からもここの風呂を使っていいらしい。

（――今日はこれ以上はいいか。エドも疲れてるみたいだし……ジョナスに叩かれて、僕と顔を合わすのも、嫌なのかも……）

ジョナスは、エドと自分の間にあるのは友愛だと言っていたが、実際のところ、エドにとってはどうなのだろう。それについては分からないので、礼にはエドが今なにを考えているのか、どうにも判断ができないのだ。けれどこれまでも四年以上、はっきりとは理解できなかったエドの心が、突然見えるようになるわけもない。明日もまた話せるのだと思い直し、礼は「じゃあ、明日も来るね」とだけ言って、ぺこりと頭を下げた。

部屋を出る前に、廊下に誰もいないか、扉を小さく開いて覗き見る。真っ暗な廊下に人の気配はなく、出ようとした矢先だった。

「……――っ」

後ろから、不意にエドの腕が伸びてきて、扉をバタンと閉じる。そのまま、扉と壁にエドが両手をついて、礼の体を後ろから閉じ込めるようにした。礼は思わず呼吸を止める。

エドの体温が薄い背に迫り、その頭が垂れて、気息がうなじにかかった。そうしてエドは、礼のこめかみにすり、と頭を擦り寄せた。

「レイ……」

息苦しそうにエドが囁き、礼は眼を見開いて、その声を聞いていた。切ない声音に、無意識に体が震える。けれど礼の体よりも、エドの体のほうがもっと震えていた。扉についた両手も、かたかたと小刻みに震えていた。

「エド……どうしたの？　どこか痛い？」

なぜかかわいそうになり、礼はエドの頭にそっと触れた。金色の髪は柔らかく、甘い香りがする。いや、痛くない、とエドは首を横に振る。かわりに壁についた手を、ぎゅっと拳にする。

「……舞台の、授業には出ていい」

ふと、耳元でエドが言う。

「誰と話してもいい……なにをしても自由だ。もう、束縛しない。好きにしろ……」

思ってもみなかった言葉に、礼は眼を見開いた。懺悔《ざんげ》をするように、苦渋に満ちた声で、エドは礼の肩に額を押しつけて続ける。

「そのかわり、レイ。……そのかわり、お願いだ。……日本に帰るまででいい。俺の眼が届かなくなるまで……俺が卒業するまで、他の男を」

他の男を、ともう一度エドはかすれた声で繰り返す。

「愛さないでくれ」

礼は息ができなくなった。心臓がどくんと跳ね、突然、どっと体に血が巡る。まるで全身の血管が、無理矢理押し広げられたように体が痛む――。

「……俺の前で、他の男を、愛さないでくれ。キスもするな。……指にも触れさせるな。頼む……俺は見たくない――本当は、笑いかけてもほしくない……」

エドの声は震え、腕も拳もぶるぶると震えていた。エドは今、どんな顔をしているのだろう?

礼には分からなかった。どくどくと流れる血の音だけが、自分の体の中から聞こえる。息苦しくなり、礼は「うん……」と言ったが、それは喉にこもって声になっていなかった。

どうしてそんなこと頼むの？　大丈夫だよ、エド。――他の人を愛したりなんて、できない。やるせない悲しみが胸の奥にこみあげ、じわじわと眼に涙が浮かんできた。礼は震える手でエドの頭を撫で、胸の前でわななないている拳に指をかけた。

なにが悲しいのか分からないのに、胸の中は淋しくて苦しい。しばらくして礼は、これは自分の感情ではないのだと気付いた。

（悲しいのも、淋しいのも……エドかもしれない）

泣きたいのも、やるせないのもエドかもしれない。その感情がただ、肌と肌を通して、礼に伝わってきているだけかもしれない。愛しても愛されない孤独を礼は知っているが、愛したいのに愛せない孤独は知らない。

（……愛せない人も、愛されていたいと、思うよね）

愛を失うことが、怖いとも思うのだ。

――僕はもう、きみを愛するのはやめる。

いつだったか、秋のハーフタームの前日、礼はエドにそう言った。あのときエドは嗤っていたが、本当は傷ついていたのかもしれない……。

「ごめんね、エド」

意識するより前に、礼はそう言っていた。ごめんね。

「……きみを愛さないなんて、一度でも言って。愛してるよ。ちゃんと、今も愛してる」

愛してるよ、エドワード・グラームズ。僕の王さま……。

エドは泣いていなかったが、どうしてか慰めてあげたくて、礼は首を傾げた。そうして、礼の肩に顔を埋めて震えているエドの髪に、まるで母親のような気持ちで、そっと口づけた。

五

「レイ、お前、クリスマス休暇はどうするんだ？」

ギルにそう訊《き》かれたのは、舞台背景のパネルを彩色作業しているときだった。

礼《れい》は第六校舎の二階バルコニーから、下にいる美術班のメンバーに指示を出していた。

十二月の後半から一月の初旬まで、学校はクリスマス休暇に入る。イギリスのクリスマスは日本で言う正月のようなもので、家族で過ごすのが普通だ。礼もエドも、毎年この時期はグラームズの家に帰る。とはいえ、ジョージとサラはそれぞれ海外に旅行に出ていることが多く、礼はイギリスに来てから一度も、まともなクリスマスを過ごしていない。

言えば、使用人たちはクリスマスらしい食事を用意し、ツリーも飾ってくれるだろうが、エドが要らないというのでそれもない。

（エドは今年も、一応は帰るんだろうけど……）

十一月の中旬から、礼は毎日エドと顔を合わせていた。消灯後に風呂を借りるからだ。共同浴場に現れない礼に対して、監督生《プリフェクト》たちがどう思っているのかは分からないが、なにも言われないのでエドがどうにかしてくれているのだろう。

毎晩会っているとはいっても、エドとは風呂を借りた最初の夜以外指さえ触れあっていない。会話はするが、その日あったことを少し話すくらいで、エドはいつも礼と眼を合わさず、返事も素っ気なかった。

きっと以前なら、避けられていると落ち込んだり、憎まれていると怯《おび》えただろう。けれど今は、まだよく分からないけれど、エドは礼から愛されていたいとは思ってくれている。

そのことだけは、礼は信じられる気がした。

学内でのエドの評判はというと、最近はひどく悪い。監督生としては真面目に仕事をこなしているし、談話室にも現れるが、以前のように取り巻きを集めたりはしない。エドに心酔していたライアンたちも、今では時折声を潜めてエドを悪く言っている。

当のエドはというと、ライアンたちとの関係を修復するでもなく、ジョナスとの噂《うわさ》を否定するでもない。ただ淡々と、けれど気後れするでもなく、不遜《ふそん》なほど堂々としている。今までの様子を知っている人間からすると、完全におかしな状態だ。もっとも礼は、もともとエドにはそういうところがあるのを知っていた。実家にいる休みの間、エドはどちらかというと一人寡黙に、静かにすごすことが多かった。

「どうせグラームズの家には、今年もジョージやサラは帰って来ないんだろ。だったら、うちに呼んでやってもいいよ」

ギルに言われ、礼はため息をついた。

「ギル、お母様からなにか聞いてる？　エドが学校で、浮いてしまってること……ジョージが耳にしてたら、なにか言われないかと思うんだけど」

訊《たず》ねてみると、ギルがムッとする。

「コマドリくん。お前は俺が誘ってやってるのに、エドの話？　まあいいけど。母はなにも知らないよ。俺が言ってないからね。母が知らないことを、ジョージが知るわけないさ」

礼はホッとし、告げ口しないでいてくれているギルに、ありがとうと言った。寮代表《ヘッドボーイ》の推薦のためだろうが、昔のギルならとっくにバラされていたかもしれない。

（そうだ……クリスマス。せっかくだから、僕からなにかできないかな？）

ふと、礼は思いついた。

今までは用意された休暇を、ただそのまま受け取っていた。けれどなにも今年まで、そうしなければいけないわけじゃない。

――エドを元気づけられないかな？

胸のうちで小さな希望が湧《わ》いた。礼は顔をあげ、

「ねえギル。友だち同士でクリスマスっておかしい？　もしも僕がグラームズの屋敷に招待したら、きみ、来てくれる？」

そう言うと、ギルは妙なものを見るような顔になった。

「なんで俺が、グラームズ家に？　お前だけならともかく、あのエドもいるんだろ」

「僕ら二人だけだとパーティにならないでしょ？　僕が気軽に誘える人、きみ以外だとそんなにいないもの……」

　ギルはそれを聞くと、パーティ？　と嫌そうに眉根《まゆね》を寄せたが、やがて「まあべつに……代表になるためのごますりなら、母も許すだろうけど」と、呟《つぶや》いてくれ、礼はパッと顔を輝かせた。

「ほんとに？　ありがとう」

　嬉《うれ》しくてニコニコすると、ギルは仏頂面だった。バルコニーにもたれかかり、小さくため息をつく。

「お前ね、レイ。よく俺を誘えるな。俺とキスしたこと、覚えてる？」

　突然問われて、礼はびっくりしてしまった。顔が赤らみ、「もちろん、覚えてるけど……」と言ったが、実際にはあまり気にしていなかった。エドとのことで頭がいっぱいで、とても考える余裕がなかったのだ。ギルはそれを見透かしたかのように胡乱《うろん》な眼になり、

「あーあ……惜しいことしたかな……出会ったばかりのころに、優しくしとくんだったよ」

　キスも意識してもらえないなんて、と唇を尖《とが》らせる。礼はたじろいだが、「まあ、いいよ」とギルは続けた。

「それで、俺はなにか手伝ったほうがいいのかな？」

「わあ、クリスマスツリーだ！　ちゃんと出てる！」

学校がクリスマス休暇に入り、礼はエドと一緒に迎えの車に乗りこんで、リーストンを出た。家に着いたのは午前十一時。その日は前日から雪が降り、グラームズの敷地にもたっぷりと積もっていた。

屋敷の前には数台の車が停まっていて、降りたエドが妙な顔をしていたが、ロビーに入ったとたん視界いっぱいに迫ってくる巨大なクリスマスツリーを見ると、呆気《あっけ》にとられたようにぽかんと口を開けていた。

もちろん、グラームズ家のツリーは本物のモミの巨木で、森から伐りだしてくるのだ。飾りは硝子《ガラス》細工や蠟《ろう》細工など、昔ながらの手の込んだアンティーク。見ているだけでも贅沢《ぜいたく》で、うきうきとした気持ちになる。

「お帰りなさいませ、お坊ちゃま。レイ様」

執事が出てきて、深々とお辞儀をする。礼は彼に駆け寄り、「ありがとう、飾り付けしてくれて」とお礼を言った。執事は眼を細め、「皆様、もう広間でお待ちですよ」と続ける。

「セバスチャン、どういうことだ？　俺はクリスマスの準備をしろとは言ってないぞ」

「違うよエド、頼んだのは僕なの」

戸惑っていたエドが驚いたように眼を丸くしたので、礼はえへへ、と笑った。

「ジョージやサラにも電話をしたけど、二人はやっぱり帰らないって言うから……日本では、クリスマスは家族以外とも過ごすんだよ。ね、こっちに来て」

不審げな顔をしているエドの腕を、礼は少し迷ったが、心の中でえいっと勢いをつけてぎゅっと抱いた。エドが眼を見開き、礼は緊張して頰《ほお》が火照《ほて》った。最初に風呂を借りた夜に抱き締められて以来の、触れあいだ。

けれど振り払われなかったので、礼はホッとしてエドを広間へと引っ張った。

初めてこの屋敷に来た日、礼とエドが出会ったあの部屋だ。今日の食事はすべてこの部屋でするから、と家具の位置やメニューの内容まで、逐一執事に電話で相談し、取りそろえてもらっている。扉を開けると暖炉で暖められた、居心地のいい部屋が広がっていた。

ソファセットのテーブルにはお茶の用意がされ、暖炉の前にはふかふかの毛皮の絨毯《じゅうたん》を敷いてもらった。

奥の間にはワゴンが数台。飲み物や食事が並んでいる。ロビーよりは小さなサイズのクリスマスツリーが一つ、そして半分雪で曇った窓辺には、ヤドリギが飾られている。

けれどエドを驚かせたのは、きっとそれらの準備よりなにより、その部屋にいた先客だろう——。

「お帰り、二人とも。お邪魔させていただいてます」

最初に声をかけたのは、ソファで寛いでいるオーランド・マーティン。その横にはジョナスが座っていて、ニッコリと首を傾《かし》げる。それから一人肘《ひじ》掛け椅子《いす》に腰を下ろしたギルが、尊大に足を組んで、ちらっとエドを見やった。

「みんな、ありがとう。来てくれて。遅れてごめんね」

エドを部屋に連れ込み、それから彼の腕を解放する。招いた人たちがそろっていたので安堵《あんど》していると、案の定、エドが背後で声をあげた。

「なんでこいつらがここに？　いや、ジョナスはまだしも――なんでマーティンとギルが！」

名指しで拒絶されたオーランドはニコニコし、ギルはフン、と鼻で息をついてエドを睨《にら》む。

「なぜってレイとボクが仲良しだからだよ」

「エド、うちとオーリーの家族は、どちらもフランスなんだよ。今夜、一番遅い便で発つから、それまでお邪魔させてもらいに来たんだ」

オーランドの言葉にジョナスが補足し、ギルは追いかけるように「俺もレイに頼まれたので」と説明する。

「レイの頼みだから来ただけで、べつにエドの顔を見に来たわけじゃないよ。安心して」

エドはその言葉にあからさまにムッとしているが、驚きすぎてなにを言えばいいのか分からないらしい。怒った顔のまま振り向かれ、礼はまたえへへ、と笑って、エドを拝むように両手を胸の前で組んだ。

「サプライズにしてごめんね。でも……僕もイギリスで最後のクリスマスだから……楽しくしたくて」

エドは剣しい顔をしていたが、礼が最後の、と言ったとたんに、弱みを突かれたようにおとなしくなった。以前のエドならそれでも怒り狂っていただろうが、今のエドは、礼に自由にしろと言った手前か、怒れないらしい。舌打ちし「勝手にしろ」とだけ呟くと、客などいないかのようにずかずかとソファに歩み寄り、どさっと腰を下ろした。部屋を出て行かれなかっただけ、礼はホッとした。

「お腹空いたね！　お昼にしようよ、レイ」

礼が招いた三人の中に、エドのそんな乱暴な態度に怯《ひる》むような人間はいない。オーランドが声をあげると、「僕もぺこぺこ」とジョナスが乗り、「レイ、紅茶を飲むなら淹《い》れてやろうか？」とギルが声をかけてくれる。

「ありがとう、ギル。オーランド、ジョナス、食事はワゴンにあるよ。ダイニングテーブルがないから、暖炉の前で、絨毯に座って食べようと思うんだ。どうかな？」

あまり行儀がいいとは言えないが、礼はこのパーティを考えたとき、できるだけラフなものにしたいと思った。しゃちこばった本格的なディナーなら、庶民とはいえ裕福な家で育ったオーランドとジョナスも経験があるし完璧《かんぺき》にこなせるだろうが、十代の学生ならではの賑《にぎ》やかな食事にしたかったのだ。

「いいね、ピクニックみたい」

「ワオ、水筒とパラソルを持ってくるんだった」

ジョナスとオーランドは、さすが従兄弟《いとこ》同士でノリが似ている。二人ともすぐに受け入れてくれ、さっさと立ち上がってワゴンに料理を取りに行く。礼の紅茶を淹れてくれているギルと、仏頂面のエドはまだ椅子を立たない。礼はそわそわとギルに訊いた。

「ギルは嫌？　行儀が悪すぎるかな？」

「クリケットの途中、デッキチェアでサンドイッチをつまむのと変わらないだろ。レイがしたいならしてあげるよ」

にっこりと微笑《ほほえ》んで、ギルが紅茶を渡してくれる。礼はホッとしたが、とたん、エドが舌打ちした。ギルはちらりとエドを見やり「なにか言いたいことでも？」と肩を竦《すく》める。

「……さっきから見てたら、ずいぶんレイにゴマをすってるじゃないか。当てつけか？　俺の紅茶も淹れたらどうだ」

「俺はレイのために来たんだよ。エド、きみとの思い出作りじゃない。最後くらい優しくしとこうと思うものだろ？」

「気に入らない。お前がレイに昔、なにをしたか俺は覚えてるからな」

「どうぞご勝手に。当のレイは、とっくに許してくれてるけどね」

二人が言い合いはじめたので、礼は戸惑った。なぜ二人が自分のことでいがみあっているのか分からず、困惑する。オーランドはエドとギルのやりとりをニヤニヤと眺めている。やがてジョナスが食事の皿を絨毯に並べて、わざとらしく大きな声を出した。

「レイ！　こっちにおいで。手伝ってくれない？　そういえば、誰がレイの隣に座る？」

呼ばれた礼が慌てて暖炉のほうへ行くと、ギルとエドが立ち上がり、早足で絨毯までやって来た。礼が中腰になってジョナスの手伝いをしているその両隣に、二人が同時に座ったからか、オーランドが我慢しきれなくなったように噴き出し、笑い始めた。ジョナスだけがニコニコと穏やかだ。

「それじゃ、まだイヴだけど……クリスマスの最初の食事をしようか」


ランチは軽めにサンドイッチやサラダが中心だったので、話しながらでもわりとすぐに片付いた。なにしろ食べ盛りが五人そろっている。といっても、礼は一人だけ食べる量が少なく、オーランドとジョナスに、散々小食をからかわれた。が、欧米人の食事量は、そもそも日本人の礼には理解しがたいほど多いので仕方がない。

食事の間中、エドはむっつりとしていたが、オーランドとジョナスが会話を盛り上げ、ギルも礼が話しかければ入ってきてくれたので、雰囲気は和やかに終わった。

「腹ごなしに少し外を歩こうよ。雪だるまでも作らない？」

最初に言い出したのは例によってオーランドで、ジョナスと礼がそれに乗ると、ギルもついてくる。すると不承不承ながら、結局エドもついてきて、食後は五人で雪の積もった庭へ出た。

手入れの行き届いた美しい庭も、今日は雪に埋もれ、針葉樹は高い塔のように見える。

「あ、ヤドリギだね」

ジョナスが指さし、見ると、葉を落としたオークの枝の上に緑のくす玉ができていた。

ヤドリギは日本ではあまり見ない植物だ。ビャクダン科の一種で、縁起のいいものとして扱われ、クリスマスになると各家庭で飾られる。不思議な植物で、緑の葉の中に白い丸い玉をいくつもつけていて、まるで緑の水面に浮かぶ、小さな真珠のように見えるのだ。美しい姿と冬の間に現れるせいか、ヤドリギの下でキスをすると幸福になれる――などという、ジンクスなどもよく囁《ささや》かれる。

「レイ、ヤドリギの下でキスしようか。ボクたち結ばれるかも」

「オーリーやめて。エドが怖い顔してるから」

オーランドとジョナスにからかわれ、礼は苦笑した。それからしばらくして、庭の拓けたところに出たので、雪だるまを作る話が、いつの間にか雪合戦をすることになった。オーランドとジョナスが言い出したのだが、礼はなんだかうきうきした。

「子どものころに、日本で一度やって以来だ。僕も入っていい？」

既に投げ合っていた二人の間に入ると、ギルが「レイがやるなら俺も」と乗る。エドだけが一人、離れたところで顔を背けていて、礼はそれが気になり、ちらちらとエドを見た。

（やっぱりさすがに、怒ってるかな……）

不機嫌そうな横顔に不安になったとき、ギルが雪の球を振りかぶり、エドの顔面に投げつけた。あさってを見ていたエドには、ギルの速球は避けきれなかったらしい。球はエドのこめかみに見事にぶつかり、エドは腹を立てた。

「ギル！　なにをする！」

怒鳴って振り向くエドに、今度はジョナスから雪の球が飛んだ。エドはなんとかそれを避けたが、ジョナスはくすくすと笑っている。ジョナスに向かって抗議しようと振り向いたエドの頭に、再度、ギルが雪の球を投げつける。それが当たると、ジョナスは大笑いしはじめ、エドは据《す》わった眼でギルを振り向いた。

「レイ、雪球を作ってくれ。二人であの王さまを倒そう」

「ふざけるな！　レイ、こっちに来い！」

エドとギルに同時に言われ、きょろきょろと二人を見て困っていると、エドが雪球を作ってギルに投げつけた。ギルに負けない剛速球で、とても雪合戦とは思えない。ギルはそれを飛び跳ねて避けながら、自分も応戦する。スポーツで寮代表に選ばれる、二人の応酬にはジョナスもオーランドも、もちろんレイも入れずに、三人は自然と見学になった。

「美形の貴族男子が、自分を巡って争ってるのっていいもの？」

ふと声をかけられ、見るといつの間にかオーランドが横に立っていた。からかうような眼で見下ろされ、礼は困ってしまった。

「そう見えます？　あの二人は昔からいがみ合ってるんですけど……」

「だけどどっちもきみが好きみたいだよ。気を引きたくてたまらないロウティーンに見えるね」

その言い方に、礼は思わずふふ、と笑った。

「来てくれてありがとう、オーランド。……無理なお願いだったのに」

この屋敷でもパーティをしたい。そう思ったときに、礼が招けたのはギルとジョナス、それからオーランドだけだった。オーランドはエドとは個人的にさほど親しくない。不安だったが、二つ返事で受けてくれた。場の空気を取り持ってくれているのはオーランドなので、いてくれて本当に良かったと思う。

「いやいや。楽しいよ。こんな大貴族のお屋敷、そう来ることないしね。……それに、きみが笑ってる。コマドリくん」

そう言うオーランドの声は優しかった。顔を上げると、礼を見ているその瞳にも、優しい光が灯っている。耳の奥に、不意に数ヶ月前、オーランドから聞いた言葉が浮かんできた。

――ボクはきみに、変わってほしい。

魂の奥にまで入り込んできたあの声。

オーランドの強い気持ちがあったから、礼は変わろうとして――そして今、自分は変わったと感じている。礼の心は前よりも、少しだけ大きくなった。今ではエドだけではなく、オーランドやジョナス、ギルや、舞台制作のメンバーたち、それから屋敷の執事のことも……きっと、礼は愛している。

「そうだ。これ、渡しとくね」

ふと思い出したように、オーランドが手袋をはずし、コートのポケットから折りたたんだ紙切れを取り出した。開くと、それは三頁《ページ》ばかりの、舞台の脚本だった。

「……これ、ラストシーン？」

なかなか書き上がらず、役者陣から苦言を呈されていた、舞台の最後の一場だった。

「うん。昨日できあがったんだ。休暇明けにはみんなに渡すけど、きみに一番最初に読んでもらいたくて」

言われて、礼は戸惑った。ちらりと視線をあげ、エドとギルの合戦を、手を叩《たた》いて見ているジョナスのことが、気になった。

「主役はジョナスだから、ジョナスから先のほうが……」

思わず言うと、オーランドは「どうして」と肩を竦めた。

「この物語を始めたのは、きみじゃないか。きみと出会わなかったら、この話はこうなってないし、ボクはきっと、ジョナスを復学させたりもしなかった」

礼は驚いて、オーランドを見つめ返した。オーランドは優しい眼で、小さく首を傾げる。

「……前に言ったよね。きみに関わったのは、助けたかった子と似てるからだって。あれはジョナスのことだよ。結果的に、ボクはジョナスの役に立てた」

感謝してるんだ、と言われ、礼は慌てて首を横に振った。

「そんなの、感謝するのは僕のほうだよ。脚本だって、僕はただ絵を描いてただけだし……」

けれど謙遜《けんそん》すると、オーランドはおかしそうにした。

「レイ、きみがオフィーリアを一人ぼっちにしなかったから、ボクは彼女の話を書けたんだ。……きっと多くの画家が願ったことを、書こうと決めたんだよ」

言われて、礼は手元の脚本に眼を落とした。

最後の一場は、自分の死の真相を探って記憶を紐解《ひもと》いていたオフィーリアが、ハムレットへの失恋を思い出し、再び打ちのめされるが、その現実を受け入れ、とうとう天に召されるシーンだった。

――私の愛が届いていたかは、問題ではないの。……あの人の愛を、それがたとえどんなものでも、どれほど一瞬でも、私が知っていたことのほうが、ずっと大事だったのね……。

天に召される直前のオフィーリアの台詞《せりふ》。ここが見せ場だろう。礼はその一節を読んだ。

「あの人の愛を、それがたとえどんなものでも、どれほど一瞬でも、私が知っていたことのほうが、ずっと、大事……」

その言葉を、礼はかつてもっと単純に、もっと素直に、聞いたことがある気がした。遠い遠い昔から、オフィーリアの語る真実を、礼は知っていたはず……。

脳裏によぎったのは母の面影だ。オルガンの音色のように柔らかな、愛に満ちた声で、母が言っている。

……相手がしてくれたことを胸に置いておくの。優しかったことや、嬉しかったこと、助けてもらえたことも――。

そうすれば、きっと愛すると決められる。

母の言葉が蘇《よみがえ》り、そうしてそれは、礼の胸に再び刻み込まれた。ああそうだ、と礼は眼が覚めるような心地だった。

（どうして長い間、こんなに簡単なことを……だけど、こんなに大事なことを、忘れていられたんだろう……）

誰か一人を、たとえその愛が叶《かな》わなくとも愛し続ける方法を、礼はとっくに知っていた。

そもそも愛の始まりは、いつもそこからだったのではないか？

どんな事情や状況があるにせよ――相手からの愛を、ほんの一瞬でも感じるところからの。

「……してくれたことだけ見たら、グラームズはきみを愛してるみたい？」

オーランドが礼の顔を覗《のぞ》き込む。好奇心できらきらと輝くオーランドの瞳に、礼は小さく微笑み、それからエドへ視線を向けた。

さすがにエドとギルは一時休戦になったらしい。雪合戦は終わっていたが、二人とも雪にまみれて白くなっている。エドは大型犬のようにぶるぶると頭を振り、金色の髪から雪を落とした。その仕草が子どもっぽく、なんとなく可愛《かわい》らしくて、礼は口元が緩んだ。

十三歳、十四歳のエドとも、雪合戦をしてみたかった。ふとそう思う。

十五歳のエドとも、十六歳のエドとも。十七歳のエドとも、もっともっと、話をしてみたかった。

(最初にエドにしてもらったこと……遺産相続のことで、ジョージに腹を立ててくれたっけ)

それからラベンダーを摘んできて、枕に入れてくれた。礼の話を聞いてくれたし、ギルにいじめられたときは、屋敷に戻ってきてくれた。

リーストンに入学してからのエドは、たしかに冷たく感じたけれど……。

(時々は、部屋に来てくれた。風邪をひいていたら、薬をくれた。湯たんぽも作ってくれた。誰かに絡まれてたら、その人たちから庇《かば》ってくれた……)

その時々、ほんの一瞬。前後のエドは怒っていたり、口にする言葉は冷たかったりしても、してくれたことは優しい。してもらえて嬉しかった。そんな記憶は、山のようにある。

(都合良く考えすぎていいなら)

「……きっとですけど」

ぽつりと礼は、呟いた。厚かましいかもしれない、自信もない、けれど本当に素直に、エドが自分にしてくれたことだけを、思い返したら。

「あれだって愛だった……かもしれない」

エドが礼に注いでくれた愛は、礼がエドに注いだ愛とは違うかもしれない。

違っていても、それが一瞬でも、それでも大事なのは、エドが礼に優しくしてくれて、それを礼が、愛だと理解できることだった。

その思い出だけを、礼は胸にしまっていける。エドの愛は、礼にちゃんと届いていたのだ。だから礼の愛も、きっといつか、今ではなくても、エドに届くだろう。

（そう信じられる……）

ふと礼は、気がついた。楽しいクリスマスにしたい。そう思ったのは、ずっと沈みがちなエドに、少しでもなにかしたかったからだ。喜んでくれるかは分からなかったが、もしもなにか力になれたら……今日の日の思い出は、いつかエドが振り返ったとき、礼に「してもらったこと」になれるかもしれない。

（僕がエドにしてあげたことは、エドが僕にしてくれたことよりも、少なかったもの……）

だから別れてしまう前に、一つでもいい。エドになにか、してあげたかった。

胸の中で硬くなっていた最後のわだかまりが、不意に溶けて消えていく。冷え冷えとした冬の空気の中で、不思議と体はぽかぽかとしていた。

心は穏やかで、静かになっていた。

気づけて良かったと礼は思った。エドに毎日、なにか優しくできることを、探そうと思った。そうやって別れのときまでを過ごそう。十二歳のころ、生きていく気力を失っていた自分に、再び生きる力をくれたのはエドだ。その恩を、少しでもいいから、返したい。

愛されたい。想いに気付いてほしい。同じだけ返してほしい……。

暴力的だったその渇望は、まるで雪が溶けるように消えていく。エドからもらえるものは、もうすべてもらっている。これ以上、なくてもいい。

（……別れても生きていける。きみを愛したこと、愛してもらえた瞬間を胸に置いておけば）

長い長い人生を、もう十分に生きていける。

たった一つの愛の思い出が、死ぬまで礼を支えてくれるだろう。

――きっと母はそうやって、ファブリスのことを愛し続け、礼を産んで生きたのだ。

今やっと、そのことが理解できそうな気がした。

「世界は広い。……だけど僕の心はもっと広い」

いつだったかオーランドが言ってくれた言葉をなぞって、礼は呟いた。

「一人を愛せたら、もっとたくさんも愛せる。……僕はまた、誰かを好きになれます」

礼は一人では生きられないから、エドと離れてもエドを愛して、そしてそのときそばにいる人々も、エドへの愛とは違っても、愛して生きていけるだろう。

聞いていたオーランドがニッコリとし、「きみはもう、自分の足で立ってるね」とだけ、応えてくれた。

優しい言葉に胸が熱くなり、目尻《めじり》に涙が浮かんだ。泣き笑いのようになると、顔をあげたエドと眼が合う。エドはハッと青ざめ「レイ」と慌てた声を出した。ギルも眼を見開き、ジョナスは心配そうに駆け寄ってくる。

「レイ、どうしたの？　雪で足ひねった？」

優しいジョナス。礼の顔を覗き込んで訊いてくれる。エドはオーランドを睨みつけ「おい、マーティン。レイになにか言ったのか」とイライラしはじめる。ギルはそんなエドを呆《あき》れたように見やり「冷えたんじゃない？　レイ、中で温かいお茶を飲もう」と誘ってくれた。みんな優しいと礼は思い、笑った。

してもらえたことが、また一つ増えてしまったと考えていた。


「冷えたね！　ホットワインある？」

屋敷に帰ってくると、ソファになだれ込みながら、オーランドが言った。イギリスでは十六くらいから、軽い飲酒ができる。赤ワインを暖炉で温めると、部屋中に芳醇《ほうじゅん》さが広がった。カップに注いでそれぞれホットワインを飲み、寛《くつろ》いだところで夕食をとろうということになった。オーランドが持ってきていた、クリスマスのポップスソングのＣＤをかけ、食事はラフにワゴンの上から各自好きにとり、めいめい好きなところに座って食べることにした。

雪遊びの間に、使用人が新しくメニューを入れ替えてくれており、ワゴンには定番のターキーに、スプラウトのソテー、ローストビーフ、ミネストローネや赤キャベツのマリネ、パン、オリーブとニンニクだけのシンプルなパスタなどが盛りだくさんに用意されていた。

「ワオ、豪勢だね。不味《まず》いミンスパイと不味いクリスマスプディングもあるじゃないか」

オーランドが、お得意の皮肉を混ぜながら楽しそうに言う。

礼は一応ホストらしくしようと、ターキーを切り分けようとしたが意外と力がいる。四苦八苦しているとギルが替わってくれ、するとエドが「やめろ、お前がやったら不味くなる。俺もホストなんだから俺がやる」と言いだし、ジョナスとオーランドが後ろで笑っていた。礼が料理を皿に載せて長いすに座ると、両隣を占拠したのは、今度はオーランドとジョナスだった。

「ジョナスはいいが、マーティンがレイの隣に座るのはおかしい」

エドがたらたらと文句をつけてきて、ジョナスはそれに呆れかえった。

「あのねえエド、大男二人に挟《はさ》まれてばかりじゃ、レイも食べにくいよ」

「ボクとジョナス、それにレイが並んだらソー・キュートじゃない？」

オーランドの軽口にエドは自分で言うなと顔をしかめたが、ギルが「ジョナスとオーランドがバラで、レイはスミレかな。小さい花」とおべっかを言うと、とうとう我慢できないように乱暴に音をたてて一人がけの椅子に座った。

「いいこと言うね、クレイス。そうだな、ボクが一輪咲きの大輪のバラなら、ジョナスはつるバラ、レイはポピーかな？」

オーランドがギルに合わせて言うと、エドは不機嫌そうに「違う」と口を挟んだ。

「ジョナスがバラでお前は雑草だ。レイはラベンダーだ、分かってないな」

エドにラベンダーと言われて、礼は少しドキッとした。褒《ほ》められたようで嬉しくなる。

「分かってないのはきみだよ、レイはこそっと咲いてるからスミレだろ」

ギルが反論すると、オーランドも黙っていない。

「雑草は強いから褒め言葉かな？　エドは花にはなれないね、レイランダイかな大きいから」

「成長が早すぎて、よくご近所トラブルのもとになる、あの木のこと？」

「そうそう、うちの敷地に入るなって怒られてるあの木だよ。ジョナス」

「なんで寄ってたかって、俺を攻撃するっ？」

エドが腹を立てたが、礼は楽しくてくすくす笑ってしまった。かつてこんなふうに遠慮なく、イライラをまき散らしているエドは見たことがない。礼が笑うと、エドは気が抜けたのか渋々と口を閉ざす。それからも会話は途切れず、五人で食事をとるのは、思ったよりずっと楽しかった。食事を終えると、あたりはあっという間に暗くなってしまった。

まだ少し時間があったので、暖炉の前でジョナスが持ってきてくれたカードをして遊んだ。アメリカで作られたカードゲームで、日本でも定番だがイギリスにも広まっている。エドは初め乗り気ではなかったが、礼がやろうと声をかけるとギルが加わったので、参加してくれた。

「勝った人間はレイからキスしてもらおう」

オーランドがニヤニヤしながら提案し、エドが険しい顔になった。

「僕が勝ったらなにがあるの?」

「そのときはレイが好きな人とキスできるよ」

エド以外が面白いと乗ってしまったので、エドは最終的に、躍起になってゲームに参加してくれた。自分のことでエドが感情的になってくれるので、礼はドキドキして、負けてしまった。しかしエドも負け、優勝はジョナスになった。礼はジョナスの頰にキスをし、「一番平和な結果になっちゃった」とオーランドが肩を竦めた。

そうこうしているうちに時間がきて、オーランドとジョナスは電車に乗るために先に帰ることになった。直前までカードゲームで言い合いをしていたせいか、エドは見送らないとそっぽを向いてしまったので、礼だけが二人を玄関先まで見送った。

「またね、レイ。いいクリスマスを。楽しかったよ」

ジョナスとオーランドは礼の頰にそれぞれキスをし、本当に楽しそうに手を振ってくれた。

二人を乗せた車が去ると、ほんの少し淋しかった。

(……友だちと過ごすって、こんなに楽しいことだったんだなあ)

しみじみ感じながら、礼は広間に戻る。と、扉の近くまで来たとき、中から甘いホットワインの香りが漂ってきた。エドとギルが飲み直しているらしい。

「レイがからむと昔から本当に面倒くさいね、エドは。だから俺がつつくんだよ」

中に入ろうとした礼は、ギルが自分の名前を出したので思わず立ち止まった。ギルは暖炉の横にもたれているらしい。扉の近くから声がしたが、エドはソファに座っているのか、少し離れた場所から返事が聞こえる。

「悪ふざけはやめろ。大体、レイについては、俺はお前を信頼してない」

「浴場にも近づけさせないで、よく言う」

呆れたようなギルの声に、礼はドキリとした。やはりギルは、礼がみんなと同じ浴場で入浴していないことに気付いているらしい。

「でもまあ、エドの気持ちも分かるよ。初めは混血児だと思ってバカにしてたけど……見てたらね。俺でも一回くらいは、抱いてみたくなる」

ギルが含み笑いしながらとんでもないことを言ったので、礼はぎょっとした。冗談なのかなんなのか分からないが、エドが奥で身じろぐ気配があった。

「ギル、お前は……そんなことをしたら、殺すぞ」

エドが低く唸《うな》るように言う。背筋が凍るような声音だったが、ギルはふん、と鼻で嗤《わら》った。

「ずいぶん、自分のことを棚にあげるね。そんなに言うなら、レイにもう少し応えてやったら」

「バカ言うな。応えられるものか。分かってるだろう」

エドは唾棄《だき》するように言い、舌を打った。

「……メイソンやミルトンや、その他大勢には応えられるくせに」

ぽつりとギルが言い、エドは「あいつらは、貴族だろうが」と呟いた。礼はその言葉に、息を止めていた。ズキンと胸が痛み、体が震える。

「なんだかんだ、エドも混血児は嫌だってこと」

つまらなそうに言うギルに、胸の痛みはズキズキと強くなる。けれどエドが続けた言葉に、その痛みはすうっと消えていった。

「そうじゃない。だからお前は分かってないんだよ、ギル。レイはな、身寄りがないんだ。……この世界中で、たった一人ぼっちなんだよ」

エドの声は静かで低い。けれど怒りを孕《はら》んでいた。ギルに対してではない。まるでこの世の中の、眼に見えない理不尽さすべてに対して、腹を立てているような声音だった。

「逃げ込める場所がないんだ。……守れもしない人間が、手を出しちゃいけなかったんだ」

部屋の中は静まり返り、礼のところまで、暖炉で火が爆《は》ぜる音が聞こえてきた。やがてギルがため息をつき、カップを置く音がした。

「大まじめで大変そうだな……まあいいや。俺は帰るよ。明日は家で晩餐会《ばんさん》でね。ジョージとサラに会う機会があったら伝えておいて。二人が離婚するなら、サラの持ってる株式はうちの母親が買い取るってね」

コートを持ち上げる物音がし、礼は慌てて扉から離れようとした。ふと、出る前のギルがエドに最後の言葉をかける。

「エド、一応同情してるよ。俺はきみを見てたからね。たぶんきみの気持ちは理解してる」

じゃあね、と言って、ギルが出てくる。礼は柱時計に隠れたが、ギルにはばれていたようだ。扉を閉めたギルはコートを着ながらふっと笑い、「じゃあね、レイ。また学校で」とだけ言って、ロビーのほうへ歩いて行った。見送りは要らないということだろう。

おずおずと中に入ると、ソファに座ったエドが、物憂げに窓の外を眺めていた。

どう声をかけようか迷いながら近づき、隣の椅子に座る。と、窓の外をまた、雪がちらつき始めていた。

「今日はありがとう、エド。勝手にみんなを呼んで、ごめんね」

そういえばこれだけは言わねばならなかった。思い出して、そっと声をかけるとエドは眉を少ししかめて、長いため息をつく。

「……まったくだ。おかげで疲れた」

厭味《いやみ》を言われ、思わず、ふふ、と笑ってしまう。憎まれ口を聞くと安心してしまうのは、それがエドの素だと知っているからだ。するとエドは礼のほうを振り返り、小さな声で訊いた。

「今日のことは……俺のためだったのか？」

生意気な気もしたが、嘘をつきたい気分ではなかった。礼は言葉を選び、「そうだね」と、肯定した。

「僕も楽しかったけど。……ごめんね、楽しいクリスマスにしたかったんだ」

エドは「いや」と言ったが、やがて窓の向こうへまた眼を戻し「寮代表には、ギルを推薦する」と付け加えた。その内容に、礼は眼を丸くした。

「ニコラよりは向いてるからというだけだ。お前があいつに言いたければ……言えばいい」

それが精一杯の、エドなりのギルへの、今日の感謝の表し方かもしれない。そう思うと礼は嬉しく、自然と笑みを浮かべていた。

「エドとギルは、意外と気が合うんじゃないかな」

つい素直な感想を言うと、エドがムッとして振り返る。その顔に「どこが」と書いてある。

「お互いに、気を遣わずに話せる相手、少ないでしょ？」

「子どものころから、親同士も含めて仲が悪い。それだけだ」

「でもお互い、相手の力は認めてるし……」

「グラームズの血だ、努力すれば優秀になる。ジョージみたいな出来損ないもいるがな。俺はただ公平に見てる。ギルもそうだ。好き嫌いは別だ」

「でも……なんでも話せる相手がエドのそばにこれからもいてくれたら……僕は嬉しいな」

独り言のように、礼は呟く。これから先の人生で、素のままのエドを受け止め認めてくれる人はどれくらいいるだろう。できるだけ多くいますようにと、祈るような気持ちだった。エドの周囲の人には、エドが優等生を演じなくても、王さまでなくなっても、エドを好きでいてほしいと思う。

エドは礼を振り返り、訝《いぶか》しげな顔をしている。

「俺がギルといたら……お前は安心するのか？」

訊ねられ「うん」と言うと、神妙な顔でエドは「そうか」と頷《うなず》いた。

「……俺がどうだったら、お前は嬉しいんだ？」

「エドが笑っていたらかなあ……」

そうか、とまた、エドは言い、眼を伏せる。エドの声は小さく、彼はまた窓のほうへそっぽを向いてしまった。

礼も同じように窓の外を見ると、黒曜石をはめこんだような硬い闇の中に、さくらの花びらのように、雪が舞って美しかった。壁の時計がカチコチと音をたてている。十二時の鐘が鳴ったら、メリークリスマスと言おう。

こうしてすぐ隣でクリスマスの瞬間を迎えられるのも、きっともうこれが最後だ。

礼は頭の隅でささやかに計画し、少しだけわくわくと、そして少しだけ、しんみりとしていた。

六

年が明け、学校へ戻るとすぐに、礼《れい》は驚くような忙しさに見舞われることになった。舞台の発表は三月末だが、二月下旬にはまたハーフタームがある。その後には当然のように試験もあり、準備に費やせる日数はいよいよ少なくなってきた。

完成した脚本が配られ、舞台装置もおおかたができあがった。役者の練習は壇上に移動され、衣装や小道具もハイスピードで作られていく。

舞台以外でも、サッカーシーズンに入り、学内では毎日のように試合が行われていた。目立つ寮対抗のスポーツがなかった間、密やかに悪い噂を集めていたエドは、寮代表のサッカー選手の一人が故障したことで、代理の選手として試合に起用され、そこで相変わらずの活躍を見せているらしい。

らしい、というのは、礼が観戦にいかないからだが、談話室などでエドの悪態をついていた人間は一人、また一人と減っていき、試験の結果が張り出されると、七年生のトップはやはりエドで、それを見るころにはみんなもう、べつの噂に興じるようになっていた。

エドはというと、試験明けからはまた談話室で、寮生たちと普通に会話しはじめた。礼も今ではジョナスと二人で談話室に行くことが増え、舞台制作の授業に参加している同寮生とは、固まって話すようになった。そんなとき、同じ部屋の向こう側でエドが穏やかな顔をして、静かに話をしている姿をよく見かけた。

以前と違いがあるとすれば、話をしている相手が寮の中でも目立たない、おとなしい下級生などが増えたことだろうか。

「前はほら、エドが談話室に来ると、取り巻きのライアンたちが囲んじゃって誰も近づけなかったろ？　今はエドから誰かに話しかけて、それから徐々に人が集まってくるようになったよ」

同じ舞台の授業をとっている役者班の一人にウェリントン寮の先輩がおり、礼はその人からそう聞いた。

「ライアンたちとは気まずいままなんですか？」

「そんなことないよ。むしろ、ライアンたちはエドのご不興を買ったんじゃないかってビクビクしてる。クリスマス休暇で、親から言われたんじゃないか？　グラームズ社の御曹司《おんぞうし》とは、ちゃんと仲良くしてるかって」

そんなものかと思いながら、ジョナスも人目を気にせずに、寮内でエドと会話をするようになった。廊下でばったり会ったときなど、ジョナスの対応はさっぱりしていて、

「エド。お父様に今度言っておいて。フランス支社が御社のご助力で持ち直しましたって！」

などと、大声で笑いながら言うので、そのうちジョナスとエドはごっこ遊びでベッドにいたところを勘違いされただけで、二人とも恋人じゃなかったのだ、という話も出始めた。

どちらにしろ、エドとジョナスを巡る騒動は落ち着いたらしい。

礼は夜、相変わらずエドの風呂を借りていたので、その前後には毎日少し会話をした。

サッカーシーズン中、エドは試合に勝てば機嫌がよく、負ければいじけていた。珍しく分かりやすいエドのそんな一面が、礼はだんだん可愛く見えるようになった。

時の流れはあっという間で、リーグ戦を制したのはネルソン寮だった。代理で入ったエドが引っ張ったウェリントン寮の成績は二位。しかし健闘したほうだろう。学校はハーフタームに入り、明けるとすぐに試験だった。

三月になり、とうとう舞台の公演も初日を迎えた。そこまでくると美術班の仕事はもうなく、最初の公演日、礼は客席に座って観劇させてもらった。

客席はジョナスが主演ということもあり、満員御礼。

笑いあり、涙ありの、いい演目に仕上がっていた。オフィーリア役のジョナスは、壇上で一際輝いて美しく、すべて影絵と声だけで表現されているコマドリの演出も幻想的だった。

くるくると回転する舞台装置も壮観なら、後ろにはめ込んだパネルの絵は世界観を引き立てて圧倒的だ。照明との組み合わせで何度も彩色をやり直した苦労が報われる。森や水の匂い、古い石造りの建物の、埃《ほこり》っぽい空気。礼が見せたかった世界が、ちゃんと広がっていた。

『オフィーリア、いってしまうのですか』

物語がラストシーンに入り、悲痛な声でコマドリが言う。手の甲にコマドリを乗せ、自分の死んだ川辺に佇《たたず》んだオフィーリアは、微笑みながら頷く。

『なにもかも思い出したの。……あの人の愛も思い出したの』

空を見上げ、オフィーリアは最後の台詞を言う。スポットライトがゆっくりと絞られていき、コマドリの影はいつの間にか消えている。オフィーリアの上に、花びらが舞い落ちてくる。死んだ日に、彼女が摘んでいた花だ。やがてライトが消え、オフィーリアも消える。

幕が下ろされ、舞台を見ていた観客から、わっと歓声と拍手があがった。

公演は三日間だったが、客席は終日満員となり、三度続けて見てくれた人もいるらしい。最終日には拍手喝采が湧き、涙する者もあり、アンケートも好評がほとんどだった。

ジョナスのオフィーリア姿は、男子学生たちの心臓を見事撃ち抜いたらしい。最後のカーテンコールが終わったあとは、すっかりファンになったという生徒十数名が、買ってきた花束や贈りものを渡しており、ジョナスは頬を上気させて嬉しそうだった。

その晴れ晴れとした姿を見ていると、礼も気持ちが緩んだ。辛《つら》いことも多かっただろうジョナスの数年間が報われた気がしたし、舞台の成功に自分も少しは役立てていると思うと、体が震えるような喜びを感じていた。

やがて片付けが始まり、礼も美術班や大道具班と一緒に、一から作ってきた舞台装置の解体に入った。

「……感無量だなあ。素晴らしい絵だったよ、レイ」

毎日のように顔をつきあわせ、作業を乗り切ってきたマイクに言われて、礼も言葉がなかった。解体直前、美術班だけで集まって、背景パネルの前で記念撮影をした。バラすときは、みんな名残《なごり》惜しそうだった。礼の胸にも、知らず、熱いものが迫ってきた。

背景パネルは一人一枚ずつ、美術班だけで運ぼうということになり、礼も小さな体でベニヤ板をなんとか持って、劇場から校舎のほうへ向かった。

外へ出ると、まだ観劇に来ていた生徒たちが少し残っていて、その中に、エドの姿もあった。

エドは、衣装を着たままのジョナスと話している。

（エド……観に来てくれてたんだ）

胸がドキンと鳴り、礼はゆっくり歩きながら、二人の様子を見ていた。ジョナスが手を振り、礼に気付いてくれた。少し小走りに近づいていくと、持っていたベニヤ板が手から落ちそうになる。ひょいっと手を貸してくれたのはエドだった。

「……見てたよ。成功おめでとう」

控えめだが褒めてもらえて、礼の胸は高鳴った。素直にただ、嬉しかった。満面の笑みでお礼を言うと、ジョナスが肩を竦めた。

「もっと言えないの？　僕には礼の絵を、きれいだったたって褒めてたじゃない」

エドはムッとした顔で黙り込んでしまったが、校舎の入り口までパネルを運ぶのを手伝ってくれた。そこからはエドと分かれ、ジョナスと二人で中へ入る。

授業はその日が最終日となった。

片付けも終わったあとはみんなで軽い打ち上げをし、最後には、一人一人がそれぞれの感想を言い合って締めになる。礼がメンバーへの謝意を口にすると、拍手が起こった。

「風変わりなアジア人！　レイのことは、もう誰もそんなふうに呼ばないよ」

横から先輩の一人に抱きつかれ、するとすぐ「ずるいぞ」と声があがる。気がつくと礼は十数人から抱きつかれてぎゅうぎゅうと押しつぶされていた。

「知ってるか？　今じゃレイ・ナカハラはリーストンの東の蕾《つぼみ》って言うらしい」

「咲かせるのは誰だ？」

「俺たちだ！」

げらげらと笑い声をあげ、先輩たちはさらに礼をもみくちゃにした。礼も途中から一緒になって笑っていたので、もうなにがなにやら分からなかった。この学校にいる間に、自分がこんなふうに心から笑える日が来るなんて――ちょっと前までは、想像がつかなかった。

授業は解散になり、その晩の礼は早くから床についた。

まだ胸の中に、舞台終わりの興奮が残っているような、不思議な夜だった。

ようやくまどろみかけたとき、礼はコマドリの可愛い囀《さえず》りを聴いたような気がした。――群れからはぐれたあのコマドリは、まだ生きているのだろうか？

……生きていればいい。生きていてほしいと思いながら、礼はゆっくりと眠った。


四月に入り、とうとうクリケットシーズンが始まった。エドはウェリントン寮のクリケットチームのキャプテンで、ギルも寮代表メンバーだった。

かつて、「健全な精神は健全な肉体に宿る」として、パブリックスクールの大改革を行った某名門校の校長によって、パブリックスクールにとってスポーツは最も重要な要素の一つとなったが、その中でも花形の競技がクリケットだ。

シーズン中は、礼のいるウェリントン寮の生徒たちも、週末ごとの試合や、対外試合についての話題で持ちきりだった。

最初の週末、礼はリーストンに来て初めて、寮カラーのネクタイを締め、試合観戦に出た。正直言えば、これまで観戦しなかったくせになにを今さらと反感を買わないか、とても緊張したが、ジョナスも一緒だったので勇気を出せた。ドキドキしながら、ウェリントン寮の観戦席の隅っこに座ると、すぐにライアンたちが大騒ぎしながらやってくるのが分かった。

「今日の試合、エドは何点決めると思う？　センチュリーに届くかもしれないぞ」

「いくらエドでもセンチュリーは難しいよ」

わあわあと喋《しゃべ》りながら近づいてくる集団に、見つからないよう礼は体を小さくしていた。ちなみに、センチュリーとは一回の試合で打者が一人で百得点を超えることだ。

（まさか……エドってそんな期待されるほど、すごいの？）

そこまでいったらプロ並みだろうと思いながら隠れていたが、とうとう礼はライアンやフィリップたちと眼が合ってしまった――。

「レイ……!?」

礼を見つけたライアンは口の中で小さく叫び、フィリップや他の上級生たちも眼を見開いた。礼はしばらくもじもじとしていたが、意を決して、ぺこりと頭を下げた。

「……あの、今日は、応援をさせていただきます。先輩たちを、見習って」

小さな声で言うと、向こうは怒気が削がれたらしい。じろじろと礼を見ながらも、もっと試合のよく見える席へと行ってしまったので、礼はホッとした。やがて席がどんどん埋まり、礼の隣には最下級生の二人が座った。見えにくい後ろの席は、やはり下級生の場所らしい。

（う、浮いてるかも……）

と、緊張した礼だったが、隣に座した下級生はジョナスに声をかけてきた。

「あの、ハリントン先輩。舞台のオフィーリア見ました。すごく良かったです」

ジョナスは慣れたもので、礼の横から顔を出して「ありがと」と微笑んでいる。すごいなあと傍観していると、彼は礼のことも覚えていてくれた。

「ナカハラ先輩も、背景を描かれたんですよね。あの絵、どれもすごく美しくて驚きました」

「あ、ありがとう」

まだあどけなさを残した少年の、きらきらと輝く瞳に礼は救われた。声をかけてくれた下級生も嬉しそうにしている。するとこの席にいることが少しだけ気楽になった。

やがて開始を告げるホイッスルが鳴り、試合が始まった。広いグラウンドの中央にピッチが置かれ、ウィケットが並んでいる。

二人の打者が出てきて、そのうちの一人がエドだった。全身白の正式なユニフォームに、物々しいレガースをつけているが、体格がいいのでその姿は精悍《せいかん》で男らしい。

投手がボールを持ち、初回ボールを投げる——。

礼は息を呑《の》んで、エドの打撃を見守った。初回のそのボールを、クリケット独特の、オールのようなバットでエドは打ち上げた。鋭いヒットに、エドがイエス！　と声をあげ、とたんエドともう一人の打者がピッチを駆け抜ける。

クリケットでは、こうして走った往復回数で点数が決まる。野手の間を突き抜けたボールはすぐに返球されず、すぐさま四点が入った。

観客席から、どっと歓声があがった。エドの名前がコールされる。エドワード・グラームズ、我が校の王よ！　とウェリントン寮の誰かが叫んだ。

日本人の礼にとって、クリケットは馴染《なじ》みのない競技で、ルールもよく分からない。野球の原型だそうだが、かなり違って見える。だがいきなり加算された点数と、再び打席に立ったエドの、気迫溢《あふ》れる表情を見ると、足の先からぶるぶると興奮を感じた。

二度目、三度目、エドは順当にランを重ねた。そうして四度目、バウンダリーを越えてボールが飛んでいく――野球でいうホームランだ。

バウンダリーラインの外にボールが落ちた瞬間、観客席は興奮の渦に巻き込まれ、気がつくと礼も立ち上がって拍手を送っていた。

（すごい……エド、本当に一人で、百得点してしまいそう――）

結局エドは最初のイニングからほぼ一人で得点し続け、なかなかアウトにならなかった。最初の大量得点で試合の流れは一気にウェリントンに優勢になり、その日の試合はそのまま、エドのチームが勝利となった。

観戦が終わるころには、周りもそうだが礼自身も、妙な高揚感に見舞われていた。もう、自分が浮いていないか気にするのも忘れていた。

（スポーツ観戦って面白いんだ。それも、自分の寮のチームを応援するなら、なおさら……）

そして勝つと、まるで自分もゲームに参加していたような気になり、独特の歓喜を味わう。ウェリントン寮の観戦席は最後には一体化していて、試合が終了した瞬間は、礼も隣の下級生と手を取り合っていた。見に来るまでは緊張していたが、今では早くも次の試合が楽しみになっていた。

なぜだか得をしたような気持ちで寮のほうへ戻っていると、その途中で、ライアンたちに囲まれているエドを見つけた。

「初戦でハーフ・センチュリーだって⁉　エド、お前、本当に今年はセンチュリー達成するんじゃないか⁉」

「どうだろうな、まあ、もちろん狙《ねら》っていくよ」

寮生たちに囲まれて賛辞を浴びているエドは、最近では演じることをやめているのかと思われた、優等生のエドに見えた。違うのは、狙っていくよ、と言いながら以前には見せなかった悪い笑みを浮かべたところだろうか。

（……素のままのエドって、ああなのかもしれない）

それは礼の知っている、鬱屈《うっくつ》したり怒っていたり、淋しそうなエドでもなく、かといって完璧な優等生でもない。

肩の力が抜けた、自然体のエドはそのどちらでもあるのかもしれなかった。

そのとき、顔をあげたエドと眼が合い、礼はまだ高揚感が続いていたのですぐにニッコリ笑った。寮カラーのネクタイをひょいと持ち上げ、

（観に来たよ）

と、教える。それから拳《こぶし》を握って小さくガッツポーズをした。すごかったね！　というのと、次も頑張って！　と伝えたかった。

見ていたエドは、人垣の中でふっと笑った。ライアンたちもちょっと驚いた顔で礼を見ている。礼は先輩たちみんなにぺこりと頭を下げて、その場をあとにした。

時間は瞬く間に過ぎていき、礼はジョナスから、この年度が終わったらフランスに行くと教えられた。それは礼の秘密の川辺で、午後のお茶を飲んでいるときのことで、オーランドも一緒だった。舞台を終えたあと、オーランドはテニスチームに入ったらしい。クリケットはのんびりしすぎてて欠伸《あくび》が出る、というオーランドだが、テニスは好きなようだった。オーランドのほうはジョナスと違い、イギリスの大学進学を目指して、卒業まではリーストンに留まるという。

「フランスに行ってどうするの？　ジョナス」

少し淋しい気持ちで訊くと、ジョナスはあちらで進学しなおすそうだった。

「大学じゃなくてパリのグランゼコールだけどね。前から決めてたんだ。レイこそ、日本に帰ったあとのことは考えてる？」

「そうそう。他人のことより自分だよ。きみのほうがよほど大変でしょ。日本はヨーロッパより、制度ががっちりしてるんじゃなかった？」

礼が持ってきたお茶を片手に、オーランドが礼の額を小突いた。

舞台の授業が終わってから、礼はオーランドとジョナスと三人、週に二、三回、この秘密の場所でお茶をしていた。他愛のない雑談、最近読んで面白かった本など、話題はとりとめなく、尽きない。時々ギルが混ざることもあるが、ギルは最近、寮代表が確定したので上機嫌だった。

「今考えてるところです。そういえば、こないだやっと、ギルが遺産相続の書類を返してくれたんだ。エドに言わないでって焦ってた」

十四歳のときに、ギルが奪っていったきりになっていたファブリスの遺産に関する書類だ。もともとはエドが礼に用意したもので、ギルは礼をリーストンに入学させるために奪ったのだが、そのまま返すのを忘れていたらしい。その事情をエドは知らないが、知らせないほうがいいだろう。書類は二年前のまま、無記入状態だった。

ギルはというと、エドに知られると雷を食らうと大慌てだった。

「あそこもなんだかんだ、仲良くなったね」

ジョナスが感慨深げに言う。

「今は二人とも、クリケットで、同じチームだしね」

オーランドはつまらないと言ったが、礼はせっせとクリケットの観戦に行き、見られなかった二年分を取り戻すほど試合を楽しんだ。観戦に行くと、必ず下級生たちが声をかけてくれ、やがてライアンたちとも話をするようになった。

というのも礼がクリケットに無知で、時々あがる歓声の意味が分からなかったせいだった。

「今のプレイ、すごかったの？」

　などと下級生に訊いているところに、「そんなことも分からないのか」とライアンが茶々を入れてきて、あれこれ説明してくれたのがきっかけだ。礼はそれに、素直に感心した。

「次の打者はギルだろ。あいつは長打があるから、投手にボドウィンを当てる。球に変化があるから勢いが死にやすい。そのうえギルは向かって左に飛ばしやすい傾向があるんだよ。守備が寄ってるだろ？　そこを読んで右に打ち抜いたから……」

　ライアンの説明は意外にも丁寧だった。その様子から、彼がスポーツ全般を観戦するのがとても好きなのだと知れた。礼はなんだ、と思った。

（そっか。ライアンがエドを好きなのは……エドがグラームズの御曹司だからってだけじゃないんだ。……エドは本当に、彼にとってヒーローだったんだな）

　そのことが、礼は嬉しかった。エドを愛している人が、自分以外にもいる。そう思えて、ホッとした。礼が素直に感心し、「教えてくださって、ありがとうございます」と頭を下げた日から、ライアンの態度は軟化した。これからクリケットのことは、何でも俺に訊け、と言ってくれ、横にいたフィリップも「最近知ったんだけど、レイって、笑うと可愛いよね」と身を乗り出してきた。ライアンたちと同級生のジョナスは遠慮がなく、横で「今さら気付いたの？」と彼らにずけずけと言っていて、応援席も、礼には楽しい場所となった。

　ハーフタームまでの寮対抗試合を制したのは、ウェリントン寮だ。

エドの成績はというと、通算で最多得点王になり、すべての試合でハーフ・センチュリーを成し遂げた。残念ながらセンチュリーには及ばなかったが、それでもすごいことだ。

五月中旬にはハーフターム休暇があったが、礼はさすがに共通試験の勉強で忙しかった。エドもAレベル試験がある。同じ屋敷の中にいたが、ジョージとサラが珍しく戻っていたこともあり、二人きりで話すことはほとんどなかった。

この期間、家族四人の食事が何度かもたれたが、エドは静かに黙っており、ジョージとサラだけが饒舌《じょうぜつ》という白々しさは、五年前とほとんど変わらなかった。もっともエドが同じ食卓についているだけ、進歩と言えたが――。

休暇が明け、学校に戻ることになったその日も、驚いたことにジョージとサラがそろって玄関から送り出してくれた。

サラはレイの手をぎゅっと握ると、背を屈《かが》め、レイにだけ聞こえる声で言った。

「……およそ五年もの間、ありがとう、レイ。エドが学校を辞めなかったのは、あなたのおかげよ」

次に帰ってきたときは、もう二人はこの屋敷にいないのだろうと、礼は理解した。だからこの休暇中は、戻ってきたのだと。ずいぶん前から囁かれている、ジョージとサラの離婚は本当になるのかもしれなかった。

お礼を言われるようなことは、なにもした覚えはなかったが――もしかしたらジョージとサラは、最初の目論見《もくろみ》通り、エドが礼を生《い》け贄《にえ》にしていたと思い込んでいるのだろうか。

けれどそれもう、どちらでもいいことだった。礼は小首を傾げてサラに微笑んだ。愛せたとは思えないが、この人のことも、嫌ってはいない。優しくしたいという気持ちくらいはある。

「お元気で。サラ。たまにはエドとも過ごしてくださいね。時間は限られていますから」

そう言うと、サラは少し驚いた顔をした。後ろに立っているジョージにも、礼は「お世話になりました」と頭を下げる。外へ出ると、先に車まで行っていたエドが、なかなか来ない礼に少し怒った顔だった。

「あの二人と、なにか改まって話をしてたのか？」

「ううん。お別れの挨拶《あいさつ》をしてただけ。エドは、試験勉強は捗《はかど》った？」

一緒に車に乗り込んでから訊くと、エドは当然だ、と返してくる。エドらしい、自信に満ちた答えで、礼は思わず笑った。最近のエドは、だんだんまた、出会ったころのような少年ぽい尊大さを取り戻しつつあるように見える。

「試験のあとはクリケットの卒業試合がある。そっちのほうが重大だ」

「卒業生のための記念試合でしょう？」

「とはいえみんな本気だ。レイ、絶対に見に来いよ」

絶対に、と言われて礼は驚いた。眼を丸くしてエドを振り向くと、エドは照れ隠しなのかそっぽを向き、

「まだセンチュリーをとってない」

と、呟いた。もしや本当にとるつもりかな？　と礼は内心では驚いていた。センチュリーをとるなんて、普通に考えて無理ではないのだろうか。プロの選手でも難しいのだ。けれど礼は、エドならやれるのかもしれないな、と思った。

「うん。きっと、一生忘れない試合になるよ」

そう言うと、窓の向こうに眼を向けたままのエドが、「ああ」とだけ、呟いてよこした。

それから、心配はしていなかったが、礼は無事共通テストを終えた。

結果は八月に発表されるが、感触としてはたぶん合格しただろう。礼はもともと、成績はトップクラスで良い。試験を終えると、終業式と卒業式はもう、眼の前だ。短いイギリスの夏が始まっており、とうとう卒業式前に三日間続けて行われるクリケットの最終試合が始まった。

それぞれこれまでの成績順に試合が組まれており、一日目、二日目は六寮あるうちの六位と五位、四位と三位が戦った。エドの出る試合は、自動的に最終の三日目になる。

最後なので他寮の試合も観戦したが、やはりエドが出ないと礼だけでなく、他の観戦者の盛り上がりもいまいちに感じられた。

「エドはファンタジスタなんだよ」

隣に座っているライアンに説明され、礼はなるほどと思った。

「試合の流れを引き寄せて、ゲームを魅力的に見せるんだ。そういう空気を作り出せる選手は、そういない」

すごい義兄を持ってたって、お前、自覚してる？　と横からフィリップにからかわれ、礼は恐縮した。それからとうとう試合三日目。最終日が訪れた。

その日も今までどおりの、ごく静かな普通の朝だった。空は晴れ、まさにクリケット日和《びより》だ。午前中から試合が始まり、礼はジョナスと観戦席に座った。近くにはライアンたちもいた。

野球やサッカーと比べれば、のんびりと進むクリケットだが、さすがに今日はいつもよりも緊迫したムードがある。二位の相手はブルーネル寮だ。エドの最初の打順が回ってきて、礼は緊張した。今のところ、ブルーネル寮に百八十点が入っていた。後攻のウェリントンはそれ以上をとらねばならない。

エドがピッチに立つや、観戦席からは怒号のような歓声が湧いた。エドワード・グラームズ！　リーストンの王！　陛下、その御業をお示しください、と芝居めいた応援があがる。エドはピッチで小さく笑ったが、投手に向き合うと、その顔からはすうっと表情が抜けていった。緑の眼は真剣に、数メートル先の投手を捉えている。静かにバットを構える、その姿から溢れる気迫に、会場は一気に静まりかえった。

一球目――。

投げられた球をエドが打ち返す。

「バウンダリーを越えた！」

誰かが叫んだ。とたん、ウェリントンの観戦席からわあっと歓声があがった。

「初球から六点かよ！」

けれど浮き足立っているのは観戦席だけだった。エドは今打った六点ヒットなど、まるで視界に入っていないかのように、じっと構えて次の球を待っている。

（……最初の集中が、全然切れてない）

そのことに礼が気づいたのは、エドが三球連続で六点ヒットをとったときだった。

エドはまるで表情を変えず、バットを振るっている。力強いスイングで、ボールは遠くまで真っ直ぐに飛んでいく。得点数が四十八点を超えたとき、もう、歓声はあがらなくなった。

「……おい、エドのやつ、一回目の打席で、ハーフ・センチュリーとったぞ……」

震撼《しんかん》させられたように、誰かが言う。礼も、もはや身じろぎできずにエドを見つめていた。

とうとう、バットがボールを打ち上げ、ボールが守備にとられてしまう。ノーバウンド。野球ならフライだろう。エドはもう一人の打者に打順を譲るが、既に彼の得点数は六十八点――。

観戦席はざわめき、「次のイニング、もしかして……」とささやきが聞こえ始めた。

昼を挟み、二イニングめとなる。ウェリントンは後攻。一イニングでの点数は二百点を超えている。エドの打順になると、観戦客すべてが息を呑んだ。

初球もまた、六点ヒットだ。バウンダリーを越えて、ボールは軽やかに飛んでいく。歓声があがるが、エドはすぐに次の打撃体勢に入っている。その眼はただ眼の前の投手しか見ていない。一イニングめから、エドの集中は続いており、二球目、三球目とボールはバウンダリーを越える。しかし次第に、その額には汗が浮かび上がり、息があがっていっている。

（エド……）

息を呑んで、礼はエドを見つめていた。瞼《まぶた》の裏に、初めて会ったときの、エドの姿が浮かんだ。屋内バルコニーから、礼を見下ろしていたエド。まるで美しい王のように見えた。

世の中には、こんな人がいるのか。

あのとき、そう感じた――。ライアンはエドをファンタジスタだと言ったが、それはスポーツに限ったことではないだろう。

（エドは、生まれながらの王さま。どこにいても王さまなんだ……）

何球目かのボールが、エドに向かっていく。エドは汗を散らしながら、バットを振り抜いた。ボールは飛距離を伸ばし、そうして、バウンダリーを越えた。

「センチュリーだ」

誰かが呆然《ぼうぜん》と呟き、それから、次の瞬間、観戦席から狂乱とも言える声が響き渡った。

「百点めだ！　拍手を！　表彰を！　我らが王に冠を！」

ブルーネルの守備側も、今はエドに敬礼をしている。礼も立ち上がり、興奮のあまり声も出せないまま、ただただ手を打ち鳴らしていた。

ふと顔をあげたエドが、ウェリントン寮の観戦席を見やり、誰かを探すように視線をさまよわせた。そうして、礼の眼とエドの眼がかち合う。

勘違いかもしれない。そう思ったが、視線が合うと逸《そ》らせなかった。礼を見つめたまま、エドが唇を動かす。

——み、て、た、か？

そう見えた。礼は必死になって頷き、感動を言えないかわりに、思い切り手を振っていた。

そうして、その瞬間、エドもまた笑いながら小さく手を、振り返してくれた。

礼の唇はほころび、胸は大きく鳴っていた。

明るい太陽に照らされて、エドの額に汗の粒が光っている。不思議な高揚感の中で、礼は、

（エドが好き……エドを、愛してる）

そう思う。そうして今このとき、エドも礼を少しくらい、愛してくれているはず。

もっとも嬉しく誇らしい瞬間、最初に礼を探してくれるくらいには——。

観戦席にエドが敬礼し、試合が再開される。歓声はゆっくりとひいて、青く高い空に吸い込まれていく。同時に、礼の高揚感もまた、静かに落ち着いていくようだった。

「……終わりなんだね。愛すべき、この檻《おり》の中も」

ぽつりと言ったのは、隣にいたジョナスだった。何気なく漏《も》らした彼のその一言が、しみじみと腑《ふ》に落ちていく。卒業していく七年生たちだけじゃなく、それは礼にも当てはまる言葉だった。明日は卒業式で、礼はそのあと直接ヒースロー空港に向かい、夜の便で日本に発つこと

になっている。

眼をあげると、グラウンドのはるか向こうには校舎の尖塔《せんとう》が見え、森が続いていた。その先には高い石壁がある。礼もエドも、もうすぐこの檻の中から出ていく。そして二度と戻らない。出て行った先の世界がどんなものかは、まだここにいる誰も、本当には分からない。

(でも)

と、礼はペアの打者に打順を譲ったエドを見つめながら、感じた。

(きっとどこにいても……エドは変わらない。誰にとっても、王さまだろうな……)

それだけはたしかだ。

彼はそういうペディグリーなのだ。どこにいても、たとえ嫉妬《しっと》と羨望《せんぼう》まじりでも、ほんのしばらく沈むことがあっても、最後には結局愛される英雄だ。

そしてそう分かっただけで、もういいような気がした。どれだけ離れ、もう二度と会えないまま時が過ぎても――。礼は知っている。分かっている。

そのとき礼が生きている空の延長線上、世界のどこかで、エドはきっとどの瞬間でも、光を浴びて立っていることだろう。誇らかに胸を張り、尊大に笑い、それに似合わない繊細《せんさい》な優しさを、胸に秘めているだろう。

礼を導く想像の力が、それを教えてくれるに違いなかった。

七

クリケットの最終試合は、ウェリントンの勝利だった。エドにはセンチュリーを達成した選手として表彰がなされた。その瞬間、きっと学内に残っていたエドへの反感は、すべて消えたかもしれない。オーランドでさえ「グラームズには誰も敵わないね」と苦笑していた。

礼《れい》が戻ると、寮は熱気に包まれていた。勝利を祝うために、メイトロンから特別な食事が出されることになり、生徒たちは沸き返った。中心にいるのはもちろんエドだ。礼は隅っこからその様子を眺めていたが、次々にハグされ、褒《ほ》めそやされるエドは自然に笑んでいた。

騒ぎは夜遅くまで続いたので、礼がエドと二人きりで言葉を交わせたのは、消灯間近になってからだった。

「お帰りなさい」

礼はエドの部屋の前に立ち、エドが監督生《プリフェクト》として最後の見回りに行く直前に、祝いの場を抜けてくるのを待っていた。エドは礼を認めると、一瞬眼を見開いた。けれどすぐ、「風呂か？」と訊《き》いてくれた。静かな、落ち着いた声だった。

「お風呂より、最後に少し話したくて」

廊下で話してもよかったが、できれば人の耳がないほうがいい。エドは部屋の扉を開けてくれた。卒業式を明日に控え、エドの部屋も礼の部屋と同様きれいに片付いている。リビングルームには大きめのボストンが二つある。

「……あの、センチュリーおめでとう。すごかったね」

「ああ」

散々言われたであろう言葉を言うと、エドの返事は素っ気なかった。けれど目許が、うっすら赤らんだので、礼はエドも嬉《うれ》しいのだと思えた。

「これ……お祝いとかじゃないけど。もしよかったらもらってくれますか」

礼はそのときまで、胸に抱えていた小さな包みを差し出した。エドは怪訝《けげん》そうな顔をして、包みを受け取った。四方十五センチほどの正方形のものを、礼は余り布で包んでいた。エドが布を解くと、中からは、額に入れたキャンバスが現れる。描いてあるのは、エドの肖像だった。今の、十八歳のエドのものだ。

「……これは、お前が描いたのか？」

訊《たず》ねられ、礼は気を悪くされたらどうしようと、慌てて弁解した。

「うん、あの、二月のハーフタームの時に、屋敷から画材を持ってきて、少しずつ寮で描いてたんだ。大したものじゃないけど、その……今までの、お礼に」

喘《あえ》ぐように言う礼に、エドはなにも言わない。ただじっと、手の中のキャンバスを見下ろしていた。そこに、礼は静かな笑みを浮かべたエドを描いていた。小さなキャンバスなので、顔くらいしか描けなかったが、精一杯、エドの優しい顔を思い浮かべて描いた。

「僕は……明日そのまま日本に向かいます」

いいとも悪いとも言ってもらえないので、礼は仕方なくそう続けた。エドはまだキャンバスを見つめたまま「ああ」と言う。

「……金のことだが、ジョージが、ファブリスの遺産をお前に返すと言っていた。それは受け取ったか？」

そこで初めてエドが顔をあげ、心配そうな声を出した。礼はにっこり頷《うなず》いた。金の心配はなかった。ファブリスの遺産は、日本に帰ると言うと、ジョージがすぐに戻してくれたし、母が受け取ったままの小切手もすべて換金してくれたので、礼は自活できるまで、働かずに進学できるだけの蓄えができた。おかげで、エドがファブリスからもらった遺産に手を着けないですんだ。

はじめは、それだけの額をもらうことに躊躇《ちゅうちょ》もあったが、そもそもファブリスが自分に遺してくれたものだ。きっとこれが、彼なりの愛情表現だったと思って、ありがたく受け取ることにした。そのほうが、もしも自分がファブリスの立場なら嬉しいだろうと感じたからだ。

「……共通試験には受かってると思う。日本で、進路の相談に乗ってくれるガイドや弁護士も見つけたよ。セバスチャンが手伝ってくれた。彼らが家も探してくれたし、義務教育修了が認められたら、正式に大学進学できるようやってみるつもりだよ」

「……お前の学力なら、問題ないだろ」

「将来は、まだ分からないけど……折角だから、英語が生かせる仕事に就くね。自活できるようになったら、お母さんも喜ぶだろうし」

「そうだな」

「とにかく、がむしゃらに――自立するために、頑張ります」

「心配してない」

礼の言葉に、エドは一つ一つ応えてくれる。低く淡々とした声。けれど礼には、怖くなかった。エドの一番最初にあるものは不器用さで、一番奥底にあるものは優しさだと、今ではもう知っているからだ。

話すことがなくなって、礼はエドを見つめた。エドも礼を見つめている。

整った顔に、緑の瞳。礼がおよそ五年、すべてを懸けて愛したたった一人――。

これがもうおそらく、エドと言葉を交わせる、一生で最後の瞬間だ。

――今もまだ、これからもきっと、ずっと、エドを愛しています。

言いたい言葉が胸に溢《あふ》れる。喉《のど》が動き、口から息が漏《も》れる。

けれど言えなかった。言えばエドを苦しめる気がした。エドは受け取れないのだ。愛していないからではなく、愛しすぎないようにしている。

身じろぎもできないまま、数秒が経つ。

「もう時間だ」

見ると、時計はもう消灯の十分前だった。さすがにもう、見回りに出なければならないだろう。礼は慌ててエドにお辞儀をし、部屋を出ようとした。呆気《あっけ》ないものだな、と感じた。五年かけた片想いの最後の瞬間が、こんなにあっさりと過ぎ去っていくなんて。

そのとき、後ろからエドが「レイ」と声をかけてくれた。

振り向くと、エドは礼から顔を背け、窓の外を見つめている。

「絵は、持っておく。……きっと、ずっと」

付け足された言葉を言う声が、少しかすれている。礼のなかに、なにか熱いものがこみあげてくる。思い出が押し寄せてきそうになるのを、礼は必死でこらえた。

「はい。おやすみなさい」

震える声で、最後のおやすみなさいを言った。

部屋を出ると、眼の裏がじんと痛み、鼻の奥が酸っぱくなって、礼は泣きそうになっていた。唇を嚙《か》みしめ、急いで自室に帰る。そうしてもう、パジャマに着替えると急いでベッドの中へ入った。眼をぎゅっとつむり、早く寝よう、寝ようと念じた。

出会った日からこれまでのエドの姿が、次々と浮かんでは消えていった。

やがて廊下から、ベルの音とともに、最後の見回りをするエドの足音が聞こえてきた。礼は耳をそばだてて、カツン、カツン、と響くエドの靴音を聞いていた。それはいつしか遠のき、そうしてもう、戻ってくることはなかった。

卒業式のあった午後、式を終えた卒業生たちがマントを空に脱いで投げ、中央広場には太鼓の音が鳴っていた。

「レイ～！」

夕方までにヒースローに行けばいい礼は、式が終わってもまだ学校にいた。生徒の大半が集まっている中央広場で、オーランドとジョナスと話をしていると、舞台の授業で一緒だったマイクが礼を見つけて駆け寄ってきた。彼はオーランドと同じ六年生なので、卒業は来年だ。

「どうかしました？」

礼は首を傾《かし》げた。するとマイクが「助けてくれない？」と頭を下げる。

「今から、卒業生恒例の兎《うさぎ》狩りなんだけどさ、三年生の数が足りないんだよ。レイ、兎になってくれ。きみなら三年生と体格に差がないから」

言われて、礼はさすがに苦笑してしまった。

（三年生と変わらないって……まあ、そのとおりだけど）

兎狩りというのは古い時代から毎年行われている卒業生の送り出しイベントだ。最下級生の三年生が腰に白いリボンを巻き、兎となって森の中へ逃げる。卒業生はそれを追いかけ、一兎ずつ捕まえる。怪しい言い方だが、捕まえた兎は好きにしてよく、文字通り、そこで眼をつけていた美少年に悪戯《いたずら》してから学校を去る――などという艶《なま》めかしい事件もあるそうだ。とはいえ単純に、伝統的な遊びとして楽しむのが主な目的だった。

「たしかに、大男が兎じゃ追いかけ甲斐《がい》がないものね」

オーランドが言い、マイクが「そうなんだよ」と困った顔で同意する。

中央広場には既に卒業生と、リボンをつけた三年生が集まっており、卒業生はどの生徒を狩ろうかと目星をつけ、三年生は狩られたい憧《あこが》れの先輩に、熱視線を送っている。遠目に見ると、当然ながらエドが一番、三年生からのアピールを受けていた。本人は素知らぬ顔で、隣の同級生と話をしている。

「いっておいでよ、レイ。ほら。マイクを助けてあげて」

オーランドに促され、礼は苦笑しながら了承した。自分は今日で、この学校とは別れてしまう。よくしてもらったマイクへ、最後のお礼だと思った。

本部へ行って白いリボンをもらうと、役員をしている一つ上の先輩たちが、「レイ・ナカハラが参加してくれるの?」と驚いていた。リボンを巻いて兎の群れに合流しながら、なにがそんなに驚かれたんだろう、と不思議に思っていた礼は、突然、卒業生がざわつくのを聞いて顔をあげた。

「おい、見ろ。東の蕾《つぼみ》がいる」

「リボンを巻いてるぞ、兎だ。捕まえてもいいんだな？」

卒業生たちの辺り憚《はばか》らぬ噂《うわさ》の相手は、どうやら自分らしい。そう礼が気づいたのは、彼らが礼を指さしたり見たりしていたからだ。

「やめろ、やめろ。レイはウェリントンの後輩だ。捕まえていいのはウェリントンの俺たちだけだぞ」

やがて聞こえてきた声はライアンの声だった。その後は、なにやら言い争う声が続く。

なにを言う、最後のチャンスだ。今日は無礼講さ。お前たち同寮生は、今まで十分な機会があったろ。今回は俺たちに譲れ。

ばか言うな、こっちだって最後なのは同じだ。花は咲かせてみたい。大体お前たち、うちのレイを捕まえて、どこでなにをするつもりだ――。

（……本当、一体なんの話なの）

怖くなってきたところで、一人愕然《がくぜん》と礼を見ているエドと眼が合った。

嬉しくて、思わず笑みを浮かべたが、エドは眉《まゆ》をひそめている。言い争う卒業生たちの声はまだやまず、礼はなんとなく他の下級生たちの陰に隠れることにした。悲しいことに、彼らは十三歳なのに、礼と大して変わらないか、なかには礼より大きな生徒もいる。

やがてマイクが拡声器を使って、兎狩りの開始を告げた。太鼓の音とともに、まずは兎である礼たちが森へ駆け込む。

礼は林に入ると、スズカケの木にそっと隠れた。

それからすぐ太鼓が鳴り、卒業生たちが、ときの声をあげながら森へ突入してきた。三年生たちは兎のようにぴょこぴょこと木陰から飛び出していく。礼も同じようにした。

と、振り返った礼はぎょっとした。礼に向かってくる卒業生の数が、尋常ではなかったのだ——。彼らはもみ合い、互いに相手を押しのけ合いながら、狭い森の中を、眼を血走らせて走ってくる。思わず恐怖に足が竦《すく》んだ——。

「レイ！　バカか、走れ！」

不意に腕をとられ、礼は顔をあげた。一人、集団を迂回《うかい》して横の木陰から颯爽《さっそう》と現れたエドが、すぐ隣にいた。腕をひかれて一緒に走り出すと、背後で「誰だ！　誰かが東の蕾を捕まえてるぞ！」と声があがる。エドだと分からないのは、森の木々が邪魔して長身の彼の顔がよく見えないからだろう。

エドは舌打ちした。次の瞬間、礼は息を呑《の》む。気がついたら、エドに膝《ひざ》の裏をすくわれ、軽々と横抱きにされていた。

「うわっ？　わ！　わ！」

足場の悪い森の中だ。抱えられて走られるとぐらんぐらんと体が揺れて、礼は思わずエドの首に抱きつく。けれど後ろを見ると、礼を追いかけていた集団はどんどん小さくなっていき、やがてエドは、川べりの茂みの中へ分け入った。

するとあたりは静まりかえり、川のせせらぎと鳥の声が聞こえるだけになった。ここなら大丈夫だろう、と荒い息をつきながら、エドが礼を下ろしてくれる。

（すごいなあ、エドって。僕を抱えててもこんなに速く走れて）

素直に感心していた礼は、刹那《せつな》、エドにじろっと睨《にら》みつけられてぎくりとした。

「お前……バカか？　なんで兎になってる！」

怒鳴りつけられ、礼は眼を白黒させた。なぜ？　と、問われても……と、思う。

「人が足りないって、マイクに頼まれたから……」

「だからってなんでお前だ？　さっきのやつらを見たろ。お前はな……お前は――自分が他人にどう見られてるのか、まるで分かってない！」

エドの怒りの意味が、礼にはいまいち摑《つか》めない。

「……アジア人が珍しいから？　三年生より、五年生の僕を捕まえたほうが、足が速いと証明できそうとか……？」

「あのなあ……」

エドが深くため息をついて、まるで頭が痛むように額を押さえた。

「……そんなんで、日本で、大丈夫なのか？」

呆れたように呟《つぶや》いたエドが、不意に動いた。礼の腰のリボンを、エドがぐっと握る。そうして礼は、リボンごとエドに引き寄せられ、近くの木に、背を押しつけられていた。片手を木につき、エドは礼に覆い被《かぶ》さってくる。

「……兎は好きにしていいんだぞ。捕まえた兎が好みなら……男なら、悪さをする」

唇が近づき、礼は硬直した。頬《ほお》に熱が上ってくる。間違いのように肌を重ねて寝てしまったときの、最後のエドとのキスが、ふと脳裏に甘く蘇《よみがえ》ってきた。あのとき礼はエドを好きにならなければよかったと言い、エドはそんなことを言うなと悲しんでいた——。

(悲しんでた……悲しんでたんで、いいんだよね。あれは……)

眼が潤み、じっとエドを見上げると、エドの緑の瞳の中に礼の姿が映って揺れていた。

「レイ……」

見下ろすエドが、切なそうに眉を寄せる。その瞳もゆらゆらと揺れ、どうしてそんな眼で見るのだろう。そう思ったけれど、訊けない——。

身じろぎもできないまま数秒が経ったとき、礼の耳に愛らしい囀《さえず》りが聞こえてきた。頭の隅で、あれはコマドリの声だ、と、思う。とたんに、礼はハッとした。

「あっ、コマドリだ! エド、コマドリだよ」

おのずと緊張が解け、気がつくと礼はエドの胸に飛び込むようにして、エドの背の向こう、声がするほうに背伸びしていた。エドが怪訝そうな顔で礼を受け止め、後ろを振り返る。

コマドリの囀りは、一羽ではない。かしましいほどで、どうやら近くに群れがいるらしい。

「コマドリなんか珍しくもないだろ。どうしたんだ」

エドに訊かれて、礼は「去年の秋、一羽、群れからはぐれた話をしたでしょう?」と説明した。

「ああ……そういえば。ハーフタームのときか……」

思い出したように、エドが眼を細める。

「一羽だけ、取り残されてて……もう群れが戻ってきたんだね。あの子は生き延びて、ちゃんと合流できたかな……」

そうであればいい。願いをこめて呟くと、エドは無言で礼を見下ろしている。なにか言いたげな顔に、不思議に思い顔をあげたとき、「おいっ、いたかっ?」と野太い男の声がした。

それはどうやら、礼を探す卒業生たちの集団だった。ぎくりとしたのと同時に、強く抱きすくめられた――。思いがけず、心臓が跳ねる。エドは抱き締めたまま、礼を物陰に引きずり込み、耳元で「じっとしてろ」と、囁《ささや》いた。

礼はじっとしていた。していたが、心臓は今にも破裂しそうなほど、ドキドキと激しく鼓動していた。顔が熱くなり、全身が羞恥《しゅうち》で燃えそうになる。エドの胸板が頬に当たると、シャツ越しにも分かるその逞《たくま》しさに目眩《めまい》がする。耳にかかる呼気に震え、鼻腔《びこう》いっぱいにエドの匂いが広がって、礼は震える手を、エドの腕に沿わせていた。心臓が、早鐘のように鳴っている。

（どうしよう……）

もうエドとは、別れるのに。二度と会うこともないのに。

（最後でも、触れられて、嬉しい——……）

まだエドが好きなのだ。今もまだ、深く愛している。そんな自分を、礼は感じる。抱き締めてもらえたのはたまたまの事故のようなものだが、それでもこのことは、一生忘れられないだろう。

そのうち先輩たちの声が遠のき、あたりはまたシンとなった。静かな森の中に、コマドリの可愛い囀りだけが響いている。

「い、行ったみたい」

離れるのは名残惜《なごりお》しいけれど、これ以上そばにいたらイギリスを発つ決心が鈍りそうで、礼はかすれた声で言った。ああそうか、とエドは言うだろう。そうしてあっさり礼を突き放すに違いない。それで終わり。このあと礼はエドと一緒に広場へ出て、ヒースロー空港へ向かうのだ。

……そうしてもう二度と、一生、エドと会うことはないだろう——。

淋しさに喉が詰まり、胸が震えた。けれどエドは微動だにせず、礼を抱く腕を緩めなかった。あれ、と思って、おずおずと顔をあげた。刹那、エドが礼の後頭部を手で包み、ぐっと胸元に引き寄せてくる。視界からエドの顔が消え、かわりに分厚いエドの胸に顔が埋まった。

「コマドリを」

礼の耳元で、エドは小さな声を出した。

「コマドリを愛するように、お前は俺を、愛したのか……？」

――コマドリを愛するように？

（……どういう意味？）

分からず、礼は息を詰めた。

こめかみにエドの目元が当たっている。身動きできないでいる礼のそこへ、濡《ぬ》れた感触があった。

（え……？）

一瞬、それがなんなのか分からなかった。エドが「レイ」と呼ぶ。その声が涙にかすれていると、気がつくまでは。

「……お前だけが、俺の弱さを、愛してくれてたな……」

俺は知ってる。

ちゃんと知ってたよ、とエドは言った。

――お前だけが、俺の弱さを、愛してくれていた。俺の孤独を……。

「お前を悩ませて……悪かった――」

聞き取れないほどの声で、エドがそう続けた。

そうして、エドはもう耐えられなくなったように、礼の肩に瞼《まぶた》を押しつける。熱いものが制服のベストとシャツを濡らし、礼は息を呑んでじっとしていた。浮ついた熱は霧散していた。強く、誰よりも傲慢《ごうまん》なエドが泣いている――。

礼の愛を、知っていたと言って……。

（……コマドリを愛するように、エドの弱さを……？）

そうだったろうか。そんなふうに、愛したろうか。

言われてみれば、そうだったのかもしれないと、礼は思う。

出会ったころのエドは、いつも淋しそうに見えた。傷ついているように見えた。

大きな屋敷の中で、一人刺々《とげとげ》しく神経を尖《とが》らせている彼が、どこか脆《もろ》く感じた。母を亡くした礼の孤独と、そのエドの孤独が重なって見えたのはたしかだった。

孤独と孤独を寄り添わせる礼を、エドはいつも拒もうとしていた。できるだけ近づきすぎないよう、愛されすぎないようにしている。心のどこかで、礼はそう感じていた。そして、それは自分が青い血じゃないからだろうと、長い間思ってきた。けれど……。

（……違う。エドは……エドなりに、僕を愛してくれてたんだね）

礼の愛を知っていたと泣くエドを見たら、ふと、そう気付く。だからこそエドは、礼を愛さないように、気をつけていたのではないか？　それは礼が一人ぼっちで、エドでは守りきれないかもしれないから――。

か？

愛さないことが、愛の場合もある。

幼いころに聞いた母の言葉が、耳の奥へ返ってくる。

傷つけないように――エドは、できるだけ早く礼を遠ざけ、手放そうとしていたのだろうか？

（それがエドの、愛だった……？）

その愛の孤独さは、到底、はかり知れない気がした。愛さない愛なんて、礼には想像できない。相手を傷つけ、怒らせ、誤解させてもまだそんな愛し方ができるのだとしたら、それはエドが自分が傷つくこと、孤独になることを覚悟して、さらに強い自制と意志で、そうすると決めねばできないはずのことだ――。

礼の耳には、エドの心音が聞こえている。

礼のものより速く、強く、厚い皮膚の下でエドの鼓動が打っている。

礼をはね除けるとき。礼を拒むとき。愛してないと言ったとき。裏切り者と詰《そし》ったとき。

エドの心臓からは、血が出ていたのかもしれない。

エドの心も、苦しみ、傷ついていたのかもしれない……。

自制と愛の間で、エドの心はぎゅうぎゅうに抑圧されていたのだろう。愛してはならない気持ちと、愛したい気持ち。その二つに挟まれて。

大きな背を震わせて泣いているエドは、礼の体からゆっくりと腕を開く。

離れようと身じろいで、けれど失敗してまた寄り添ってくる。何度も繰り返されるその行為に、エドの中の葛藤《かっとう》が透けて見えるようだった。

けれどなんと声をかければいいか、礼には分からなかった。エドの孤独を愛したし、エドの傲慢さを、冷たさを、そして優しさと不器用さを愛した。エドの弱さを、きっとエドの強さと同じくらい愛してきた。そしてこれからも、そうするだろう……。

ただそれをエドが、礼に言ってほしいとも思えなかった。

（泣かないで、エド……）

礼はただ、エドの背にそっと腕を回した。うつむいたままのエドが、ぴくんと大きな背を揺らす。

（檻《おり》の中の王さま……かわいそうなエド。でも、きみはきっと、学校の外に出ても王さまでいられる人だから――）

きらびやかで美しく、誰もかもを魅了し、傅《かしず》かれ、ときにはひっそりと妬《ねた》まれることはあっても、最後には誰もが認めざるを得ない王さま。

けれど王の心とは、孤独なものだろう。

大勢の人に囲まれながら、きっと彼らが愛するのは王の輝かしい部分だけだ。強いから愛され、魅力的だから愛されることはあっても、弱いから、その弱さゆえに王を愛する人はほとんどいないだろう……。

王とはその称号そのものが、小さな檻なのかもしれない。人々の憧憬《どうけい》と羨望《せんぼう》を象《かたど》り、王たる一人を、自ら閉じ込めてしまう——それに堪《た》えられるだけの強さを、エドは持っているけれど。

「……大丈夫だよ、エド」

気がつくと、礼はそう言っていた。

「大丈夫。……僕が気付いたんだもの。ギルやオーランドや、ジョナスだって知ってる。きみが強くなくても、完璧《かんぺき》じゃなくても、きみを愛する人はこれからもきっといる」

なるべく優しい声で、礼はエドを励ます。もうあと三十分もすれば、礼はこの学校を出て行くことになるだろう。そうしたら、エドにしてあげられることはもうなくなってしまう。なにひとつ。

——お前の母親はお前を愛してた。お前は母親を愛してた。そんなふうに想いあえる相手がいて、不幸なわけがない。

不意に忘れていた、遠い日のエドの声が、蘇ってくる。もしも愛し合うことこそが、この世の幸福だというのなら。

「……エドの愛は、僕に届いたよ。僕のも、届いてたんだね。なら、僕たち、幸せだったね」

礼は小さく笑った。

出会えて、よかったんだね。

エドは背を震わせただけで、なにも言わなかったけれど。

「愛してくれて、ありがとう……エド」

その愛がこれからも、礼を助けてくれるだろう。母の愛がこれまでも、今も、そしてきっとこれからも礼を支えてくれるように。エドの愛も礼を導いてくれる。

日本に帰っても、礼はエドを愛し続けるだろう。エド以上に愛せる人がいるのか、今は分からない。それでもきっとまた、誰かを好きになる。一人では生きていけない。そしてエドを愛したことが、たとえ礼の思った形ではなくても、ちゃんと返ってきたことが、礼の道しるべになってくれる。

……生きていける。どこでも。一人でも。またきっと、愛する人を見つけられるから。

そうして遠い空の下、生きているだろうエドを、愛することができるから。

コマドリの群れが、梢《こずえ》から飛び立ったらしい。

兎追いの終盤が近づき、遠くで鐘が鳴っている。若い生徒たちの、楽しげな声に混じって、コマドリの囀りは遠ざかっていく。

初夏の風が枝を揺らすと、そのざわめきで鐘の音も、生徒の声も、コマドリの囀りさえ聞こえなくなった。生い茂る森の緑にすべての音が吸い込まれ、あたりはシンと静かになる。

美しい国だ。

礼は改めて思った。

ありとあらゆる喧噪《けんそう》も、嘆きも、喜びさえ平らかにし、静けさに変えてしまう不思議な国。

森は豊かで、川面には光が反射してきらめいている。こんなにもきれいな初夏の風景も、すぐに思い出に変わるだろう……。

（さようなら、エド）

胸の中だけで礼は告げた。けれどそのとき、まるでその礼の言葉が聞こえたかのように、エドは礼を抱く腕を緩めて顔をあげた。泣き濡れた頬と、赤くなった眼。涙に濡れたエドの睫毛《まつげ》が見える――。

そしてそんなときでさえ、エドは変わらず美しかった。

さようなら、とエドは言ったのかもしれない。肉厚の唇が小さく動いた。

眼を見開いた礼の額に、エドの額が当たる。互いの前髪が混ざって、くしゃっと音をたてる。礼は眼を閉じた。エドの唇が、礼の唇に触れたのは、それから一秒後のこと。

優しく、切ない口づけだった。エドの唇は小刻みに震え、乾いて、涙の味がした。それがかわいそうで、礼は自分の小さな唇で、エドの唇を撫《な》でるように優しく噛んだ。

何秒間、最後のキスをしていたのか。

礼は数えていなかった。

八

「中原《なかはら》くん、フランス語見てくれないかな。あっちの出版社にメール送らなきゃいけないんだ」

こぢんまりしたオフィスの中で、眉を寄せてやや古いパソコンのモニタとにらめっこしていた編集長が、そう声をかけてきたので、礼《れい》は「いいですよ」と笑顔で請け合った。

「きみがいてくれて本当、助かるよ。うちは零細だから、なかなか語学に堪能な人がいなくて」

「本当は全員使えなきゃ、まずいレベルですよね。この仕事」

ホッと息をつく編集長の言葉に、先輩の編集員が笑う。そのうち礼のメールボックスへ、編集長の打ったメールが転送されてきた。開くと、フランス語の文章が並んでいる。あちらの出版社に、若手画家の絵の写真を何点か、使わせてもらえないかと打診する内容だった。

季節は春。桜も終わり、ちょうど暖かくなってきた四月の初めだ。

礼は二十四歳、六月には二十五歳になる。

今から八年前、イギリスから帰国し共通試験合格の通知をもらった礼は、日本での後見人である弁護士と相談し、日本の高校に編入するか、高校卒業認定試験を受けるかを選ぶことになった。礼はもともとイギリスでは一年下の学年に入学していたので、編入となるとややこしく、結果帰国受験のための塾に通って高認をとり、都内の大学へ進学した。十八歳で大学に入学するまでの二年弱は、日本の生活に再び慣れるのに苦労した。

なんとか進んだ大学では、美術史と語学を中心に勉強した。

もともとできる英語とフランス語――イギリスではプレップスクールからフランス語は必修だ――の他に、ラテン語とドイツ語をみっちりと勉強した。大学を卒業してからも独学で語学の勉強は続けており、今はそこにイタリア語も加え、いずれはアジア圏の語学も、と思っている。仕事に生かせると思っているからだ。

大学時代は勉強だけではなく、サークル活動も楽しんだ。演劇部に入り、舞台美術を担当した。絵画サークルに入るか迷ったが、イギリスでの経験が忘れられなかった。日本の学校では舞台装置といってもたかが知れていたが、それでも多くのメンバーと一つのものを作っていく喜びは一緒で、礼の大学生活は充実していたと思う。

やがて卒業が近づくと、一流企業や国家公務員に就職していく友人たちとは真逆に、礼は小さな、丸美《まるび》出版という会社に、三年前の春に就職したのだった。

小さいとはいえ、日本では老舗《しにせ》の出版社だ。

創業は大正時代に遡《さかのぼ》り、社員は編集から営業、販売、制作などをあわせてもわずか三十名程度だが、日本の美術分野への貢献は大きい。

主な事業は毎月の美術雑誌刊行で、その他にも画集や、美術に関する学術書などを出している。また、都内で開かれる展覧会の企画運営やパンフレットの作成なども請け負っているので、単なる出版社ではなく、文化事業の一端を担う会社として業界では名を知られ、信頼されている。もっとも、文化事業の宿命として、儲《もう》けはあまりない会社だが。

それでも礼は、ここから出ている美術雑誌が好きだったので、大学三年生からアルバイトに入り、そのまま社員になったほどだった。

絵を描くのは好きだが、仕事にできるほどの情熱はない。けれど絵に携わりたい気持ちはあったし、せっかく身につけた語学を生かせる仕事がしたかった。どちらも満たしてくれる、この仕事に不満はない。アルバイトを含めると始めて五年になるが、飽きたことはなく、礼は毎日楽しく仕事に打ち込んでいた。

小さな会社なので、やることは山のようにある。海外経験があり、語学が堪能な礼は頼りにされている。海外の美術誌から記事を紹介したり、向こうの作家とコンタクトをとるケースは多い。礼は記事を書いたり選んだりするだけではなく、翻訳や通訳でも忙しかった。日本語と同じ速度で英語が読めるのは、大きな武器になった。毎月、小山となって届く海外の美術誌を読み、紹介記事をピックアップするのも礼の仕事だったし、展覧会の運営などで海外の作家を迎えると、大抵礼がガイドに立ち、通訳にまわった。休日に、彼らを引率して観光地を巡ることもある。

礼の会社は小さいので、美術展のスポンサーになることはまずないものの――画家が自ら企画した、小さな個展なら別だが――語学にも美術にも明るく、イギリスのパブリックスクール出身という礼は、大きな展覧会をスポンサードする大企業の広報などにも顔を知られていて、時折、電話がかかってきては、

「丸美さんとこの中原さん、ちょっと貸してもらえないかな？　通訳がほしくて」

などと、指名されることも多い。指名してくれるのはなにも日本企業だけとは限らず、海外の作家から、

「以前一緒に仕事をした、レイ・ナカハラを担当に」

と言われることも、ちょくちょくあった。特にヨーロッパの上流階級出身者は、礼の話す滑らかな英語を好んでくれている。

頼られると嬉しいし、生き甲斐にもなる。礼はこの五年、精力的に仕事をしていた。

（まあ……仕事しか、してないんだけど）

編集長のメールの添削を終え、送り返しながら、礼は小さく苦笑した。

再びメールボックスを見ると、海外の友人から、メールが入っている。彼は若手芸術家で、仕事を通して知り合った仲だが、会社のアドレスによく個人的なメールをくれるのだ。

読むと、いつもどおり創作に関する悩みだ。いわく、この半年、新しい作品が作れないという。創作の苦しみを理解してくれるのはレイぐらいなんだ、と、礼はなぜか作家たちによく言われる。

あとでゆっくり返事をしよう、と思う。相手の深い悩みには、やはりきちんと向かわねばという気持ちが礼にはあり、こうしたメールには、いつも時間をかけて対応していた。夜中まで相手とやりとりしたりしていると、先輩の編集員からは、

「残業手当も出ないのに、よくやるなあ」

と、呆《あき》れられたりする。人によっては、そこまでやることないのに、人気者は大変だね、と、迷惑そうに、あるいはイヤミまじりに言うこともある。そういうとき礼は居心地の悪さを感じるけれど、それでも、やはり好き好んでやっていた。これが仕事だというのもあるし、

（人ときちんと話をして、その人を知るのって……楽しい）

そう感じる、性分のせいもある。

作家と呼ばれる人たちの繊細《せんさい》な心の中に、礼は自分にはない強さや脆さを感じる。彼らのユニークな世界を垣間見《かいまみ》、理解していくのはとても楽しかった。

そう、礼は、今もちゃんと、想像力を杖に歩いていた。

人と話すことはいまだに得意なわけではないが、それでもイギリスにいた最後の一年で、礼は教えられた。自分の世界を広げれば、より多くの人を理解できる。自分の世界を広げるには、

誰かと出会い、眼の前のその人を知ろうとすることが大事なのだと。

知ったつもりにならないこと。

そして、まず初めに相手を愛すると決めること――。

浅く広くとは思っていない。無理に友だちを作ろうともしないが、訪れた縁は大事にしたい。

そう思って一人一人と接しているうちに、礼はイギリスで過ごした五年間、ほとんど一人ぼっちだったのが嘘のように、いつの間にか「友だちの多い人」になっていた。

けれどそんな礼でも、もう二度と会えない人はたくさんいる――。

その一人は母であり、そしてエドだった。

オーランドとジョナス、それからギルとは今も交友が続いている。手紙や電話、インターネットなどで、こまめに繋《つな》がれるし、三人とも、それぞれの家業を手伝って忙しいが、何度か日本にも遊びに来てくれ、礼の家に泊まってくれたりしていた。特に日本に帰国した直後は、一人ぼっちの礼を案じて、長期休暇などにそろって来てくれたりもした。

もっともエドだけは、一度も来てくれたことはない――。

ギルたちも、積極的にエドの話はしない。とはいえ訊けば教えてくれるので、たまに近況が知れると、礼はそれだけで満足するようにしていた。

「中原くん。はいこれ。頼まれてたの、持って来といたわよ」

と、隣席の先輩編集員、佐藤《さとう》が、経済誌フォーブスの海外版バックナンバーを礼の机にどさっと置いてくれた。礼はパッと顔を輝かせ「ありがとうございます！」と雑誌に飛びついた。

「好きよねえ。仕事でも散々雑誌を読んでるのに、経済誌なんてとても読む気になれないわ」

佐藤には呆れられたが、礼はえへへ、と笑うだけに留めた。

デジタル版は少し前から毎月購入しているが、買い逃した過去の海外版バックナンバーに、いくつか、礼の目当ての人物が載っていることに、最近気付いたのだ。

佐藤の友人がフォーブスの日本版出版に携わっているというので、礼は融通できないか聞いてもらい、そうして今日、ようやく手にすることができたのだった。

我慢できず、目的の記事を探す。そこにはちょうど二年前、香港《ホンコン》のグラームズ支社で支社長をしていたらしい、エドワード・グラームズの写真が大きく載り、売上げを三〇パーセント上昇させたという驚異的な業績についての、インタビューが掲載されていた。

（……エド。やっぱりかっこいいな）

つい、ため息が出る。

二年前の写真ながら、逞しい体にスーツをまとうエドの姿は、凛々《りり》しく、美しい。

映画俳優でもこうはいかないだろうというくらい、圧倒的なカリスマ性を感じさせられる、堂々とした姿。記憶にある十八歳のエドより大人びて、穏やかな笑みに似合わない、挑戦的な瞳が生き生きとして魅力的だった。二年前がこうなら、今はどんな姿か……想像するだけで、礼はときめいた。

まるで追いかけているアイドルの記事を、雑誌で見ている乙女のようだと、自分でも呆れてしまうが、礼はまだ、どう考えても、どこをひっくり返しても、エドのことを好きなままだった。二度と会えないし、会いに行くつもりもない。けれど、好きな人はと訊かれると、決まってエドの顔が浮かんでしまう。

日本に帰国してから、礼は男女問わず、複数人から付き合ってほしいと告白を受けた。

(どうして僕?)

と、初めは驚いたものだが、

「きみはもともと、かなり魅力的だよ」

と、ジョナスには言われた。それはともかく、好意は素直に嬉しかったので、よくよく考えた末、これまでに三人、好きになれそうだと思って付き合った相手がいる。けれどその全員と、礼は短期間で別れてしまった。

相手から好きだと言われても、すぐにエドのことを思い出してしまう。

デートをしていても、ここをエドと歩いていたら……と想像してしまう。キスやセックスに至ると、もっとダメだ。

八年も前に別れてきたのに、そして回数にしてみればそれほど多くもないのに、礼はエドとの甘ったるいキスを、官能に満ちた情事を思い出して、気が散ってしまうのだった。

眼の前の一人を大事にしたい礼からすれば、恋人よりもエドを思い出してしまうのはとても苦痛で、結局相手の好意に申し訳なさばかりが募り、別れてしまった。

次こそはと思いながら、結局そのあとも同じような形でダメになり、相手を傷つけてしまった負い目から、このごろの礼はもう誰とも恋をしなくてもいいかなと思っている。

（仕事が好きだし……仕事で出会った人や、今いる友だちも愛してる。恋人がいたらいいだろうけど……今はまだ、エドが忘れられない――）

無理やり忘れようとしたこともあったけれど、そうすればするほどエドのことを考えてしまう。ならば忘れられるまでは好きでいようと決めたのだ。

それからは、エドが海外の雑誌に出ていれば買うし、ネットで定期的に名前を検索してもいる。未練がましいが、これはこれで結構楽しかった。

エドは数年前からグラームズ社の各主要支社を転々とし、各地で支社長となって業績をあげているようで、ウェブニュースの記事などに名前だけ載るようなことも多々ある。ギルたちが話してくれなくても、多少の情報は得られた。

ちょうどお昼休みになったので、礼はうきうきしながら、携帯を取り出した。ＳＮＳツールのトーク画面を開き、ジョナスにメールを送る。

『エドが載ってる二年前のフォーブス、もらえたんだ。ジョナス、読んだ？　香港支社にいるときの。エドは元気にしてる？』

ややあってから、礼のメッセージには既読マークがつき、返事が返ってきた。

『レイ、またエドなの？　もうあんなの気にしなくていいって言ってるのに。元気だと思うよ。香港の支社にいたときの？　興味ないから読んでないや、ごめん』

なかなか辛辣《しんらつ》な回答だったが、この八年でもう慣れっこで、礼はまったく気にしなかった。ジョナスも今、家業であるハリントン社の香港支社におり、時差が少ないので礼はよくメールのやりとりをしたり、ネットツールでテレビ電話をしたり、連休を利用して互いの国を行き来したりと、仲良くしていた。

礼はジョナスの無関心を意に介さず、エドが載ったページを撮って送信した。

『この写真、かっこいい！　エドって今も香港にいるの？　ここ一年はどこの雑誌にも名前が出ないんだ。もしかしてまた異動したのかな？』

ジョナスが写真を見て、呆れるだろうことは理解している。理解しつつ、礼はそれでも訊きたくて訊くのだった。エドが好き。どうせ二度と会うこともないのだし、忘れられるまでは、追いかけててもいいだろう。そう開き直ってからは、ジョナスやオーランド、ギルなどに、礼は遠慮なく自分の恋心を話していた。

『しばらくは僕も会ってないなあ。香港支社には今はいないみたい。レイ、きみったらモテるんだから、エドよりいい男を見つけなよ。ハリウッド俳優に恋してるほうが、エドに恋してるよりまだ応援できるな』

相変わらず、呆れたようなジョナスの回答。

けれどエドが、一年前までは香港にいて、今はべつの支社にいると分かった。礼は教えてくれたジョナスに『ありがとう』と送った。

『じゃあエドは、またべつの場所で頑張ってるんだね。業績があがれば、次もインタビュー記事で載るかも。心配かけてごめんね』

返すと、文章はもう戻ってこなかった。かわりに、腹を立てている顔のマークがぽん、と飛んできた。礼はそれを見て、くすっと笑った。

お昼ご飯を買いに行こうと、携帯と財布を上着のポケットに入れ、席を立つ。

食事を済ませたら、何本か仕事のメールを返してしまわないと、と思う。

今日も忙しく、いつものようにサービス残業になりそうだ。けれど、礼の心はほくほくと温かかった。家に帰る途中の電車で、今日はエドの記事を読める――ただ、それだけのことで。

会社を出ると、都心の都会的な風景が広がっている。整然と街路樹が並んだ通り沿いには、洒落《しゃれ》たカフェ・バーなどが軒を連ねている。

と、礼は人混みの向こうに、背の高い金髪の男性を見つけて、思わず振り返った。けれどすれ違った相手は、エドではない。

やっぱり会えるわけないよね。苦笑しながらも、礼は心のどこかで少し期待していた。

（……もしも香港の次の、エドの赴任地が日本だったら――街中で偶然ばったり、なんてことも、あるかもしれない）

こんな想像は、もう何百回、何千回と繰り返している妄想だった。

（あそこの角を曲がったら、エドがいたりして。僕はぶつかって、ごめんなさい、なんて言って。見上げたらエドがいて、エドは驚いた顔をしてる。まさかレイ？　なんて言う……僕はそうしたら、なんて言おうかな――）

角を曲がっても、もちろんエドはいなかった。礼はくだらない妄想をしている自分がおかしかったが、嫌いではなかった。

イギリスから帰国して最初の数年、礼はよくエドを想って泣いた。

無性に会いたくなり、恋しくなり、手紙を書いたこともあるし、たまらずにイギリス行きの航空券をとり、成田《なりた》まで向かったこともある。もっともその手紙は、出さずに捨てた。航空券も、成田に向かう途中、電車の窓から景色を眺めているうちに、だんだん自分が愚かに思えてきて、下車した駅のくずかごに捨てた。

それはとてつもなく、重たく、鋭く、礼を苦しめる孤独な時間だった。思い出すだけでも、その淋しさは喉元までこみあげてくるようだった。

（……大人になるまで。自分で自活できるくらい、大人になるまで頑張ろう）

いつも自分にそう言い聞かせて、礼は会えない淋しさに耐えた。

まずは大学へ受かるまで。大学に受かってからは、卒業するまで。

卒業し、自活できるようになった今は――さすがにもう、泣くことはなくなった。

たまに思い出して、甘酸っぱい痛みを感じたりはする。会いたいな、とも思うし、どこにいてもなにをしても、エドのことを思い浮かべる。金髪の男性や、背の高い外国人を見るとハッと振り向いてしまう。

美味《おい》しいものを食べると、エドと一緒に食べたいと思うし、楽しい場所を見つけると、エドと一緒に来てみたいと考える。嬉しいことや悲しいこと、礼はなんでもエドに話したかった。

もしもどこかで偶然会えたら……その想像は、飽きるほど繰り返した。

次に会えたらきっと、冷静に、笑って接しよう。エドのおかげで元気だったと、そう伝えよう。

（エドの仕事ぶりは、フォーブスの記事でたまに見てたよ。経済誌も興味があって読んでたから、たまたまね。なんて、これは嘘だけど――大変そうだよね。疲れてない……？）

想像の中では、礼はエドと完璧に話せる。エドも礼に笑いかけてくれ、八年間、ずっとお前を覚えていたと、忘れていなかったと言ってくれる。

けれどこんなことを考えたあとは、いつでも少し淋しくなる。話したい。会いたい。その気持ちと一緒に、

（エドが僕を、覚えてるわけないか……）

という、淋しい考えが湧《わ》いてくるのだ。自虐《じぎゃく》ではなくて、それは客観的な事実だと礼は思っている。

日本で暮らしていると、イギリスも、貴族社会も、あの懐かしいリーストンさえもすべてが遠く、まるで別世界のことのように感じられた。

あの遠い国で暮らし、貴族のハイソサエティの中で自分が息をしていたなんて、たしかに本当のことなのに、どれもが夢か幻のようで真実みがない。

礼の日常は慌ただしいけれど、とても自由なものになった。行こうと思えば、ロンドンでもパリでも、アフリカでも南極でも行けるし、好き勝手に歩くこともできる。誰と話してもいいし、なにを始めても咎《とが》める人はいない。

けれどエドは違うだろうと、礼はなんとなく想像している。

今でもエドは、重苦しい貴族社会の中で、家系や血統、人々の期待や好奇、果たさねばならない義務や責任など、礼には理解することもできないほどたくさんのものを背負って、誰よりも注目され、誰よりも賞賛され、あるいは憎まれて——生きているのだ。

きっと、と礼は思う。

（……きっとエドは今も王さまのままで、そんな大きな世界の中にいて——八年前に別れた僕のことを、思い出す暇はないだろうな……）

それにもしかしたら、もう結婚をしている可能性だってある。そう考えると礼の心は痛んだ。

けれどもエドを想う痛みはこの八年で、礼の心の中に蓄積され、醸造されて、かぐわしいワインのようになった。悲しみや淋しさ、痛みや苦しみと一緒に、深い愛が複雑に交ざり合っている。

――エド、幸せでいて。

淋しさの最後には、そんな気持ちだけが残る。それは祈るような愛だ。

そしてその愛が、礼の力になった。

眼の前の誰かに、してあげられることをしよう。初めに愛すると、決めたのだから。

礼はいつも、そう思って生きている。

自分がエドからしてもらったことを、この世界に、返すように、と。


「中原くん、これね。マイアサさんから回ってきた企画なんだけどさ……」

その日の午前、礼は編集長に呼ばれ、書類のファイルを渡された。

なんだろうと思って見ると、それは全国版の朝刊を発行している大手新聞社が出資、国立美術館が打ち立てた展覧会の企画書だった。言うまでもなく、全国クラスの大がかりな美術展だ。仮の表題は『現代美術とヨーロッパのデザイン』となっており、中を見ると、現在注目を集めているヨーロッパの若手芸術家の名前と作品名がいくつもあがっていた。

「大きい企画ですね。最近は若い人も、現代美術に触れることが増えているので、楽しんでもらえそうです」

日本でも、北欧のデザインなどが広く生活の中に受け入れられている。芸術、と打ち出すと敷居が高いが、デザイン、となると幅が広がる。上手くいけばミュージアムショップでも利益が出るだろう。

「実はその展示会のコーディネートに、中原くんの力を貸してほしいと頼まれてるんだ」

「え……」

礼はびっくりして、眼を丸くした。

展覧会のコーディネートというと、基本的には学芸員がプランニングし、物流から作品の保護まで幅広く行うが、もちろん人員が足りない場合は出資者や企画運営、協賛会社などから人手を補充する。礼は語学が堪能ということもあり、この五年、たびたび通訳などで展覧会を手伝ってきたので、マイアサにしろ国立美術館の学芸員にしろ、名前は知られているが、編集長の顔色を見るに、どうやらこれまでのちょっとした手伝いとはわけが違うようだった。

「その、マイアサさんと、国美の学芸員からはね、ヨーロッパに飛んで、作家先生たちに作品を借りる交渉に当たってくれないかってことなんだよ。ようはキュレーターだね。リストの中に、何人かきみが懇意にしてる先生方がいるだろう？」

礼はもう一度リストを見た。三分の一ほどは仕事で会ったことのある作家で、ほとんどとは今も連絡を取り合っているし、友人と呼べるような人もいる。

「でも……どうして僕なんですか？　それこそ学芸員さんの中には、僕以上に経験の豊富な方が大勢いるかと思うんですが」

あまりの大役にさすがに戸惑うと、「もちろん、中原くん一人でやってもらうわけじゃないんだ」と、答えが返ってきた。

「国美とマイアサさんも動くことになってる。今回、中原くんが指名されたのは、リストの先生数名から、きみが直接、指名されたからでね」

作家のなかには神経質な人も多い。企画について話したとき、レイ・ナカハラが担当してくれるなら作品を貸し出す、という者が何人かいたらしい。

「きみなら信頼できるから、というわけだ。マイアサさんからも是非、と頼まれてね。どうだろう。プレッシャーはあると思うけど、きみにしかできない仕事だと思う」

断言されると、頬に熱が上ってくるのを感じた。必要とされて嬉しい、と素直に思う。荷が勝ちすぎる仕事かもしれないが、少しでもやれることがあるならと思ったし、なによりこんな大きな企画に携われるなんて、考えるだけでわくわくした。

「国美の学芸員さんも、僕で大丈夫と仰《おっしゃ》るなら、やらせてください。こんな機会、めったにないですから」

きっぱりと告げると、編集長がホッとした顔になった。大手新聞社と国内一の美術館側からの要請だ。できれば断りたくなかったのだろう。こんな若輩者を使ってくれるのだから、精一杯やろう、と礼は決めた。

「ま、展覧会は再来年だ。交渉も来年からだから、まずは今の仕事をしっかりして」

礼が「はい」と頷いたとき、お昼の鐘が鳴り、昼休みに入った。

自席に戻るのと同時に、むくむくとやる気が湧いてきた。

(来年から交渉……ヨーロッパに行けるんだ。もしかしたら、ばったりエドにも会えるかも……)

などと、またエドのことを思い浮かべてしまう自分に、礼は苦笑した。もちろん、それは目的ではない。企画の書類をもう一度見直そう、と座り直したところで、「中原くん、ちょっとごめん」と隣席の先輩編集、佐藤から声をかけられた。

「どうしました?」

顔をあげると、彼女は手を合わせ、礼を拝むような格好だ。

「下の展示サロンに外国人のお客さんが来ててね。対応してもらえないかなあ」

礼の勤める丸美出版は自社ビルで、一階は個展なども開けるこぢんまりしたサロンになっている。二階三階に編集部や企画部、それに総務などが詰め、四階が会議室と倉庫だ。ちなみに応接室は一階のサロンに併設されていて、会社で出した美術書や、飾られた絵などを眺めながら応対できるようになっている。

サロンでは常時、若手画家の個展を開いている。多くの美術関係者が立ち寄る場でありながら、安価で作品発表ができるので人気だ。絵の販売も行っているし、出版物も買える。このあたりは海外企業も多いので、美術好きの外国人がふらっと入ってくる場合もよくあり、普段は英語を喋《しゃべ》れるアルバイトを一人雇っていた。

しかし今はちょうど昼時で、アルバイトの子は昼食に出ているという。

「いいですよ。バイトの子が戻るまで、対応してきます」

礼はベストの上にスーツの上着を着て立った。佐藤はそれを見ると、うっとりとした。

「中原くんて、本当、スーツが似合うわよね。やっぱりイギリスにいたからかしら」

着慣れてる感じ、と言われて、礼は「ありがとうございます」と微笑《ほほえ》んだ。

日本で暮らして八年。

イギリスでの五年より時間は経ったが、多感な時期を向こうで過ごしたせいか、感覚的にはまだ英国的な部分が残っている。

礼はどうしても吊るしのスーツを着る気になれず、英国式のスーツを数着オーダーして、大事に着ていた。日本でよく見る、シャツにネクタイだけの軽装は、ヨーロッパの感覚からすると下着だけで歩いている感じに近く、抵抗がある。だから上着を脱いでもベストは着たままだ。

日本に戻って得をしたことというと、主に容姿の面かもしれない。

イギリスでは小柄で貧弱に見られたが、日本では細身ではあっても背丈はやや高いほうに入る。あちらでは童顔に見られた顔も、日本の女性からは「美人」と褒められた。

真っ黒な髪に白い肌、陽が入ると琥珀《こはく》になる黒い瞳という、絶妙なアンバランスさが美しいというのだ。相変わらず男らしさとはかけ離れた評価だが、不器量扱いをされるよりはいいかもしれない。

「でも、今下に来てるお客さんも素敵よぉ。このへんの会社の人かな。ぱりっとしたスーツ着てて、金髪で、まさに王子さまって感じ」

給湯室で客に出す紅茶を準備している礼についてきて、佐藤はぺちゃくちゃとおしゃべりをする。この近辺で勤めている外国人にはエリートが多く、それこそ、礼がパブリックスクールで見てきたような雰囲気の男性もよくいた。

（コーヒーのほうが良かったかな。つい手癖で、紅茶にしちゃったけど……）

と、思いながら、礼はエレベーターで下に下りた。お茶のセットを応接室に置くと、ガラスのパーテーションから、サロンをひょいと覗《のぞ》いた。

佐藤から聞いたとおり、背の高い金髪の外国人男性が一人、壁にかかった絵を見ている。スプリングコートにスーツを着ているけれど、鞄《かばん》などは持っていないから、近場の会社の人かもしれない。

（昼の休憩に、絵を見に来たのかも……）

そういう人はたまにいるので、珍しくはない。

礼はにこやかに、「Ｈｅｌｌｏ」と呼びかけた。なにかお探しですか。よかったらご案内いたしますが、お茶のご用意もあります――そう、英語で続けようとしたときだった。

男性が振り向き、礼を見た。

世界が止まり、時間が失われた瞬間だった。礼は笑顔を貼り付かせたまま、その場に棒立ちになっていた。

ああこれは、夢だ。夢に違いない、と思った。

頭の中で何度も繰り返してきた妄想が、ついに夢の中で現実になったのだ。

そうとしか思えなかった。

礼の記憶よりさらに逞しくなった、厚みのある男らしい体……高い背に、整った顔。翡翠《ひすい》のような緑の瞳と、それを縁取る長い睫毛《まつげ》。すっと通った鼻梁《びりょう》に、肉厚の唇。

非の打ち所がない美貌《びぼう》は、昔と変わりなかった。

けれど以前よりさらに大人びて、ずっと落ち着いた雰囲気をまとっている。着ているのはリーストンの制服ではなく、見るからに上質と分かるチョークストライプのスーツ。裏地がチェックになった、定番のトレンチコート。一人前の、社会人の男。それも一目で上流階級に属していると分かる――。

それは間違いなくエドだった。エドワード・グラームズだった。

礼は言葉を失い、ただ呆然《ぼうぜん》とエドを見つめていた。夢ではないなら、これは誰だろうと思った。

(だって……そんな、まさか、本当に)

エドに似た、べつの誰かなのか……？

心の中で、うろたえている自分がいる。

東京《とうきょう》の街中で、偶然ばったりと出会う……なんてシチュエーションはほとんど毎日妄想してきたのに、いざ現実となるととても信じられず、想像していたような冷静な対応はとれない。

棒立ちになったままの礼を見て、けれどエドも、その瞳を心持ち見開いている。やがてその白い頬に、じんわりと赤みがさしていき、彼は小さな声で、絞り出すように呟いた。

「……レイか？」

その声は、間違えようもなくエドのものだった。

夜ごと思い出し、胸を甘くさせる、記憶の中のエドの声と、そっくり同じだった。


「こ、紅茶でいい？　エドはRidgwaysが好きだったよね。これはTWININGSなんですけど……」

一分ほどは固まっていた礼だが、さすがに我に返った。

とても信じられないが、眼の前にはエドがいる。そしてエドは客なのだ――。

とにかく、自分の気持ちを一旦落ち着けるためにも、まずは腰を落ち着けようと、礼は他の客にもそうしているように、エドを応接室へと誘った。けれど訊く声は上擦《うわず》り、距離の取り方が分からなくて、中途半端に敬語になってしまう。

（……どうしよう。本当に現実なのかな）

表面上はなんとか落ち着かせているものの、内心、礼はまだ混乱していた。

ガラスのパーテーションで区切られているだけなので、サロンの絵は応接室からでもよく見える。ソファに座ったエドを、ちらっと見ると、てっきりそっぽを向いているだろうと思っていたのに、じっと礼を見つめていた。

それは穴が空きそうなほど強い視線で、エドも驚いているのだろうから仕方ないのかもしれないが、見つめられていると頰に熱がのぼり、紅茶を入れる手が震えてしまった。

カチャカチャと食器の音をたてながら、礼は半分舞い上がって上の空、もう半分は「とにかく落ち着こう」と自分を宥《なだ》めながら、紅茶を淹《い》れ終えた。

「美味しいかな、蒸らす時間が長すぎたかも……ご、ごめんね」

上擦った声で言いながら、紅茶を出す。

するとエドは「ああ」と静かに頷いて、カップを受け取った。けれど受け取る間も、紅茶を飲む間も、礼から視線を外さない。緑の瞳は相変わらず眼光が強く、気高い空気をまとっている。そこに大人の色気も加わり、エドはいかにもエリート然としていた。

（フォーブスの雑誌で見るよりも、もっとずっとかっこいい……）

礼はもう赤らむ頰を隠すこともできず、恥ずかしくなってうつむいてしまった。

「エド……あまり見られると、は、恥ずかしいよ」

なにを言っているのだろう、と思う。

二十四にもなった大の男が、見られて恥ずかしいなんて――。間違えた、失敗したと思ったが、結果的には正解だったのだろうか。エドはハッとしたように、乗り出していた体を少し退いて眼を逸《そ》らしてくれたので、礼も少しだけホッとした。

(それにしてもどうしてここに？　会社の休憩時間に、気まぐれで？　……絵なんて好きな人じゃなかったし、僕に会うため……なんて、そんなわけないか。どうしよう。なにを話せばいいんだろう)

分からずに、礼はぐるぐるとした。他の客にそうするように、すぐに絵を勧めるのもなんだか違う。フォーブスできみのインタビューを見たよ、なんて言うと、なんだかストーカーじみている。日本には出張？　なぜいるの？　そんなプライベートなことに、踏み込んでいいのだろうか？

(……会えたらどんな態度をとるか、何度も考えてたのに、どれも役に立たない――)

よくよく考えると、妄想の中のエドは礼に好意的なことが前提だった。

けれど眼の前の大人のエドが、礼になにを思っているのかは全然分からない。何度か口を開きかけては閉じ、を繰り返していると、さすがにエドは見かねたのかもしれない。

「あー……、TWININGSは、日本でよく流通してるようだな」

と、話題を探すように言ってくれた。

「スーパーでも見かける。Ridgwaysは見たことがない」

礼はパっと顔をあげ、慌ててその話の接ぎ穂に飛び乗った。

「あ……でも取り扱ってるティーラウンジはあるよ。東京にも一店舗あって……たまに行くけど……。あっ、それよりエドは日本のスーパーなんて行くの？」

はす向かいに腰を下ろしていた礼が、少し意外で言うと、「まあ……たまにな」と、エドは小さく返してくる。

静かに紅茶を飲むエドの姿は、八年前に見納めた姿より一層気品と威厳が増していた。礼はドキドキし、エドと眼が合いそうになると、つい視線を逸らしてしまった。

それにしてもまた、会話が終わってしまった。

（もしかして、結構前から日本にいたの……なんて訊いたら、踏み込みすぎかな……）

訊きたい。エドのことを知りたい。その気持ちで礼はうずうずした。

八年間、エドがどんなふうに過ごしてきて、今、どんなエドなのか知りたい。自分のことを覚えていたのか、顔を見て思い出しただけか、今はどんなふうに思ってくれているかも――。

けれどそんなことはできるはずもなく、訊く権利があるかも分からなかった。

まるで十六歳に戻ったように、礼は赤い顔でまごついていた。するとしばらくして、ホッとしたようなため息が聞こえた。

「……まだ俺に、そういう顔をしてはくれるわけだ」

ぽつりとエドが呟き、礼はびっくりして顔をあげた。

どういう顔か分からずに眼をしばたたく。エドはふっと眼を細め、色っぽく微笑んでくれた。

痛いほど胸がきゅうっと引き絞られ、礼はどぎまぎした。

「……実はな……去年の二月から、日本支社に転属になったんだ」

グラームズ社の日本支社は、礼の働く丸美出版から徒歩圏内にある。世界的にも大手の海運会社。支社といえども規模は大きく、礼の出身大学からも毎年大勢の学生が採用試験に臨んでいた。

（そんな……じゃあ一年以上も、すぐ近くにエドはいたんだ……）

ジョナスやオーランド、ギルが知らなかったわけはない。

彼らはそもそもエドと礼の恋愛に賛成していないので、あえて教えてくれなかったのだろう。

そのことにはなにも思わないが、

（……それだけ日本にいたのに、僕に連絡をとらなかったってことは――会うつもりは、なかったってことだよね……）

そう思い至ると、さすがに少しがっかりした。

エドはジョナスたちと親交があるので、礼が三人と繋がっていることも知っているだろう。

ギルでさえ、学生時代はしょっちゅう礼のところへ泊まりに来ていた。一応は血の繋がりもあるので、所在はグラームズ家の執事にも逐一報告している。調べれば簡単に連絡先が分かるのに、こうして偶然会うまでは放置していたのだから、エドは礼とは、会いたくなかったに違いない。

ふと礼の脳裏には、八年前の、別れの日が蘇ってきた。

お前だけが俺の弱さを愛してくれた、と言って、エドは泣いた。

二人抱き合い、キスをして別れた。――あれは今生の別れだったと、今でも思っている。そしてエドは礼よりずっと強くそう決めて、あの日、離れたはず……。

甘酸っぱい、切ない気持ちが胸の中を通り過ぎていった。

静かなイギリスの森の中、泣いていた十八歳のエドの痛みと、十六歳の自分の悲しみが、いっとき、礼の中に戻ってくる。

どんなに愛しても、そしてその愛が届いていても、叶《かな》わなかった。この世には叶わない愛もある……あれはそんな恋だったのだ。

「……エドの活躍は、経済誌とかで見てたよ。あちこちで業績をあげてきたでしょう？」

浮き足立っていた気持ちは、いつの間にか落ち着いていた。

心配しなくたって、自分が妄想してきたような奇跡は起こらない。エドとは古い知人で、自分は今でも愛しているけれど、向こうからはなにも期待してはいけない。

「そうだな。日本支社の前は香港にいた。香港の前はアメリカ、その前がデンマーク、それからオーストラリア……」

のんびりとエドは言ったが、礼はさすがに驚いてしまった。情報を集め始めたのが、エドへの恋心に開き直った二年ほど前からなので、そこまで転々としているとは知らなかった。

「ちょっと待って。今、エドは会社に入って四年めでしょう？　それでそんなに転勤してるの？」

エドの年齢は、礼が二十四だから二十六。九月で二十七のはず。けれどエドは礼が訊くと、

「いや、七年めだ」と言った。

「ケンブリッジなら、二年で卒業した。飛び級したんだよ。卒業年には、もう会社で働き始めてたしな」

「ええっ」

礼は素っ頓狂な声をあげてしまった。飛び級してからケンブリッジに入学する人間はそれなりにいるが、ケンブリッジで飛び級する学生の話はほとんど聞かない。ただでさえ限られた大学生の期間は貴重だし、休みが多い分授業が過密スケジュールになっているので、飛び級は相当な負担だからだ。けれどエドは、淡々とした顔だった。

「ど、どうしてそこまでして……？」

思わず訊くと、エドはじっと礼を見つめた。それからふと眼を伏せ、ぽつりと言う。

「……早く社会に出て、自由になりたかった。力をつけないと、守れないものがあったからな」

なんのことだろう。礼には分からなかったが、それにしても、エドが大変な苦労をしてきたことだけは感じ取れた。

「オーストラリアの支社から始まって、日本は五社めだ。売上高の目標は、今年の三月でようやく達成した。フォーブスにも、来月インタビューが載る」

「えっ、すごいんだね」

礼は大きな声をあげたが、エドはごく普通のテンションだ。

「大事なのは一時的な売上げ増じゃなく、体質改善と社内のクリーニングによる安定的な利益率の成長だ。今のところ、これまで回ってきた支社はどこもまあまあ安定してる」

エドの話のスケールに、礼はすっかり感心し、びっくりもして、ため息をついた。

言葉で言うのは簡単でも、各国によって働く人間の性格も価値観も違う。特にグラームズ社のような国際企業は、各地のトップはイギリス本国から派遣された役員で、末端が現地人社員ということがほとんどだろう。そういう場合、上から発される社内改善はなかなか進まないものだ。

（フォーブスの特集でも、『現場に支持されるカリスマ』って書かれてたっけ……）

ふと思い出し、礼はしみじみ、エドの成功が嬉しくなった。

「ずいぶん、苦労したんだろうね。でも、そんな大きな業績をあげてきたなんて……すごいね、エド。とても想像つかないよ」

ため息混じりに言うと、エドはしばらく黙っていた。けれどやがて、「お前の仕事は……」と言いながら、テーブルの上にディスプレイされた雑誌を手に取った。日本語の美術雑誌だが、見てくれると嬉しいと感じ、礼は身を乗り出してページを開いた。するとエドが、雑誌を手にとってくれる。

「僕はこういう雑誌を編集したり……あとは展覧会の手伝いをしたりだよ。絵に関する裏方みたいな仕事。……地味だけど、楽しいんだ。語学も役立つし……あ、ここは僕が担当した記事」

エドが手を止めたので、礼は自分の書いた記事を指さした。

ヨーロッパの若手芸術家を紹介したページで、今度礼がコーディネートを頼まれた企画にも通じているだろう。ページで紹介したのは、どの相手も、現在親交が続いている新進気鋭の作家たちだった。

「ポール・ロペスにスティーブン・コール……」

絵の下には英字で名前が書かれている。エドが二人の画家に眼を留めたので、礼は「イギリスの画家だね」と微笑んだ。

「二人ともパブリックスクール出身で、エドと同じ貴族の家柄だよ。知ってる？」

「社交界でたまに会う……お前こんなやつらの絵を紹介してたのか？」

「こんなやつらって……彼ら、今注目されてる実力派だよ。創作にもとても真剣だし」

礼はそう言ったが、エドはムッとしたように眉根を寄せただけだった。

（あれ……ここに入ってきたのは、絵が好きになったからじゃないのかな？）

「……もしかして、オフィスに飾る絵を買いに来た？　たまにそういうお客さんいるんだよ」

エドが個人的興味でサロンに立ち寄ったわけではないなら、仕事の一環だろう。

「今やってる個展、オランダの新進画家のものなんだ。いい絵を描くから、よかったらじっくり見ていってね」

言うと、エドはふん、と小さく息だけで返事をした。会えたのは嬉しいし、ゆっくり話もしたかったが、今は客なのだからきちんと仕事をしなければと思い、礼は声をかけて絵を案内することにした。

ソファを立ってサロンを歩く間、エドは無表情で眺めていたが、やがて「この画家とはどういう関係なんだ」と訊いてきたので、礼はきょとんとした。

「どういう関係って？」

「こいつは……お前とはどういう関係だ？　個展を開いてるんだから、一度くらい顔合わせしたこともあるんだろう。個人的に親しいのか？　お前に気が合ったりしないだろうな」

エドはなにやら不機嫌そうで、なんだかパブリックスクール時代を思い出すな、と礼は思った。あのころ、エドはいつも怒っていて、礼が誰かといたりすると、すぐにどういう関係だと訊いてきた。

「彼は既婚者で、子どももいるよ。僕に気があるかどうかって……エド、本気で言ってるの？」

さすがに礼も二十四歳だ。エドの言う意味は分かるが、その勘違いには驚いてしまった。けれどエドは小さな声で、「……本気さ」とつけ足したので、礼は戸惑う。エドは不機嫌そうに舌打ちし、そっぽを向く。

「ジョナスやオーランドなんかから聞いたぞ。この八年、お前は男にも女にもモテまくってて、恋人もいたことがあるとか……」

「そんなことないよ。あ、恋人はいたことあるけど、もう別れてて……今は一人だし」

礼は思わず顔を赤らめ、慌てて弁解していた。けれどエドはムッとしたままで「だが、いたことはいたわけだ」といじけたように呟いた。

（いたけど……エドが忘れられなくて、別れちゃったよ……とは、言えないしな）

礼は困ってしまい、黙り込んだ。エドのほうもじっと黙っている。

沈黙が息苦しくなったころ、不意にエドが、

「これを持ってろ」

と言って、上着の内側からカードを取り出した。見ると、それはエドの名刺だった。そこにはエドの個人的な住所や携帯電話の番号なども、手書きでメモされている――。

「お前のもあるだろ。よこせ」

当然のように言われて、礼はおろおろした。戸惑いながら名刺を取り出し、渡す。

エドの連絡先を知ってしまった……というだけでもうろたえていたのに、さらに自分のものを欲しがってくれるとは思わず、動揺してしまう。しかも名刺を出すと、携帯の番号と自宅の住所を書け、と要望され、礼は眼を丸くした。

「で、でもどうして」

声が上擦る。今日ここで偶然会えたが、このサロンを出てしまえば、エドはもう二度と礼と会う気はないはず。そう思い込んでいたので、個人的な連絡先を要求されてびっくりした。するとエドは、呆れたようにため息をついた。

「……俺は、ここから歩いていける距離に部屋を借りてる。もちろん一人暮らしだ」

都心のど真ん中にマンションだなんて、やはりお金持ちだなあと思って、礼は感心した。

「休日は土日だ。大抵フィットネスに行ってるが……それにも飽きた」

だからそんなに鍛えられた体のままなんだね、とは思ったが言わなかった。一体なんの話なのか、礼にはよく分からない。

「……お前に決まった相手はいないんだろ？　週末、自宅まで迎えに行くから、さっき話してたティーラウンジに連れて行け」

「え……」

礼は固まってしまった。

どうして？　訊き返すこともできない。じわじわと額に汗が浮かび、心臓がどくんと鳴る。

（だって……どうして？　僕と？）

考えていると、

「あっ、中原さん。替わっててくれたんですか！」

昼食から戻ってきたアルバイトの女の子が入ってくる。彼女は少し焦ったように駆け寄ってきたが、エドの顔を見たとたんにぽっと頰を染めて棒立ちになった。

「……エド、あの。休みの日に、Ridgwaysの紅茶が飲めるお店に行きたいってこと？」

ようやく、礼の出せた声はそれだった。

イギリスの味が恋しくなり、礼に案内しろと言っているのかもしれない。けれどそれにしたって、エドと二人で、週末にティーラウンジに行くなどと考えると、礼は目眩を覚えた。嬉しい。行きたい。何度も妄想したじゃないか。エドとデートできたら……って。

そう思う一方で、礼は困る、と感じる。そう、困るのだ。とても冷静でいられない気がする。八年間会わなくても好きだったのに、またそばにいたら、もっと好きになりそうだった。

礼は「じゃあ……地図を書こうか？」と訊いていた。

「住所さえ分かれば、タクシーの運転手さんが連れていってくれるし」

「いや。いい。日本のタクシー運転手は道に詳しくない」

けれどばっさりと、エドに切られる。礼は慌てて言葉を継ぐ。

「エドに専属の運転手はいないの？　カーナビだってあるし、店名も分かるから平気だよ」

けれど、エドはため息まじりに「だからな……」と吐き出した。

「俺はお前と一緒に行きたいと言ってるんだよ。なぜ分からないんだ？」

強く言われて、礼は思考が停止してしまった。そばで聞いていたアルバイトの女の子が「キャーッ」と黄色い声をあげる。彼女はなぜだか赤い顔をしており、「あの、じゃあごゆっくり」などと英語で言いながら、奥へ引っ込んでしまった。

(僕と行きたいって……どういうこと……)

これでは口説かれているようだ。そう感じた瞬間、心臓がドキドキと早鐘を打ち、顔が火照《ほて》ってくる。

まさか。期待しないと思っていた矢先に、なにを浮かれているのかと思う。

「それとも……俺と行くのは嫌か？」

と、そのときエドに、気弱な声で訊かれた。

礼は驚き、顔をあげた。見ると、エドは答えを待ってじっと礼を見つめている。その顔は普段の尊大さからは想像もつかないほど、緊張して見えた。

だしぬけに携帯電話が鳴ったのはそのときだ。エドがスーツのポケットから電話を取りだし、耳にあてて「なんだ？」と答えている。

「例の支社の件？　あのあたり一帯は来年には内紛になる。手を出すなと指示したはずだ」

電話に出ると、エドはすっと静かな表情になった。

その眼には鋭い光が走っている。怒鳴ってはいないのに、きっぱりとした意志を感じさせる声。一瞬で、エドはビジネスマンの顔になっていた。学生時代、礼以外の他人にはいつも穏やかに、模範生の顔で接していたエドなのに、今は違う。

「何百年先に利益を回収するつもりだ。ジョージが買収を言い張るなら、明後日まで契約を引き延ばせ。これから飛んで説得する」

強く言ったあと、エドが「心配するな」と、声音を和らげたので、礼は思わずドキッとした。

「俺がなんとかする。責任はすべて持つから、やれるだけやってくれ。俺一人じゃ無理だ。分かるだろう？　お前なら必ずできる。頼りにしてるぞ」

ついさっきまでの、切り捨てるような口調とは違う。鋭かった眼にも、いつの間にか柔らかいものが差している。電話の向こうの相手を落ち着かせ、励ますかのような頼もしい声。この人ならきっとなんとかしてくれる――礼がエドの部下ならそう思い、頑張れるだろう。

（エド……やっぱり、大人になったんだ）

相変わらず美しく、相変わらず尊大な態度だが、仕事で成果をあげ、周りに頼られている。礼だけに見せていた厳しさや傲慢さを、今はもう他の相手に隠してもいない。穏やかな人間を演じるのはやめたようだが、かわりに大人らしい包容力も備えたのだろう。今なら、なぜエドが寮代表を務められたのか、はっきりとその理由が分かる気がした。

（エドは会社でも、社会でも……あのころのまま、王さまなんだね……）

嬉しいような、けれど淋しいような不思議な気持ちだった。二人の間に八年という、けっして短くはない時が流れたことが、不意に浮き彫りになって見えた気がした。

電話の内容はさっぱり分からないが、ジョージ、という名前が出てきたということは、本社の相手と話していたに違いない。電話を切ったエドは「今からイギリスに戻って来る」と言い、礼は急な話に驚いた。だが、エドは慣れているのか平然としていた。

「週末前に戻ってくるから、予定は空けておいてくれ。あとでメールする……逃げるなよ」

逃げるなよ、と言うとき、エドはどこかいじけたような、じとっとした眼になった。

礼は戸惑い、なにも答えられなかったが、エドは忙しく他の相手に電話をかけて、サロンを出て行く。

「俺だ。至急、イギリス行きの便を手配してくれ。ああ……ヒースローに最速で着きたい。ジョージがまた無茶なことをしそうだと、役員から連絡があった――」

早口で話しながら、エドは身のこなしも軽く階段を駆け下りていく。礼は慌てて後を追い、入り口で頭を下げた。

すると、路上に出たところでエドが振り向き、電話をしたまま片手をあげた。整ったその顔に、ふっと笑みが浮かぶ。刹那、緑の瞳に春の陽が差し込んできらめき、実年齢よりも落ち着いた面差しに、少年の影がよぎっていった。

礼は呼吸を止め、エドを見つめていた。路肩には高級外車が止まっており、エドは運転席に乗り込むと、あっという間に、ビルの向こうへ行ってしまった。それでも、礼はしばらくその場に立ち尽くしていた。

これはなにか、とても都合の良い夢ではないのだろうか。

左胸に手を当てると、ベストとシャツの下で、礼の心臓は激しく早鳴っていた。

九

「どうしよう、ジョナス、僕、夢を見てるのかも――」

その日、帰宅した礼《れい》はジョナスに相談がしたいと約束をとりつけ、ネットでテレビ電話を繋《つな》いだ。

時差一時間の香港《ホンコン》にいるジョナスは、ちょうど夕食の最中だったようだ。ノートパソコンの画面の中で、パスタを食べながら呆《あき》れた顔をしていた。

『あーあ……しっかりしてよ、レイ。エドと会ったときのことなんて、もう何度もシミュレーションしてたんじゃなかったの』

というか、とうとうエドのやつレイに会いに行ったんだね。許せない、行く前に必ず僕に一報するよう言っておいたのに。あの裏切り者、と画面の向こうでジョナスはきれいな顔を赤らめて怒っていた。

そのジョナスの左手の薬指には、リングがはまっている。

つい最近、ジョナスは二年付き合っていた恋人と婚約したらしい。

相手は男で、同性同士だが、イギリスで式をあげるときには来てね、と礼は言われていて、このごろのジョナスはとても幸せそうだった。

「やっぱりジョナスは、エドが日本にいること知ってたんだね」

『まあね。でもレイには言いたくない気持ち、分かるでしょ。きみがまた傷ついたら嫌だもの』

それは訊《き》かなくても十分分かるので、礼は苦笑するだけにした。

オーランドやギルに言っても、きっと同じ反応だろう。

「……でもエドは、どういうつもりだと思う？　さっきメールも来たんだ。あのエドが、僕にメールだよ」

思い出すだけでドキドキし、戸惑い、礼は頬《ほお》を両手で覆った。

舞い上がっているわけではないのだ。どちらかというと、エドの真意が分からず、自分の身の振り方にも困っている。けれど会えて嬉《うれ》しいのも、メールをもらって少し浮かれているのも本当だった。

ジョナスは八年も付き合ってきた、気の置けない友だちだ。強さも弱さもすべて見せてきたから、天涯孤独の礼にとっては家族に近いような存在だった。どうしたって、見栄を張れず、やっぱり嬉しい、と告白してしまった。

『メールってなに。なんて書いてあったの？』

ちっとも訊きたくなさそうに、ジョナスが顔をしかめている。礼は電話の画面をパソコンのカメラに向けて見せた。

そこにはエドからのメールが表示されており、今週の週末、土曜と日曜ならどちらが空いているのか。空いている日の、朝の十一時に自宅の下に迎えに行くことが簡潔な文章で書かれていた。そしてさらに文末には一言、こう添えられていた。

——会えて嬉しかった。次はお前の話を聞かせてほしい。イギリス土産《みやげ》、なにがいい？

『……へえ。僕、エドと月に一度はメールするけど。彼って三行以上の文章も打てたんだね』

どうでもいいけどね、とつけ足して、ジョナスはうんざりとしていた。

礼は電話を引き戻し、ついつい保護をかけてしまったそのメールをもう一度読み返した。

（会えて嬉しかったなんて……本当に？）

どうしてこんな優しいことを言ってくれるのか、悩んでしまう。同時に、すごく嬉しくも感じてしまう。

『それで返事はなんて打ったの？』

「そりゃ、僕も会えて嬉しいって……。僕もエドの話聞きたいって……お土産は、週末に会えたら十分だよ。仕事頑張ってねって送ったよ」

『レイってなんでそう、可愛《かわい》いこと言っちゃうの⁉』

正直に答えると、ジョナスはスラングで、ちくしょう、と口汚く呟《つぶや》き、フォークを持ったままの手を、ドン、とテーブルに打ち付けた。

社会に出てからというもの、あちこちで揉《も》まれているせいなのか、優美でしとやかだったジョナスはだんだんフランクに、だんだんオーランドに寄っていった。ちくしょう、なんてとても言いそうにないきれいな顔をしているのに、最近ではあぐらもかくし靴も放り投げて脱ぐことがあるそうだ。

一方礼のほうは、叩き込まれたグラームズ家の躾が抜けず、どこにいっても「育ちがいいのねえ」と感嘆されるくらい、静かにおさまる癖が健在だ。日本という国柄と、美術出版業という地道な仕事のせいもあるかもしれない。

「そんなこと送ってよかったのかな……ちょっと、浮かれすぎてるかな?」

『……まあ、エドは今ごろ、大張り切りじゃない? 明日イギリスに着くんなら、ジョージに祈りを捧《ささ》げておくよ。容赦なく、こてんぱんにとっちめられるだろうね』

そう言って、ジョナスが西の方角に向かって十字を切る。礼はそういえば、と思い出した。

「エド、本社に呼び出されたみたいだね。よくあることなの?」

訊《たず》ねると、残りのパスタをたいらげたジョナスが、『ワンマン社長のジョージが、いよいよ、経営悪化させてるからね』と答えた。

『イギリスの本社はガタガタなんだって。エドがいたところは業績が伸びてるけど。だから役員たちはみんな、ジョージを社長の座から下ろして、エドにトップについてもらいたいみたい。一昨年、イギリスのメジャーな証券会社がつぶれたでしょ?』

それは礼も知っている。近年で最大の世界恐慌と言われるくらい、大きなニュースになり、イギリスをはじめ、欧米は不況が続いている。日本にももちろん、その余波はある。

『アングロサクソン型資本主義も、とうとう終わりだとか言われてる。実際ポンドはまだ回復してないし、ユーロも崩れたまま。ただ、エドは天才だよ。行く土地土地で競合からシェアを奪っていくから鬼のエドワード公って呼ばれてるらしい。株主たちも早く本社にエドを戻せって言ってるみたい。エドを社長にしないと、あの会社はつぶれるね。僕の父もそう言ってた』

もしグラームズ社が倒産となれば、それは間違いなくイギリス経済の破綻《はたん》を示す。

弱冠二十六歳のエドが、そんな大きな責任を背負わされようとしているのかと、礼は心配にもなった。そしてその話からすると、近い将来、エドはイギリスに帰ってしまうということだ。

（そんなエドが……どうして僕にまた、会おうとしてくれてるんだろう？）

礼はこの八年、時々、十八歳のエドは十六歳の礼をどう思ってくれていただろう……と考えてきた。余計なものを払いのけて、ただエドがしてくれたことだけを考えると、

（……エドも僕のこと、本当は少しくらい、恋愛の意味で愛してくれてたんじゃ、ないかな）

という答えに行き着く。

礼はエドの好みではなかっただろう。でも、そばにいる人間が四六時中好きだと言ってくれれば、普通は心が揺れる。だからエドも礼を、少しは愛していた。きっと、少しは愛してくれていたと思う。

その仮定が真実なら、万が一、いや、億が一かもしれないが――。

(今もエドが、僕を好きでいてくれて……だから誘ってくれた可能性はあるんだろうか?)

ありえもしない妄想だが、なんとなく、ジョナスはそう思っているように見える。だとしても、エドがいずれイギリスに帰り、家を継いで結婚する事実は変わらない。なのにエドが礼を誘う理由があるとしたら、それは罪滅ぼしかもしれない。

八年前の行動を、それが礼のためだったとはいえ――抑圧し、罵倒《ばとう》し、犯したことを、今のエドは思い出し、たまたま日本で礼と再会したので、義務感に駆られて誘ってくれたのかもしれない……それなら、理解できる。

同情からだと思うと少し淋しいが、やはり期待をしてはいけないのだと礼は思い直した。

訊かれた礼はすがるようにジョナスを見ていた。

『それで、会うの?』

「ジョナス……期待しないなら、会っても許される?」

とたんにジョナスが白けた顔になり、『会うんだ』と言い放ったが、礼はだって、と言い訳をした。まだ好きなのだ。たとえまた傷つくにしても、あと一度きりだとしても、会えるなら会いたい。そう思ってしまう。

『僕はなんて言えばいいか分からないよ。……エドのやつ、なにを考えてるんだか』

ワインを引き寄せて、やけくそのようにグラスにどぼどぼと注ぎながら、ジョナスはため息をついた。

それから三日が経ち、とうとう約束の週末が訪れた。

その日は晴れ、礼は朝からそわそわと落ち着かず、朝食も喉《のど》を通らなかった。

紅茶を飲める店は都心にある某高級ホテルの、ティーラウンジだった。それなりに格式のある場所なので、礼はセミフォーマルな服を選んだ。

スーツはオーダーしていいものを持っているが、普段着はそうでもない。かといって、安い服を大量に買うのはイギリスでの暮らしが染みついた礼にはやはり違和感があって、それなりの値段の服を、少なく持って着回している。

結局、ジャケットに春らしいサックスブルーのシャツ、細身のパンツという無難な服に落ち着いた。もう少し洒落《しゃれ》た格好はできないものかと思うが、これが精一杯だ。とはいえ礼は、服も美術品の一つだと思っていて、裁断の美しいものにこだわっているので、それだけで、そこそこ見映えがする。

（でも……エドと並んだら野暮ったいだろうなあ）

そこは素材が違うので、仕方がない。

待ち合わせ場所は礼の自宅で、エドが車で迎えに来てくれる。時計を見ると、あと三十分。

礼は落ち着かないまま、今朝来たメールを再度チェックした。

『約束の時間に、下りてきてくれ』

とだけ、書いてある。素っ気ない文面だが、エドがメールをくれるだけで礼には嬉しかった。

しかしこのメールは、再会してからの四日間で、そう珍しいものではなくなっていた。

エドはこの四日――うち、二日強はイギリスにいたにもかかわらず、日に何度もメールをくれていた。

それは実に他愛なく、ロンドンは今日も霧だとか、こっちのサンドイッチが不味《まず》くて驚いたとか、そんなささやかな内容だった。日本が朝ならおはよう、夜ならおやすみ、と書いてある心遣いに礼はほのぼのしたし、文末の最後は必ず疑問系で終わっていて、礼が返信しやすくしてくれていた。

いわく――イギリスで、デザイナーのヒュー・ブライトにたまたま会ったが、お前を知っているそうだ。どのくらいの仲なんだ？　一緒に食事をしたことは？　今日は誰と一緒にいた？

などなど。

（やっぱり、リーストンのころみたいな質問……）

と、礼は思ったが、エドが自分のことを気にしてくれるのは嬉しかった。とはいえ、期待はしないと決めている。

着がえも終わってすることがなくなったので、礼は早いけれど下に下りておこうと、鞄《かばん》をとって外へ出た。外気にあたって、少し気分を落ち着けようと思ったのだ。

ところがエレベーターでロビーに出ると、正面に外車が停まっていて、礼はぎょっとした。

「エド？　もう着いてたの？」

三十分も前なのに。礼は慌てて駆け寄った。エドは七分袖《そで》のジャケットに、Tシャツを合わせていた。カジュアルな装いだが、スタイルがいいせいか、はたまたエドの持っている気品のせいかとても優雅で、礼は似たようなジャケットを着てきたことを悔やんだ。

「俺が誘ったから、先に待ってるのは当然だろう」

エドは昨日の夜イギリスから帰ってきたばかりとは思えない爽《さわ》やかさでさらっと言い、「どうぞ」と助手席のドアを開けてくれた。イギリスにいた五年間では、こんなことはされたことがない。礼はレディではないから当然なのだが、それでもドキドキして、ぺこりと頭を下げて乗り込んだ。

「……お前のそれは、変わっていないな」

と、運転席に乗りながら、エドがくすっと笑ったので、礼の心臓はまたドキンと跳ねた。

「小さい頭を、ことあるごとに下げるだろう。日本人なら普通なんだろうが、あっちじゃ……本当にコマドリみたいで、俺もそうだが、みんな、可愛いと言っていた――」

ぽつり、と、エドは独り言のように言う。

これは褒《ほ》められたのだろうか？　しかもさりげなく、可愛いと言われた。

礼は戸惑い、頬を染めたが、訊き返す勇気はとてもなかった。

「あ、じゃあ、カーナビに住所入れようか」

散々シミュレーションしてきたとおり、持ってきた住所のメモを取り出すと、エドがそれをひょいと取り上げてしまう。

一応英字で書いてきたそれを見ると、エドは「ホテル内のラウンジか。大体分かった。そのホテルなら、商談に使うから場所は知ってる」と言って、エンジンをかける。礼は眼を丸くしてしまった。

（僕の来た意味って……案内じゃないの？）

と、思ったが、深く訊くのも迷われる。内心惑っているうちに、車はもう発進していた。

礼のマンションからティーラウンジまでは車で三十分ほどかかる。車中でどんな話をしたものかと迷いながら、とりあえず帰国したばかりのエドに、ねぎらいの言葉をかけた。

「……昨日イギリスから帰ってきたんでしょ？　お疲れ様です。時差ぼけとか、大丈夫？」

訊ねると、エドは「慣れてる」と返してきた。やっぱりエドの仕事は大変なものだ。日本と世界を股にかける、とは文字通りエドのような人のことを言うのだろう。次になにを言おうか迷っていると、赤信号で車を停めたエドが、

「それより、お前の話を聞きたい」

と、言った。

気にしてもらえたことに緊張して、礼は小さく肩を揺らしたが、「なんでも答えるよ」と、できるだけ穏やかに応じた。

と、エドがちらっと流し目を送ってきた。その眼の中には一瞬、なにか言葉にはならない強い熱のようなものがこもり、礼はドキリとした。エドはけれど、「いや」と小さな声で呟いた。

「ちゃんと聞きたい。ラウンジで話そう」

信号が青になり、視線を前に向けると、エドは車を発進させた。

思いがけず真剣な声に、礼の胸は強く鼓動する。なにか別の話を振ろうにも、声が喉にからみついて上手く出せない。固まっているうちに、やがてエドは首都高を降り、高層ホテルの駐車場へ車を入れてしまった。


目当てのティーラウンジに着くと、礼とエドは広々とした店内の、窓際の席に案内された。アフタヌーンティーは本来午後二時から始まるものだが、ここは略式で十一時から注文できる。席から見える風景はホテルの庭園になっていて、眺めがいい。

紅茶を指定し、しばらく待つと、イギリスの伝統的なアフタヌーンティーセットが運ばれてきた。優雅なポットにカップ、そしてティースタンド。女性客ばかりの空間に男二人は少し気恥ずかしかったが、エドは気にしていない。

先ほどから、多くの女性客がうっとりとエドを振り返っているが、そんな視線には慣れっこなのだろう。エドは香りのいいアールグレイを一口すると、

「家の執事が入れた味に近いな」

素っ気ないながらに褒めてくれたので、礼はホッとした。グラームズ家のアールグレイは、Ridgwaysの茶葉を使っていたのだ。

静かに紅茶を楽しむエドは実に優雅だが、礼のほうには、とてもそんな余裕はなかった。心臓は痛いほど鳴り、緊張で体が硬くなっている。それを悟られまいとするので精一杯だ。一度緊張を忘れたいと、礼は顔をあげ、質問をひねり出した。

「エドはこっちにいる間、いつも食事はどうしてるの？　外食？　シェフを雇ってるとか？」

「ほとんど外食かデリだ」

返ってきた答えに、「味気なくならない？」と言うと、エドはニヤッと笑った。

「知ってるか？　イギリス人が七つの大陸を支配できたのは、不味い食事で平気だったからだって説を。実際そうさ。イギリス人の舌はそう繊細《せんさい》じゃない」

いかにもイギリス人らしいブラックジョークだ。礼はふふ、と笑った。

「お前こそ、食事はどうしてる？」

礼は「自炊してるよ。お金がかかるもの」と答えた。するとエドが、顔をあげた。

「金に困っているのか？」

問いかける、その緑の瞳には心配そうな色がよぎっている。礼を案じ、気遣うような瞳だ。礼はドキリとした。

「……お金は大丈夫。ファブリスの遺産もほとんどそっくり残ってる。大学は奨学金で行けたし、十二年間もらってきた小切手を換金した分も、まだ余ってるし」

「……堅実なんだな。だが、金に困ったら言えばいい。俺が出してやる」

礼は苦笑した。自分を身内として気にかけ、責任を感じてくれている、と思うと嬉しかった。そうしてもう、エドは十代のエドではないのだ――と、また思った。

(自由になる、お金があるんだものね……)

礼をリーストンに入れないため、自分がもらった遺産を礼に与えるよう、父親に交渉してくれたエド。あのころのエドは、ジョージに頭を下げねば、大金を動かせなかった。

「……そういえば、ジョナスにエドと会うことを話したら、ジョナスはエドが、イギリスでジョージをとっちめるだろうって言ってたよ」

「昔から言ってるだろ。ジョージは経営に向いてない。百年くらい前の資本主義で思考が停止してるんだ」

エドは辛辣《しんらつ》に答えたが、その顔のどこにも、悔しげな様子はなかった。以前のエドなら、父親を批判するとき、それでもそんな父に逆らいきれないことへの苛立《いらだ》ちに似たなにか薄暗い感情が滲《にじ》んでいたはずだった。けれど今のエドは、ごく淡々としていて、無関心にさえ見える。

（エドは……もう、ジョージを乗り越えたんだ）

きっととっくに、父親を追い越している。

学生時代、重たい枷《かせ》の一つだっただろうジョージは、もうエドを縛れないのかもしれない。

「……それよりも、サラの所有株が問題だ」

ふと、ため息まじりに、エドが呟く。

「サラ？」

礼は小首を傾《かし》げた。サラはたしか、グラームズ社の大株主だったはずだ。ジョージとはほとんど離婚状態で、彼女自身もう数年海外にいるとジョナスから聞いたことがある。

「役員の叔父どもがな、俺にテストを突きつけてきた。サラの株をまるっと全部さらってこいと。まあもう、ほとんどチェックメイトだが……」

嫌な話だろ、とエドは言いのける。けれど、その横顔は冷静で、さほど感情的にも見えなかった。筆頭株主であるサラから、株をもらってくるなどとは穏やかな話ではなさそうなのに、エドにはさほど、ストレスではないようだ。そういうことはすべて、もう、割り切っているのかもしれない。

「会社……大変そうだね」

そっと言うと、「大変じゃない仕事があるか？」と、エドは平然としている。

「それに俺にはラッキーだったしな。不況のおかげで困りきった役員と株主が、俺の条件を飲む気になった……」

「……条件？」

意味深な言葉に思わず反応すると、エドはちらっと礼を流し見て、それから独りごちるように呟いた。

「……ずっと頭の隅にあった迷いさ。いつか晴れると思っていたが、結局晴れないと気付いた」

ぽつりと言うその横顔はどこか苦しげで、礼はそれ以上踏み込んでいいのか分からなかった。

（母親から……株を奪うなんてこと……きっと苦しいだろうに。それをしてもいいくらいの条件って、なんだろう……）

ぼんやり思っていると、急に「レイ？」と、フランス語で声をかけられて礼は振り返った。見るとそこには、洒落た格好のフランス人男性が立っている。

「ジョゼフ？」

礼は驚きながら立ち上がった。

デザインシャツにストール、柄入りのパンツを合わせたその男は背が高く、顔も整っている。彼、ジョゼフ・ド・リオンヌは造形作家で、フランスの若手芸術家の中でも特に注目されている一人だった。礼は仕事の展覧会などで数度通訳として会ったことがあり、なぜか気に入られて、よくメールを交わしていた。

先日もメールで創作について相談され、やりとりをしたばかりだ。フランス人らしい奔放さもある人だが、それ以上に芸術家としての繊細さや神経質なところが目立つ性格だった。もちろん、作品はそのぶん素晴らしい。礼が来年任される、大規模展覧会の作品リストにも名前があがっていたはずだ。

（それにしてもジョゼフが、どうしてここへ――）

と、礼は思いながら笑顔を向けたが、彼はなぜか礼と、それからエドを見て急に眉根《まゆね》を寄せ、青ざめていった。様子がおかしい。礼は心配になり、エドに「ちょっとごめんね」と伝えてジョゼフのところへ行った。

「ジョゼフ、お久しぶりです。日本に来てたなら、教えてくれたらよかったのに」

笑顔で話しかけると、ジョゼフはようやく笑みを浮かべてくれた。

「や、やあ。レイ。急に決めたんだ。今から連絡しようと思ってたところでね」

「じゃあちょうどよかった。お会いできて嬉しいです」

素直に言うと、ジョゼフの、まだ硬かった笑みがほんの少し和らぐ。

「仕事の取材かなにかです？　もしかして宿泊はこのホテル？」

「そう。ここに部屋をとって……仕事というか、きみとメールしてたら、きみに会いたくなって……」

「それは光栄です。じゃあいらっしゃる間に時間を作らせてください」

礼は微笑《ほほえ》みながら、少し迷って、自分の席に誘おうか考えた。礼儀としてはそれが正しい。エドにも紹介することになるが……と、ジョゼフは「あのう……レイ」と小さな声を出した。

「……意外な人物と同席しているね。彼はグラームズ家の御曹司《おんぞうし》じゃない？」

「ご存知ですか？」

礼は驚いたが、よく考えれば、ジョゼフもフランス貴族だ。フランスは共和国なので今は貴族という身分はないものの、古い時代貴族だった人たちは、今もその矜持《きょうじ》を保ち、社交界にも出入りしている。ジョゼフがエドを知っていてもなんらおかしなことはない。

「パーティで何度か会ってるよ。ジョナスに紹介されたこともある。彼は芸術には興味がないよね……きみはもしかして、リーストンで一緒だった？」

ジョゼフは礼が、リーストン出身だと知っている。そもそも、フランスで進学したジョナスがジョゼフと知り合いで、展覧会で初めて通訳した際に仲良くなれたのも、ジョナスが共通の知り合いだったからだ。

「あ、はい。前に話したことがあるかと思いますが……母が亡くなったあと、しばらくお世話になっていたのが、グラームズ家なんです」

一時期、義弟でした。意外ですよね、と礼はなにげなく笑って話したが、どうしてかジョゼフの顔からは笑みが消え、かわりに最初エドを見たときと同じような、青ざめた顔だった。

「……ジョゼフ？　どうかしました？」

思わず顔を覗《のぞ》き込むと、端整な唇からは「まさか。……じゃあれがレイの？　ジョナスが言ってた……なぜ二人が会って……」という呟きが、漏《も》れて聞こえてきた。

「あの……よかったら、ご一緒しますか？」

エドがどう思うかは分からないが――一応訊くと、ジョゼフはハッとしたように顔をあげ、「い、いや。遠慮しとくよ」とまごついた。

「彼とは馬が合わなくてね。……他の日に、きみの時間をもらってもいい？」

「ええ、もちろん。こちらからもご連絡いたします」

ジョゼフはどこか弱々しい笑みで、よかった、と呟き、ラウンジを出て行った。

自分から誘ったものの、同席せずにすんでホッとして席に戻ると、興味がないのか、礼とジョゼフのほうをちらっとも見ていなかったエドが「ジョゼフ・ド・リオンヌだったな」と呟いたので、礼はびっくりした。

「そうだよ。仕事で知り合ったんだ。エド、知り合いなんでしょう？」

言うと、エドが深々とため息をついた。

「――オーランドやギルが言ってたとおりか。お前、ヨーロッパの芸術家どもに、やたら気に入られてるそうだな」

「僕相手なら、母国語で喋《しゃべ》れるからね」

礼が笑って返すと、エドはチッと舌打ちした。

「ポール・ロペスにスティーブン・コール……あいつらならゲイだぞ」

「……はあ。それは有名な話だね」

「それから今のあいつ、ジョゼフ・ド・リオンヌもゲイだ！」

不意にエドがイライラと声を張り上げたので、礼は驚いて、紅茶を飲む手を止めた。

「お前の書いてる記事なら、いくつか英訳させて読んだ。どれもいい記事だった……情熱的で、相手の作品への深い愛情に溢《あふ》れてる……俺でさえ分かる。オーランドは、たった一人を理解しようとするお前の姿勢は、理解されたい病にかかってる芸術家ってやつらには、たまらない相手だと言っていたが……」

「待って、エド。なにを怒ってるのか分からない」

記事を読んでくれたことは嬉しいが、不快な単語をいくつか聞いた気がして、礼は口を挟《はさ》んだ。けれどエドはそれを無視した。

「お前は……分かってるのか？　ロペスとコールはな、どっちも手癖が悪くて有名だ。二股三股も普通だぞ。リオンヌはもっと問題だ。あいつは男に依存して、身を滅ぼすタイプだ。まさか二人きりで会ったりしてないだろうな？」

意見してくるエドに、礼は眉根を寄せた。

「仕事で必要なら会うよ。それに彼らは友人でもあるし……」

「友人？　どうだか！　相手がそう思ってるかは怪しい」

決めつけられ、礼はさすがにムッとした。

「お前は迂闊《うかつ》すぎる。所構わずニコニコと愛想を振りまいて気を持たせ、優しい言葉で惑わせて……欧米の男からしたらな、お前なんかたやすく押し倒せるぞ。それとも、くだらない作品を貸してもらうためなら、誰とでも寝れるのかもしれないが――」

「エド」

思わず、レイは強い声を出していた。持っていたカップを、かちゃん、と音たててソーサーの上に置く。その指が思わず震えていた。

「いい加減にして。僕の仕事と、仕事相手を侮辱《ぶじょく》しないでほしい」

それは自分でも、驚くほど厳しい口調だった。こんなふうに怒るつもりなどなかったのに、エドの言い分があまりに不愉快で、どんどん、むかついてくる。

「彼らがゲイであることや、性的に奔放なことは、彼らと僕の友情にも、仕事にも、なんの関係もないよ。なにも起きてないのに決めつけて、他人を悪く言わないで。きみがどう思っていても自由だけど、僕は彼らとの仕事を誇りに思ってる。くだらない作品なんて、失礼にも程がある。心血を注いで作ってるものだよ？　それに作品のために寝るだなんて……」

腹立ちを抑えるために、礼はディッシュの上からオリーブを摘むと性急にかじり、乱暴に飲み込んだ。

「この話はもう終わり。嫌な気持ちになる」

きっぱりと言い切った礼を見て、エドは大きく眼を瞠《みは》った。言い過ぎたかもと思ったが、自分は間違っていない、とも思う。エドが礼のことを、たやすく押し倒せるなんて言うのには、傷ついた。ひどいと思う。と、エドは突然肩を落とし「お前」と、気の抜けた声で呟いた。

「……変わったな」

言われて、胸に小さく痛みが走った。

変わったことを、エドに嫌がられるだろうか——そう悲しくなったのと同時に、エドが聞こえるか聞こえないかの小さな声で「安心した」と、独りごちた。礼はびっくりして、エドを見返した。

眼が合うと、エドは苦笑した。それはどこか緊張が解けたような顔だ。それから、「悪かった」と言う。

「たしかに少し、言葉選びがまずかったな」

エドが謝ったことに驚き、礼は数秒、息を忘れてしまった。こんなふうに素直に、気軽に、謝られたことはかつてなかった。

「……日本での生活は、お前にはよかったみたいだな」

続けるエドの声はさっきまでと違って穏やかで、そして少し悲しげだった。なぜ、どうしてそんな声を出すのかと戸惑っていると、エドはわずかに眼を伏せて「長い間……」と囁《ささや》いた。

「お前を帰したことが良かったのかどうか、分からなかった。……いくら生まれた国とはいえ、十二歳からイギリスにいたんだ。身寄りもなく、一人ぼっちで、日本で心細い思いをしていないかと……ずっと、気にしていた」

――ずっと、気にしていた。

咄嗟《とっさ》に出せる言葉が、礼にはなかった。

思考が止まり、心臓がずきん、と押しつぶされたように痛む。

「……だ、大丈夫だよ。それは初めは、ちょっと、苦労したけど……」

笑って言いながら、けれど不意に思い出していた。

十七歳。戻ったばかりのころは、日本語がすぐに出てこず困ったりした。イギリスが恋しくて、朝眼が覚めると、日本にいることにうろたえた。人前で箸《はし》を持てるか自信がなくて、家で練習したり――そんなごく些細《ささい》な、ちっぽけな不安の一つ一つが、積み重なるととても大きくて、心細くて、淋しかったことを……。

エドを想って耐え、時々気にして連絡をくれるジョナスたちに救われ、だんだんに友だちもできて、今は楽しく暮らしている。けれどここへたどりつくまでには、他人に話すほどでもない小さな孤独がいくつもあった。

取るに足らない、口にしてしまえば、なんだそんなこと、と言われてしまいそうなこと。けれどだからこそ、人にも話せないちっぽけな不安はいつも心に重たく、辛《つら》く、苦しかった。

今になって礼の中へ、その淋しさが蘇《よみがえ》る。

エドに書いては捨てた手紙。くずかごに落とした、イギリス行きの航空券……。

エドは礼を、忘れていると思っていた。

けれど礼が一人きりで泣いていた夜。日本から遠く離れた空の下、イギリスにいたエドも、もしかしたら礼を想ってくれていたのだろうか……？

「大学は、良かったか？」

「……うん。舞台美術をやってね。勉強もすごくしたし……」

「舞台美術か」

「あ、サークルで。リーストンほど本格的じゃないけど、シェイクスピアも演《や》ったよ」

「ふうん。勉強はなにを？」

「語学と美術史を……それで今の仕事に就いて」

礼が話す言葉に、エドは静かに相槌《あいづち》を打ってくれる。頬に熱がのぼり、話すうちになぜだか目頭が熱くなってきて、礼は困った。

「仕事は、楽しいか？」

さっきまで、あんなに怒っていたくせに。

くだらない作品なんて、ひどいことを言っていたくせに、ずるい、と礼は思った。

エドの声は優しく、うん、楽しいよと礼は言いながら、こみあげてくるものを抑えることができない。――やりがいのある仕事なんだ。今度も大役をもらったんだよ……。

ずっと、ずっとこんなふうにエドに話したかったことを、今話している。何度も想像したように、エドは優しくその話を聞いてくれている。

「……そうか」

ぽつりと、エドが言う。

「幸せなんだな」

独り言のように言うエドに、礼はもう、こらえきれずにうつむいた。胸が強く鳴り、鼻の奥が痺《しび》れた。瞼《まぶた》を閉じると、出会った最初の日、屋内バルコニーにもたれかかったエドの、少年の日の眼差しが見える気がした。

(エド……)

あのときからずっと、礼の中にあるエドへの思慕が、溢れそうになる。

「大学で」

うつむく礼をどう思っているのか、静かな声でエドが続ける。

「ケンブリッジで、お前のことを思い出すと――……いつも、心配だった」

あそこの寮も森に囲まれてて、夜になるとシンとしていたと、エドが言う。礼はリーストンの夜の、静かで深い闇を思い出した。

黒曜石のように硬く、冷たい闇だった。

「俺は夜、一人きりになると、いつも……いつも、日本に行こうか迷った。……すぐに、そんなことは意味がないとやめたが……それでも」

それでも、と、まだエドは呟く。いつも明瞭に喋り、迷いのないエドには似合わず、今のエドはどこか迷っている。自分の心に添う言葉を探しているかのように。

……それでも、十七歳のお前の、辛かったときに、そばにいてやれなかったのは、悔しかった。

エドはそう囁くと、口を閉ざした。

礼は眼を開けた。たまらず熱いものがこみあげて、頬を一筋伝っていく。

「エドも……この八年……淋しかった？」

自分が日本で淋しかったとき。同じようにエドも淋しかったのかもしれないと、礼は涙声で思わず問うていた。エドは眼を細め、静かに答える。

「……もう忘れたよ。お前に会ったら……もう、どうでもよくなった」

そんなわけはないだろう。そう思ってエドを見つめる。けれど涙でにじむ視界のなか、優しい眼をしたエドを見ていると、ふと先日エドが仕事相手への電話で言った一言が思い出された。

――俺一人じゃ無理だ。

（エドはそんなこと、言うようになったんだね……）

一人では生きられない。エドはそんなことを、言うようになったのだ……。

そのときエドが手を伸ばし、礼の目尻《めじり》から、そっと涙を拭《ぬぐ》ってくれた。

触れた指は記憶にあるより、もっと長く、優雅だった。触れられた肌は熱くなり、礼は身じろぎする。

「……エド」

つい名前を呼んだけれど、そのあとの言葉は出て来なかった。なにを言えばいいのか分からない。ただ体が火照《ほて》り、胸が高鳴っている。言葉もなく見つめると、エドは礼の反応を見て、急に悪戯《いたずら》っぽく眼を細める。そうして目尻から頬に指をすうっと下ろすと、いきなり、礼の頬を摘んできた。

「……泣いてくれるなよ。笑ってもらわないと、困る」

優しい声に、優しい言葉だ。

エドの眼の中には、からかうような温かい笑みが映っている。エドはそのまま、礼の頬をそっと放した。

「……エド、優しく、なったね」

つい呟くと、エドはニヤッとした。

「バカだな。……優しくしてるんだよ」

礼は固まったが、エドはもう満足したようになにも言わず、紅茶に手を伸ばしている。

なぜ自分に優しくしてくれるのか。それは罪滅ぼしか？　それとも……。

期待で胸が膨《ふく》らみそうになるのを、礼は必死に抑えつけた。

そこから先、エドとなにを話したのか覚えていない。ただただ落ち着きなく、エドの言葉の真意を問うこともできずに、礼は始終そわそわとしていた。

十

「見たわよー、中原《なかはら》くん。こないだやって来た王子と、昨日そこのレストランで、ランチ食べてたでしょ。私もいたから、気づいちゃった」

四月も下旬の昼休み、礼《れい》はオフィスで隣席の女性編集、佐藤《さとう》にそう言われた。彼女が言う王子とは、エドのことだ。以前、一階のサロンに来たエドを覚えていたらしい。

「あ……実は、イギリスにいたときに同じ寮だった人なんです」

礼は慌てて弁解した。佐藤はなぜかニヤニヤしながら、楽しそうに礼を見ている。

「このごろ、中原くん、外食多いなあと思ってたらそういうことだったんだ。相手の人、背が高いからかなあ。なんだか、二人並んでるとカップルみたいでお似合いだったよ」

からかわれて、礼は苦笑して誤魔化した。

再会してからというもの――礼はほぼ毎日のように、エドと連絡を取り合っていた。週末にティーラウンジに出掛けてから二週間。エドからは頻繁《ひんぱん》に誘いがくるようになった。

礼も誘われると嬉しくて、ついつい受けてしまい、以来オフィスの近くでランチをしたり、夜、二人で食事をとったりしている。会った回数は、もう十回は超えているだろう。

昼食は割り勘で、店も庶民的なチョイスだが、夜はエドがすべて奢《おご》ってくれた。しかも高級な店ばかりで、一度は悪いと断ったのだが、

「酒はそれなりの場所で飲まないと落ち着かない。それに俺が年長者なんだから、払わせろ」

弟だったこともあるだろ、と押し切られて、礼は受け入れている。

――エドは、淋しいのかもしれない。

そんな気持ちも、あったからだ。七年も仕事づけの日々で、二年足らずで赴任地を移動してばかりだと、満足に心安い友人もできないだろう。エドが礼と会いたがるのは、他に相手がいないというのもあるのかもしれない……と、礼は一応、結論づけていた。

(だってそうじゃないなら……一体……)

他の理由を探しはじめると、礼は悩んで、困ってしまう。

どうしても、どうやっても、

――エドは自分のことを好きなのかもしれない。

という、ありえない答えにたどり着いてしまうからだった。そしてそんなことは、あるはずがないのだ。あるはずがないから礼は考えるとパニックになってしまう。

(好きだとは、言われてないしな……)

ただ、「優しくしてる」と言われただけ。そしてエドは、この二週間ずっと礼に優しかった。

それでもリーストンにいたころ、ジョナスにだって「エドはレイを捨てる」とはっきり言われた。エドには婚約者がいるはずで、どうしたって報われないことは身に染みて分かっている。

『エドとは会ってるの？　なにか進展はないの？』

礼を心配し、ジョナスからはしょっちゅうそんなメールがくる。けれどなにをどう話したものか分からず、ただ会ってるよ、としか返せていない。今はイギリスにいるというオーランドも、ジョナス伝いに情報を聞きつけたらしく、電話をくれ、

『エドとよりを戻すの？』

と言われたが——そもそも付き合っていないのだが——『まさか』と礼は慌てた。

（だってエドに、そんなつもりはないと思うんだけど……）

それでも会えるのは嬉しく、楽しい。叶《かな》わないと覚悟しながら、ありえないと否定しながら、八年ぶりに再会できて、自分はどこかで期待したいとも思っているのだ。期待しそうになるけれど、期待するのが怖い。そんな状態で礼の心は宙づりになっている。

初恋の熱は冷めるどころかまたぶり返し、その自分の単純さにも、礼は落ち込んでいた。こんなことでは本当に一生、エドしか愛せないのでは……と思う。

会社のパソコンでメールボックスを開くと、新着の中にエドからのメールが来ていた。

『今夜の約束は大丈夫か？　七時にコンラートホテルで』

短い文章だが、下にはホテルの地図へのリンクもはられている。ささやかな気遣いだが、あ

のエドが自分に、と思うと、それだけで胸が熱くなる。

情けないけれど、嬉しい。大丈夫だよ、と返信してから再びメールを確認し、礼はため息をついた。

（単純だなあ、僕……）

「中原くん、午後から外出じゃなかった？　もう出ないと」

佐藤に言われ、礼は「あ、はい。来年の企画展の打ち合わせで……」と答えた。

「……先輩、ジョゼフ・ド・リオンヌと面識ありましたよね。彼今、来日中なんです。食事とかなさいましたか？」

思いたって訊くと、佐藤は「えっ、中原くんのほうが仲良しでしょ」と眼を丸くした。

「来日してるの？　知らなかった」

「……プライベートみたいなんですが……食事の約束をしたのに、返事がなくて」

つい先日、ホテルのティーラウンジでばったり会ったリオンヌには、月曜に出社した際、すぐに会社からメールを入れた。よければランチかワインを、と誘ったが、『しばらくいるつもりだから、また今度誘い直すよ』と一言返信がきたきり、待てど暮らせど連絡がない。

（いつもは……日本にいる間は毎日のようにメールをくれてたのに）

彼は貴族の三男坊で、実家は大きな会社を経営している。いわゆる富裕民なので、金に困ってはいないだろうし、日本にも来慣れているのでどこかで迷っているとか、そんな心配は要らないが、どちらかというと傷つきやすく繊細な性格なので、そこが不安だった。

「リオンヌって言えば、中原くんにどっぷり依存してるからなぁ。こじれたら相談してね」

編集なら、一度や二度はそんな厄介事もあるものだと、佐藤はアドバイスしてくれた。

「ただでさえ芸術家って、依存的なタイプが多いのに、中原くんはもともと依存されやすいものね」

そうかもしれない、と礼は心の隅で思った。それはジョナスやオーランドにも言われたことがある。いわく、相手に親身になりすぎるのだと。自分でもうっすら自覚はあるし、一応気をつけているつもりなのだが、無意識でやっている部分も多い。性格と言えば性格でもある。心配をかけてすいません、と礼は謝った。

今日は午後から、再来年の大規模展覧会について、マイアサの企画室社員と、国立美術館の学芸員との打ち合わせがある。資料を持ち、頭をその仕事に切り換えて、礼は会社を出た。

打ち合わせ場所は国立美術館の中にある、会議室だ。正式な顔合わせは今日が初めてだったので、礼は緊張していた。

「こちら、丸美《まるび》の中原さん。今回は、作家さんからのご指名が多かったので参加してもらうことになりました。若いけど、数ヶ国語話せるから、頼りになりますよ」

既に顔見知りのマイアサの社員がそう紹介してくれ、国立美術館の学芸員二人と、礼は名刺を交換した。うち一人は三十代の若手で、一緒に仕事したことがあるが、もう一人は初めて組ませてもらう、五十代のベテランだった。

(及川《おいかわ》さん……あ、去年の展覧会を担当された方だ)

名刺の名前を見て、いくつか見た展覧会を思い出し、礼は一人気持ちが高揚した。打ち合わせの進行は若手の学芸員が進め、とりあえず候補の作家と作品リストから、誰がどの作家と交渉にあたるかが割り振られた。礼はほとんど見知った作家で、先日たまたま会ったジョゼフ・ド・リオンヌも入っていたが、面識のない作家も何名かいた。ただ、一方的に作品は知っている。あの作品を日本に……と思うとそれだけで気持ちが昂《たか》ぶり、やる気が湧《わ》いてくるのと同様、自分にできるだろうか、と一抹《いちまつ》の不安とプレッシャーも感じた。

「すいません、長崎《ながさき》さん。二番に電話なんですけど」

と、会議の途中で受付の女の子が入って来て、進行役の学芸員に声をかけた。呼ばれた学芸員は「ちょっと席をはずしますね」と言って部屋を出ていき、マイアサの社員も「あ、じゃあちょっと一服してきますわ」と、席を立ってしまった。

会議室に二人きりになり、少しの間沈黙が落ちる。会話の糸口を探していると、

「いや、すごいですね。二十四歳の若さで、ずいぶん、作家先生にお知り合いが多いようで」

と、ベテラン学芸員の及川のほうから、話しかけてくれた。

「あ……いえ、たまたまです。若輩者で、不安になられるかと思いますけど……あの、及川さん、去年のベルギー美術展、担当されてましたよね。絵画から見る庶民の生活、視点がとても

分かりやすくて、見応えがありました。目玉の一点は、日本には初来日でしたし、僕、その、実は開催中、週に三度は足を運びました」

　礼は絵が好きだ。展覧会が開かれると、気に入れば毎日のように通う。及川が去年担当した展覧会も、仕事の合間を縫って、ときには閉館間近に駆け込んででも見に行ったりしたので思い出深かった。思わず熱をこめて言うと、しばらく黙って聞いていた及川が、「……はあ。なるほど」と感心したようにため息をついた。

「いやはや。さすがですなあ、人の言ってほしそうなことを、うまく仰《おつしや》る。作家さんから贔《ひい》屓《き》されるのも分かります」

（……え）

　礼は一瞬、言葉に詰まった。なんだか、及川の口調に悪意を感じたからだ。黙っていると、「中原さんの交渉には、なんにも不安はありませんよ。芸術家の先生ってのは、きれいな人が好きですからね」と続けられ、ますます困惑した。

「……いえ、あの。初めての作家さんもいますから、及川さんには是非、ご助言いただきたいと思ってます」

　それは本音だったが、及川は「またまた」と笑った。妙にねっとりした、嫌な視線で礼を見る。

「中原さんの仲良しは、みなさん大体、男性好きじゃないですか。あなたにはそういう技術があるんでしょ? 枕っていうのかね……若い人には通じないかなァ」

わざとイヤミっぽく、露悪的に言われている。そう気付いたけれど、礼は一瞬、言葉の意味が分からずにぽかんとした。

枕——つまり礼が作家と親しいのは、彼らとセックスをしたからで、これからする交渉にあたっても、礼は彼らと寝るつもりだと……及川は揶揄《やゆ》しているのだ。

日本に帰ってきてから、理不尽な侮蔑《ぶべつ》と悪意を向けられたことは、少なからずある。

五年もの間、イギリスで苦労したおかげで、大学入学時に自然とマルチリンガルになっていた礼を、妬《ねた》みから「苦労知らずでいいよな」と言うような人はいた。恵まれている、生まれがよくて羨《うらや》ましい。そう言われたこともある。

けれどそういう人たちは、礼が天涯孤独だったり、イギリスでいじめられたりしていたことを知らないのだから、仕方がないと諦《あきら》めた。実は苦労したのだと、いちいち説明するのも嫌だった。大体、そのときは相手も自分も同い年だったし、仕事の相手でもなかったから、適度に距離をとればすんだのだ。

だから及川のように、かなり年配の相手から、これほどはっきりと悪意を向けられたのは初めてで、礼はしばらく面くらい反撃もできなかった。けれどすぐに、これは黙っていていいことではないと、頭の奥で声がした。

「……ちょっと、待ってください。僕にご不満があるのは仕方ないと思いますが……その言い方では、先生がたに失礼です。それに作品に対しても、とても不誠実な――」

膝《ひざ》の上でぎゅっと拳《こぶし》を握り、怒りを伝えようと口を開いたそのとき、けれど途中で、声を遮《さえぎ》られてしまった。

「中原さん！　ジョゼフ・ド・リオンヌと知り合いでしたよね⁉」

駆け込んできた若手学芸員が、真っ青な顔でそう言ってきたからだ。あまりの勢いに礼が振り向くと、ちょうど喫煙から戻ってきたマイアサの社員が、「どうかしたんです？」とのんびりと訊いた。

「それが、リオンヌから連絡があって……今回の展覧会への協力はすべて取りやめにしたいと。作品だけじゃなく、リオンヌはフランスのボールドール社のご子息なので……」

「まさか、協賛からも降りると⁉」

マイアサの社員が、ぎょっとしたように叫び、礼も唖然《あぜん》とした。

（どうして急に……やっぱり、なにかあった？）

まさか自分が原因だろうか。思い当たる節はなかったが、それでも愕然《がくぜん》としていると、後ろで及川が小さく笑った。

「もしかして、痴情のもつれかな」

礼にだけ聞こえる声で言う。

腹の中に、カッと怒りが湧いた。礼は立ち上がり「すぐにリオンヌと連絡を取ります。すみませんが、今日は一度帰らせてもらいます」と言って、頭を下げた。

国立美術館を出たあと、礼は何度かかけなおしたが、ジョゼフにはまるで電話が通じなかった。

そればかりか、メールをしても返信がない。礼はやりすぎかと思いながら、先日ばったり出くわしたホテルに押しかけ、受付で訊ねたが、ジョゼフは泊まっていなかった。どうやら宿泊場所を変えたらしい。

（どうしよう。ジョナスに仲介してもらう？　いや、仕事にプライベートの関係を持ち込むのは最後だ。まだ自分でやれることがあるかもしれない——）

礼は携帯の電話から、長文のメールを打って送った。展覧会の件と、会って話がしたいこと。なにか悩みがあるなら力になりたいこと……。けれどやはり、ジョゼフから返信はない。

打つ手なし——。

ぐったりと疲れて、礼はその日の夜七時、エドと約束をしたホテルに着いた。レストランには予約が入っていたので、エドの名前を告げるとすぐに奥の個室へ通される。海に近いホテルで、上階にあるレストランなので、個室の窓には港の夜景がきらめいていた。

エドはまだ来ておらず、礼は先にシェリーだけ頼んで待った。しかし待つ間も、ジョゼフのことが気がかりで落ち着かず、知らず知らずため息が出てしまった。

携帯のアルバムを開き、過去の画像の一つを選んで拡大した。それは一昨年、日本で行われたフランスの現代美術展の写真だ。

小さな展覧会だったが、その中にジョゼフの作品も使わせてもらった。彼はデュシャンのフランス窓をモチーフに、窓枠を使ったアートにこだわっていて、このとき借りた一点も窓枠の造形だった。

手元にある画像には、斜めに傾いてぴったりと閉じた窓枠が映っている。窓の向こうは暗闇だが、ところどころでこぼこと彫ってあり、そこに金箔《きんぱく》が貼られ、うっすらと、遠い道筋を示している。窓枠の手前には、ぐねぐねとねじ曲がるヘビのような懐中時計や、壊れた人形、オカリナなどが薄気味悪く、しかしノスタルジックにあしらわれ、もの悲しい。

――この人は淋しいのだ。

初めて作品を見たとき、礼はそう思った。

――ぼくの作品は、メランコリックで、子どもっぽく、懐古趣味だって言われるんだよ。

初めて会ったとき、そう照れくさそうに話したジョゼフに、礼はそこが美しいところだと思うと伝えた。

『あなたの作品は、優しく感じます。僕は子ども時代のことを思い出しました』

イギリスのリーストン、届かない愛に閉じ込められていた幼いころのことを、礼は思い出した。窓の向こうに憧《あこが》れながら、ねじれて壊れたオモチャを抱き締め、まだ窓を開けることもできないでいる……その淋しさ、恐さ、悲しさ。

そんな気持ちをそっと言うと、そのときから、ジョゼフは礼を気に入ってくれたのだが……。

（……子どものような人だから、僕が気付かないだけで、なにか傷つけたのかも）

不意に、礼の耳の奥に、昼間及川に言われた言葉が蘇ってきた。

――中原さんの仲良しは、みなさん大体、男性好きじゃないですか。あなたにはそういう技術があるんでしょ？　枕っていうのかね……。

同時に、先輩の佐藤から、礼は依存されやすい、と言われたことも。

（僕が、そう見られてるってことだよね）

ふっと冷静に、客観的に考えると、そう思う。

及川のように口には出さずとも、礼は作家たちから贔屓されて見えるだろう。

たかだか二十四歳で、複数人の作家から指名されていれば、そう思われても仕方がない。

自分ではよかれと思ってやっていることを、やりすぎと捉《とら》える人ももちろんいる。

夜中まで作家の悩みに付き合ってメールを交したり、休日をつぶしてまで観光に付き合ったり、礼はただ良い作品を作ってほしいからそうしていても、同じだけの熱意を仕事に持っていない先輩などからは、やっかまれ、疎まれたりする。

「俺たちまでお前みたいにやらなきゃいけないと思われるだろ」

だからやめろよ、と、イヤミを言われたこともある。

これはもう仕事に対する姿勢や気持ちの違いで、どうしても分かり合えない。

（枕なんてしてないけど……そう思われても仕方ない態度を、僕がとってるのかな……）

だからジョゼフにも、急に態度を変えられたのだろうか――？

分からないから上手く反省できず、すると自己嫌悪が募る。

悶々《もんもん》としていると「レイ」と声をかけられた。ハッと顔をあげると、エドが個室に入ってくるところだった。いつもぱりっとしているエドには珍しく、ややネクタイが緩み、上着のボタンも開いていた。

「エド――仕事、忙しかったの？」

時計を見ると、約束の時間より三十分も経っていた。無理して来てくれたのだろうか、と慌てた礼に、エドは「ああいや」と肩を竦《すく》めた。

「昨日、急にイギリスに戻ることになって。成田《なりた》に着いたのが今日の三時だったんだ」

礼はその言葉にぎょっとなった。

「昨日？　イギリスにいたの？　じゃあ今日届いてたメールは？」

「出発直前に出したのを、お前が今朝見たんだろ」

エドはなんでもないことのように言いのけ、ウェイターに酒を注文しているが、さすがに眠たそうにあくびをかみ殺していた。礼は青ざめ、でも、と思う。

「でも、たしか一昨日の晩も会ったよね……エドはじゃあ、あのあとすぐ飛び立ってたの？」

「ああ。お前との食事を、いつもより少し早めに切り上げたろ。飛行機の時間があったからな」

礼は唖然としてしまった。一昨日会ったとき、エドは微塵《みじん》も、これからイギリスに発つなんて素振りを見せなかった。今日も、礼はエドは日本にいると思い込んでいたのだ。

「どうしてそんな無理をしてまで……体が追いつかないでしょう。僕との約束は反故《ほご》にしてくれてよかったのに」

「なぜ。俺は今夜を楽しみにしてたんだ。お前は違うのか？」

ムッとされ、礼はそんなことないけど……と首を横に振った。ウェイターがシャンパンを持ってきて、話はそこで終わりになった。礼の胸は戸惑いと、喜びでドキドキと鳴っている。自分と会うのを、そんなに楽しみにしてくれてたの——と訊きたい。けれど、言葉に出す勇気がない。と、エドが持っていた包みを、思い出したように礼に差し出した。

「ああ、そうだ。この前土産を買い忘れたからな。これ」

ひょいと突き出されたものを受け取り、開くと、中から出てきたのは大判の画集だった。

「……わあ」

思わず、子どものような声が出てしまう。それはつい最近、ロンドンで開かれた展覧会の画集で、日本にはまだ公開されたことのない美術品の数々が、どれも美しく印刷されて載っていた。

「ついこの前まで、ロンドンでやってた展覧会だね。雑誌で見て、行きたかったんだ。エド、見に行ったの？」

「まさか。とんぼ帰りでそんな時間あるか。お前が好きそうだから、空港に向かう途中で車を停めて、ミュージアムショップにだけ寄った」

シガーケースをポケットから取り出して、エドが言う。しかし吸うことはしない。シガーは食事のあとに楽しむのが紳士の嗜《たしな》みというもの。エドはハッとしてシガーケースを元の場所にしまい、礼はその行動で、エドがいかに疲れているか思い知った。

「……時間がないのに、行ってくれたんだね。ありがとう」

お礼を言うとき、胸が震えて困った。こんなことで、と思うのに、エドが大事な時間を割いて、礼のためになにかしてくれたのだと思うと、それだけで泣きそうなほど嬉しい。泣かないように、慌てて画集に眼を落とす。数ページめくったとき、礼はハッと手を止めた。ジョゼフの作品が、一つ載っていたからだ。

気がかりな思いがたちまち蘇り、じっと作品を見ていると、エドがちらりとページを覗いてきた。

「リオンヌか。……そいつなら、ついさっきロビーで見たぞ。まあ、ここだけじゃなくあちこちで、俺たちをつけ回しているようだがな」

「……え？」

礼は思わず、顔をあげた。今エドは、なんと言ったのか。エドはワインを舐《な》め、食事は簡単でいいか？　と言う。礼は「エド、リオンヌとたびたび会ってるの？」と身を乗り出した。

「会ってはいない。つけ回されてるだけだ。気付いてないのか？　お前と食事をしていると、視界の端にチラチラと映る。だから今日は個室にしたんだ。たぶん、近くの席にいるはずさ──」

ふん、と不愉快そうに鼻を鳴らしたエドに、けれど礼は、思わず席を立ち上がっていた。レイ、と呼ばれたが、つい気持ちが先走り、

「ごめん。すぐ戻るね。リオンヌと仕事のことで、至急の話があるんだ」

と、口早に説明しただけで、礼は個室を出てしまった。とにかく、もしエドの言うことが本当なら、とりあえず話し合いのアポイントメントだけでも取りたかった。

薄暗い店内を見渡すと、ピアノ演奏が流れる上品な店内の、すぐ近くの席に、エドが言うとおり、ジョゼフが座っていた。あっと思い、礼は眼を丸くした。ジョゼフも礼にすぐ気付き、気付いたとたんに眼を見開くと、気まずそうに立ち上がって、店を出て行く。

「ジョゼフ」

大きな声は出せないので、礼は早足になって、ジョゼフを追いかけた。

（もしかして……やっぱり、僕になにか気を悪くしてる？）

避けられていることだけは、これで確実になった。本来ならそっとしておくべき場面かもしれない。そう思ったが、とにかく仕事の話がある。自分がジョゼフの担当者である以上、一度は話をしなければという使命感もあって、礼は追いかけた。

このホテルに泊まっているのだろう、ジョゼフは店員に一言なにか言付けると、支払いもせずに出て行く。広々としたフロアへ出ると、ちょうど、ジョゼフの乗り込んだエレベーターの扉が閉まるところだった。礼は飛びつくようにして開閉ボタンを押したが間に合わず、エレベーターは上階にあがっていく。最上階で停まったのを見届け、礼はすぐに次に来たエレベーターで、ジョゼフを追いかけた。

「ジョゼフ……ッ」

降りた階には、どうやら部屋は一つしかない。エレベーターホールにはコンシェルジュがおり、出てきた礼を見ると怪訝《けげん》そうに眉をひそめた。

「お客様、失礼ですが、階をお間違えでは？」

丁寧に訊かれ、礼はあの、違うんです、と弁解した。

「この階にリオンヌ氏が宿泊されてませんか？　私は彼と友人でして……」

そうは言ったが、高級ホテルのコンシェルジュが、客の情報を漏らすわけがない。ここまでかと思ったとき、「そのとおりだよ、彼を部屋に招いたのはぼくだ」と、ジョゼフの声がした。見ると、ジョゼフはなぜか悲しそうに顔を歪《ゆが》め、ホールの先に立っている。コンシェルジュが身を退いてくれたので、礼は足早にジョゼフのもとへ行った。

「ジョゼフ——追いかけてくるような失礼をして、ごめんなさい。でも、どうしてもお話ししたくて……メールを見ていただけましたか？　お時間をいただけないでしょうか」

言うと、ジョゼフは「部屋で話そう」と小さな声で早口に言うと、先に立って歩き出した。いつも懐っこい笑みを浮かべてくれるジョゼフからは、想像できないくらい落ち込んでいる様子で、その声も心なしか震えて聞こえた。

（どうしよう、エドを置いてきてるけど、長引くかな……。電話もレストランだ……）

ちらと迷ったが、この機会を逃してはジョゼフとはもう、話し合えないかもしれない。

エドには申し訳ないが、話が終わったら急いで戻って謝ろうと思い、礼はジョゼフの部屋へ入った。高級ホテルのスイートルームなので、中はゆったりとしている。こういうホテルには珍しく、入ってすぐのところにキングサイズのベッドがある。天蓋《てんがい》付の豪華なものだ。けれど室内は荷物が散乱し、描き散らかしたスケッチや、画材、洋服などが所狭しと落ちて乱れ、ひどく荒れていた。

「……作品のことで、悩みが？」

足元に落ちていた一枚のスケッチを持ち上げると、描いた窓枠を、黒く乱暴に塗りつぶしてある。不安になって眼をあげた瞬間、礼は胸倉を摑《つか》まれ、ものすごい力で引っ張られて、ベッドの上に放り投げられていた。

「……っ⁉」

わけが分からず顔をあげた瞬間、ジョゼフの長身が、礼の上に覆い被《かぶ》さってくる。

「そうだ、悩んでる……悩んでるよ。だってきみが、グラームズなんかと仲良くしてるから！」

不意に怒号を放たれ、礼は固まっていた。ジョゼフは垂れがちの甘い瞳から、どっと涙をこぼして、嗚咽《おえつ》している。大きいが、エドと比べると筋肉の少ない、骨張った体を震わせ、拳を礼の頭のすぐ横にどん、と落とした。ベッドのスプリングが、ぐらんと揺れる。

「レイ、きみがリーストンにいたころ、誰かを愛してたのは知ってた。ジョナスからも聞いてたもの。だけど……こんなに急に現れるなんてひどいじゃないか。きみにはぼくを、ぼくの作品を、誰より愛してもらわないと、困るのに……」

話が読めない——。困惑する礼の肩を、ジョゼフが押さえつける。

「ああレイ……なんてきれいな瞳だろ……なんてきれいな髪……きみは完璧《かんぺき》だ、ぼくのミューズ、ぼくの幼な心……アンファンティーヌ……」

ジョゼフが泣きながら礼の髪を撫《な》で、こめかみにキスをする。骨っぽく長い指に胸を撫でられ、ベストのボタンをはずされたところで、礼はぎくっとなった。

「ジョ、ジョゼフ。待って。待ってください。なにをしてるの？」

「きみとセックスするんだよ」

　ジョゼフは子どものような涙声で、ぐすぐすと、とんでもないことを言った。礼は呆気《あっけ》にとられていたが、ジョゼフにはジョゼフの想いがあるらしい。

「グラームズを愛したら、ぼくなんてどうでもよくなるんだろ？　きみは毎日のように、彼と会ってた。ぼくの作品より、グラームズのほうが好きなんだ……」

　どうしてエドと会っていたことを知っているのだ、と礼は思ったが、深くは訊くまいと思った。そんなことより、今この行為をやめさせねばならない。

「ジョゼフ。と、とにかくやめて。一度話し合いましょう――」

「きみがぼくと寝てくれたら、ぼくはきみの言うこと、なんでもきくよ。ぼくの作品を愛して。レイ……」

　いくらでも作品を貸し出すし、兄に言って、展覧会に出資もする。

　言いながら、ジョゼフは礼のシャツをはだけ、鎖骨を舐めた。長い間性的な触れあいをしてこなかった肌が、ぞくぞくと粟《あわ》だち、それはすぐに嫌悪に変わった。

　――中原さんにはそういう技術があるんでしょ？　枕っていうのか……。

　及川の言葉がまた、耳の中へ返ってくる。

　なんだ、やっぱりそう見られているのだ。そうしてそれは周りからだけではなく、作家にも、そう思われている。

　信頼されているのは、礼の誠意や作品への熱意、編集者としての実力ではないのだという失望と一緒に、ジョゼフの作品に、泥を塗《ぬ》られたような悔しさが湧いてきた。

「ジョゼフ・ド・リオンヌ。そこまでにしとけ。社交界で噂《うわさ》の的になりたくなかったらな」

そのとき、ベッドの天蓋を支える柱が揺れ、礼はハッと声のほうへ顔を向けた。見ると、これほどセキュリティの厳しい部屋の中へどうやって入って来たのか、苛立たしげな顔をしたエドが立っていた。

「グ、グラームズ」

「お前の一連の脅迫とレイプ未遂、録画したぞ。ああ、ちなみに俺のネット上のドライブに自動で移行されてるから、この電話を奪っても意味はない」

言いながら、エドは右手に持った携帯電話機をひらひらと見せつける。ジョゼフの顔が青ざめていき、エドは厳しい顔で、吐きつけるように続けた。

「ボールドール社もとんだ負債を抱えているな。いくらお前に甘い兄さんたちも、こんなスキャンダルを持ち込んだら……どうなるだろうな。ちなみに発信元はこの俺、エドワード・グラームズだ。さて、賭《か》けようか？　エドワード・グラームズと、ジョゼフ・ド・リオンヌ。どちらの名前が、世間の信用を得ているか――」

ジョゼフがおろおろと体を起こし、弱りきって震えだした。エドの眼に、烈しい怒りと侮蔑が燃え上がる。

「分かったならさっさとレイを放せ。……俺に殺されないうちに」

端整なジョゼフの頬に、涙が一粒こぼれる。エドは手を伸ばし、礼の腕を掴むと、抱き込むようにしてジョゼフの下から救い出してくれた。けれどエドは、礼を自分の横に立たせると、「しっかりしろ」と強い声で囁いてきた。

「お前の仕事だ。好きな仕事なんだろう。始末をつけろ」

叱咤《しった》するように背を叩かれ、呆然《ぼうぜん》としていた礼はやっと我に返った。そうだ。これも仕事だ。大事な仕事だ――。

顔をあげてエドを見ると、エドは腕組みをし、不機嫌そうにくいっとジョゼフを顎《あご》でさす。礼はごくっと息を呑《の》み、意を決してジョゼフに向き合った。

「……ジョゼフ」

ジョゼフはベッドの真ん中で、抜け殻のように放心している。

その頬にはまだ涙が残っている。混乱している頭の中を、礼は深呼吸しながら、整理する。なぜジョゼフは、自分を襲ったのか。シンプルに考えるなら、多少は好意を持たれているのだろう。そう思うと、モヤモヤとした悔しさを感じた。彼の気持ちに、はっきりと気づけなかった自分と、どこかで軽視していた迂闊さへの、悔しさだ。

(落ち着いて……それはあとで反省しよう。今できることはなにか考えなきゃ)

大切なことはもっと他にある。礼は必死になって、言葉を探した。今、負の感情に流されても意味がない。

（どうすれば、この人を助けられる……？）

個人としてではなく、編集者として、あるいはキュレーターの端くれとして、未来ある芸術家のジョゼフにできることはなんだろう？　それが自分の仕事だと思う。

「ついさっきのことは……びっくりしました。あのまま抱かれていたら……僕は、すごく傷ついたと思います。レイプなんて……人としてやってはいけないことです」

正直に言うと、ジョゼフが弾かれたように顔をあげ、礼を見つめた。その瞳に、怯《おび》えが映って揺れている。礼に嫌われ、拒絶されないか怖がっている眼だった。礼はそれがかわいそうになり、同時に悔しく、唇を噛《か》んだ。

「……でも、僕も悪かったと思います。きっとあなたにこんな行動をとらせるほど、僕は編集者として、甘かったんですね」

僕はあなたの作品が好きです、と礼は小さな声で呟いた。

「でも、恋人にはなれない。……友人にはなれても。ジョゼフ、だから今からは編集者として、友人として話をします。そう思って、聞いてくれますか？」

言う声がかすれた。相手を拒む言葉を言うのは、礼はあまり得意ではない。けれど言うべきときを逃したら、もっと傷つけてしまう。相手の、自分への好意に鈍感すぎた――そのことへの反省で、礼の心は深く沈んでいた。

聞いたジョゼフは唇を震わせただけで、思ったほどショックを受けた様子はない。少なくとものことだけは、礼にとって救いだった。

「ジョゼフ、さっき気付いたんです。あなたは僕よりも、自分の作品のほうが、好きなんだと思います。あなたは言いましたね。グラームズより、自分の作品を愛してって……」

ジョゼフがハッとしたように眼を見開く。

やはり自分の考えは間違っていないと分かり、礼はホッとして、少し落ち着いてきた。そっとベッドに座り、ジョゼフの骨ばった手を握った。とたんに、すぐ後ろでエドが身じろぎしたが、礼は構わず続けた。

「あなたの作品は、あなたの愛です。あなたの郷愁と、あなたの孤独です。それはあなたの中にあるものです。愛はあなたの手から生まれる。僕の手からじゃない」

これがジョゼフの不安に添っているのか、礼には分からなかった。けれど必死に、強く、礼は伝えようとしていた。こんな過ちさえも、すべて、ジョゼフの作品への熱意が生んだもののはず。ままならなくてつい歪んだとしても、想いはすべて作品にぶつけてほしい――。

「……きみだけが、ぼくの作品を、分かってくれる、から」

しばらくしてジョゼフが、小さな、ほとんど聞き取れないような声で言い、礼は耳を澄ました。

――だからきみが他の人を愛したら、もうぼくの作品を、褒めてくれなくなると思って、と、ジョゼフが呟く。

「そんなわけないでしょう？」

礼は想いを伝えようと、ジョゼフの手を握る指に、力をこめた。彼が小さな、頑是《がんぜ》ない子どものように思えた。後ろでエドが舌打ちしたが、それには気付かなかった。

上目遣いで礼を見てくるジョゼフの瞳に、やっと少し平静さが戻りつつある。本当に？　と窺《うかが》うように確かめてくるその視線に、礼は安心させるように微笑んだ。おまじないがあります、と握っていた手を開き、ジョゼフの指を一本一本、優しくさする。

「……これは、神さまがくれた手。あなたが生まれてきたときに。神さまが、一本一本、指にキスをして、魔法をかけたんです」

何年も口にしていなかった言葉が、自然と声になった。ジョゼフは眼を見開き、子どもが親にすがるような顔で、礼を見つめている。礼は真摯《しんし》に、ジョゼフの心に訴えた。

「美しい作品を……人の心に届くものを、作り出せる手をあげようって。ジョゼフ、あなたは僕のためじゃなく、あなたのために作ってるんです。褒められるためでも、嫌われないためでもなく」

勇気を出して、と礼はつけ足した。

「自分と向き合う勇気を。誰にもできることじゃないからこそ、あなたは芸術家なんです」

力強く言い切る。その声は、遠い昔オーランドが、礼に言ってくれた声音と似ているように感じた。

——今、きみに変わってほしい。

あの意志に満ちた声。

人は一人では生きられない。

それでも作品と作り手の間には、本当は誰も入れない。芸術家は孤独だ。たった一人で作品に向き合う。そしてその孤独に向かい続けるからこそ、芸術家は、誰かの孤独に訴える作品を、作り出すことができる。

孤独と闘う人でなければ、孤独な誰かを癒《いや》すこともできない。

けれど孤独と闘うには、やはり一人では無理なのだ。道なき暗闇を突き進むとき、後ろを振り返ったら誰かがいてくれる。その気持ちがないと、前には進めない——。

礼はそのことを、少しは知っているつもりだった。

ジョゼフは顎を震わせ、それから、小さく嗚咽した。その瞳に涙がかかり、こぼれる。

「もう半年も……新しい作品が作れなくて……」

その悩みは、以前もメールで相談されたことだった。礼は覚えていたが、黙って話を聞いた。

——きみにまで愛想を尽かされたら、もうなにも作れなくなる気がして、血迷った。

「だけどぼくは、作品のために……きみを傷つけようとしたんだね。……二度としないよ」

やがてジョゼフは謝ってくれたが、礼はすぐに水に流した。

そこから創作の悩み話になり、礼は聞いている間中、子どものように泣きじゃくるジョゼフの手を、ずっと撫でていた。話すうちに、冷たかった彼の手はだんだん柔らかく、だんだん温かくなっていった。

作品は貸し出すよ。協賛もする。気をひきたくて、ダダをこねてごめん……。

二時間ほどもジョゼフの悩みを聞いたあと、涙を拭《ふ》いた彼から、その言葉を聞けた。

ジョゼフはおどおどしながらも、部屋の壁にもたれて待っていてくれたエドにも、ごめんね、と謝り、それから作品の案が浮かびそうだから部屋にこもりたいと言い、礼はエドと二人、廊下に出たのだった。


「……ごめんね。巻き込んでしまって。でも、ありがとう」

ジョゼフの部屋を出ると、どっと疲れが体を襲ってきた。とりあえず、丸く収まるかもしれないという安堵《あんど》もあったが、同じくらい反省もあった。

エドはなにを考えているのか、無表情で、なにも言わない。エレベーターに乗り込む手前、コンシェルジュがエドに一礼した。

「悪かったな、世話をかけた」

英語でエドが声をかけ、コンシェルジュは「いいえ、とんでもない」と畏《かしこ》まっていた。一人ホッとしていた礼は、そこにきてようやく気付く。

「そういえば、エド、どうやってあの部屋まで？　ここのホテルはセキュリティに厳しいのに」

ちょうどエレベーターがついたので乗り込んだが、エドは眉根を寄せているだけで、すぐには答えてくれなかった。一人奥の壁にもたれて腕を組み、

「……事前に話を通しておいたんだ。俺を誰だと思ってる」

と、不親切な解説をすると、あとはもう黙り込んでしまう。エドからは、不機嫌そうなオーラがいやというほど漂ってくる。

（事前に話？）

とは思ったが、それよりも先に言うべきことがある。

「……食事、途中になっちゃったね。もしよかったら、お酒だけでも飲み直す？」

レストラン階のボタンを押そうか悩んで訊くと、エドは勝手に一階のボタンを押してしまった。それには、さすがに礼も少し慌てた。

「エド、怒ってる？　助けてくれてありがとう。励ましてもくれて感謝してる。だから、埋め合わせさせてくれない？」

エドがいなければ、ジョゼフとどうなっていたか分からないし、レイプされかけたショックで、きちんと説得もできなかったかもしれない。エドは助けてくれただけではなく、自分の仕事を思い出させてもくれた。しかも長時間、なにも言わずに待っていてくれたのだ。

けれどエドは「ありがとう、じゃないだろうが」と苦々しげに呟いた。

「……なんでそう」

と、エドが呻《うめ》き、礼は体を硬くした。

「なんでそう、昔からお前は鈍いんだ！　あとちょっとでレイプされてたかもしれないんだぞ。かといってレイプされても、お前の立場なら泣き寝入りだ。自分の甘さを自覚してるのか⁉」

エドの怒鳴り声はエレベーターいっぱいに響き渡った。

──自分の甘さを自覚してるのか。

言われた言葉が、ずんと重たく腹に響く。

「……自覚……したよ。甘かったと思う」

礼はぽつりと呟いて、エドの言葉を受け入れるしかなかった。こらえていた自己嫌悪が、不意に胸に湧き上がってくる。なにをしているのだろう、自分は、と思う。

（ジョゼフの好意には、どこかでうすうす気付いていたはずなのに……こうなるまで放っておいたのは、大したことにはならないって自惚《うぬぼ》れていたから──）

「僕は迂闊だって、思い知ったよ。……一生懸命やってるつもりで、結局、相手とうまく距離がとれてなかった。僕のミスだと思う」

「ああ、そうだな」

エドは舌打ちする。

「ついこの前、言われたんだ。僕に親しい作家が多いのは、枕営業しているからだろうって。……悔しかったけど、そう見られても仕方ないんだろうね」

「ああ、そうだ。第一、あのストーカー野郎がずっとお前の周りをうろついてるのも知らずに……俺がガードを雇って、あいつの泊まるホテルに根回ししておいたから、事なきを得たんだ。なのにお前ときたら、自分からあいつの部屋に入っていくなんて……」

「……ガード？　根回し……？　そんなことしてたの？」

大袈裟《おおげさ》な単語に怯《ひる》むと、エドは苛立ったのか、大きく舌打ちした。

「お前が危ういからだろうが！　誰にでも優しくして、気を持たせて……実際のところ、いたんじゃないのか、一人くらい」

不意にエドがそう言ったので、礼は眉根を寄せた。

「なにが？」

「寝て、仕事をとった相手だ」

不機嫌そうに顔を背け、エドは吐き捨てるように言った。礼は眼を丸くし、そうして次にはショックを感じた。思わず口を開け、ぽかんと立ち尽くしていた。

エレベーターが到着すると、エドはイライラと礼を押しのけ、ロビーへ出て行ってしまう。

「ちょ、ちょっと待って！」

追いかけた礼は、じわじわと怒りが湧いてくるのを感じた。助けてくれたことはありがたい。

励ましてくれたことも嬉しかったし、自分が愚かだったとも思う。けれど枕営業をしていると決めつけられたことは、まるきり裏切られた気持ちだった。

「僕は……誰かと寝たりして、仕事をとったりなんてしてない。それだけは誓って。たしかに今回は注意が足りなかったけど、今まではずっと、いい友人関係を築けてると思ってたから……」

「はあっ？」

とたん、エドが眉をつりあげ、礼を振り向いた。

「友人だと⁉　正気か？　ロペスやコールもそうだと？　全員お前に横恋慕してる。隙あらばと思ってるやつらばかりだ。それも分からないのか？」

厳しい言葉。あまり言われたくなかった事実。今までは見ないようにできたが、もうそうもいかない。礼は喘《あえ》ぐように「それは……」と言葉を継いだ。

ヨーロッパでは、日本ほど同性愛は珍しくない。ことに芸術分野なら尚更だ。親しくしている作家から、冗談まじりにベッドに誘われたことなら、礼にだって何度かあった。

「……ただ、あの人たちは僕だけが好きってわけじゃないよ」

「だが寝てみたいと思われてる。ジョゼフみたいに仕事を持ち込んで、お前を押し倒すこともあるかもしれない。そのたびに情けをかけてやると？」

決めつけるエドに、礼は言葉を詰まらせた。

「……きみだって、さっきは仕事しろって言ってくれたじゃないか」

「だとしても、手を握れとは言ってない！」

その怒号はロビーに響き渡り、フロントのホテルマンが顔をあげる。

礼は一瞬なんのことかと思ったが、やがて慰めるためにジョゼフの手に触れたことだと思い至った。

「……あれはただ落ち着かせるためだよ。大体、ヨーロッパではあんなこと、普通でしょう」

ただでさえジョゼフはフランス人で、もともとスキンシップが多いタイプだ。フランスでは、親しければ男同士でもキスをする。手を握るなんて、向こうも物の数にも入れていないだろう。礼はそれを知っているから握ったわけで、日本人作家が相手なら、みだりに触れたりはしない。

「イギリスだって、フランスほどじゃなくても、手を握るくらいはあるでしょう？」

「だが二時間だぞ！　お前は二時間も、あいつの手を握ってた！　大体な、大体――なんであの慰めを言った？　あの言葉……俺に言ったのと同じ――あの魔法の言葉を……」

「……あの言葉？」

分からずに訊き返すと、「神がくれた指の話だ」とエドは悔しげに、唸《うな》るような声で言う。

――これは、神さまがくれた手。

そういえばついさっき口にしたあの言葉を、礼は昔、エドにも言ったのだった。たしか十二歳のとき、エドの手はラベンダーを摘むのが上手。誰かを慰められる手だと、礼は必死になって伝えた。どうしても、エドを励ましたかったから。

「だって……あれはもともと、お母さんのくれた言葉だから」

礼にとってもとても大切な言葉ではあるが、与えるのを惜しむようなものではない。誰しもが特別な指を持っている。エドもそうならジョゼフもだ。自然と口をついて出たのだから、どうしようもなかった。けれどそう言ったとたん、エドは苦いものを噛んだような顔で、礼を見つめた。

「……じゃあお前は、誰かが弱っていれば……誰にでもああ言えるんだな」

エドの瞳は揺らめき、苦しそうだった。礼は戸惑い「エド……」と名前を呼んだ。エドは口をつぐみ、じっと礼を凝視している。白い頬からは血の気が失せ、緑の瞳が突如輝きを失って冷めていくのを、礼はただ止めようもなく、見ているしかできなかった。

「……やっぱりな。お前は誰でも愛せるんだ。……昔思ったとおり。弱い人間がいれば、その弱さを愛する――俺以外の人間でも、簡単に」

独り言のように呟くエドに、礼は思わず一歩近づいた。なぜだか分からないが、急激にエドの心が遠のいていっている。そんな気がした。

けれどエドは礼から顔を背け、小さな声で言い捨てた。

「……もういい。俺は帰る。お前とは、少し距離を置いたほうがよさそうだ」

――距離を置いたほうがいい。

その言葉に、心臓を撃ち抜かれた気がした。玄関に向かって歩き出したエドを、それでも礼はたまらず追いかけた。

「待ってエド。僕は――」

けれどそれ以上、なにを言うべきか分からない。なんとかついてはいったけれど、エドは振り向いてくれなかった。

「いや、レイ。よく分かった。俺は感傷にひたりすぎてた。……お前を、どこかでまだ、十六歳の、子どもだと思ってたんだ」

――でもお前は変わってた。二十四歳の大人で、俺以外の男とも寝たことがある……。

「……俺はそれを、許せない」

ぽつりと言い、エドはホテルのエントランスをくぐる。ドアマンがやって来て、エドのためにハイヤーを停めた。礼は戸惑い、混乱して、エドから数歩離れた場所に立ち尽くした。

「俺もまだ、子どもだったんだな……。もう、変わったと思ってた。変われると。……だがそうじゃなかった」

まだ会うには早かった。そう続けられ、礼はもはや、なにを言えばいいか分からない。体が震え、ようやっと出せた言葉は、

「……それは、失望したってこと？」

というものだった。ハイヤーの扉に手をかけ、顔をあげたエドの眼に悲しげな、苦しげな光

が差す。エドは一言「ああ」と言った。

「残念だ」

さよなら、レイ。

なにがなにやら分からない。エドはそれだけ言うと、ハイヤーに乗って行ってしまった。夜の闇の中、車影はすぐに見えなくなり、棒立ちになったままの礼へ、ドアマンが丁寧に訊いてくる。

「お車をご用意いたしますか?」

けれど礼は長い間、それに答えられなかった。静かな絶望が、波のように押し寄せてくる。

分かっている事実はただ一つ。

エドに失望された。きっともう、二度と会えない。

それだけだった。

十一

――お前を許せない。距離を置こう。失望した。残念だ……。

礼《れい》の耳には、エドの声が残って繰り返し繰り返し再生されていた。

昨夜、どうにかホテルからは帰ったものの、礼は一晩中寝付けず、翌朝睡眠不足のまま、フラフラになって出社していた。

毎朝毎晩来ていた、エドからのおはようやおやすみのメールも、結局来なかった。

やはりエドはもう、礼とは会わないつもりなのだろう。

(ううん、これでよかったんだ……どうせ、いつかいなくなる人だったし)

それにこうなってようやくはっきりした。この程度で失望されてしまうのだから、エドは礼をそれほど好きではなかったということだ――。

やっぱりな、と思いながら、そう考えるたびに苦しくて、礼は泣きそうになっていた。

それでも眼の前には仕事が山積みだ。考えるな、とにかくきちんと仕事をしよう。

何度も自分にそう言い聞かせては、ひいては寄せる後悔と悲しみに耐え、午前の仕事を無理矢理終えた。

午後になるとすぐ、マイアサの社員から電話がかかってきた。いわく、今朝、美術館のほうにジョゼフから電話が入り、作品貸し出しの快諾と、ボールドール社の引き続いての協賛についで申し出があったとのことだった。

『いやー、一時は焦ったけど、きみからの説得があったってきいてね。本当に感謝してるよ』

「……あ、いえ。そんな……」

恐縮しながら、礼は素直には喜べなかった。

（……及川《おいかわ》さんは、それでも僕が、ジョゼフと寝て解決してきたと思うかもしれない）

そんな気持ちが湧《わ》いたからだ。

それはきっと、この仕事を続ける限り仕方ないのだろう。誤解を解こうと躍起になっても、人の心はそう変えられない。

ため息を飲み込んでいると、電話の向こうで『もう一つ朗報があるんだ』と、マイアサの社員が弾んだ声をあげた。

『今回の協賛に、グラームズ社が名乗りをあげてくれたんだ。来年度、ヨーロッパの芸術普及委員会に加盟するつもりだって。文化事業の一環として、特に日本とイギリスの芸術的交流に力を貸したいそうだよ』

いやあ、あの気位の高い企業が、どうしたんだろうね、と笑う相手に、礼は眼を丸くしてしまった。グラームズ社。エドの意志が働いていないはずはないが、そんな話は寝耳に水だった。

「あの……それって大分前に、連絡を……？」

もしかすると、昨夜の一件より前に、エドが考えてくれていたのだろうか。それならこれから取り消されるかもしれないとびくびくしながら訊《き》くと、『いや、今朝だよ』と、マイアサ社員は答えた。

『うちの企画室に、日本支社の支社長が自分で電話をくれてさ。あとで聞いたら、鬼のエドワード公ってあだ名で有名らしいね。知ってる？　いやー、俺は英語ができないから慌てたよ』

あはは、と笑う社員相手に、礼はもう思考が停止し「そうですか、それは、すごいですね」と当たり障りないことを言って、電話を切った。

切ってから数秒間は、わけが分からず固まってたのに、助けてくれるなんて）

（……どういうこと？　失望したって言ってたのに、助けてくれるなんて）

電話やパソコンのアドレスには、メールは来ていない。個人的な繋《つな》がりをぬきにすれば、エドは大企業の日本支社長で、礼は一展覧会の裏方に過ぎないのだから、もう会わない、と言った直後に、個人的に礼を伝えるのも気がひける。かといって、知人なのになにも言わないのも不自然だ。

（いつもならすぐ、お礼を入れるところだけど……でも……）

礼は悩んでしまった。一時間、二時間と時が過ぎ、トイレで一人になったところで鏡に映る自分の顔へ問いかけた。もし相手がジョナスやオーランドなら、自分はどう行動しただろう？

「よし」

心を決めると、オフィスに戻り、会社の電話からエドのいるグラームズ社の日本支社へかけた。ただ、番号はホームページにも記載されている、代表番号にあてる。とりあえず、総務部にでも礼を伝えられたらそれでいいと思ったのだ。

しかし電話をとった受付嬢は、礼が用件を言うと『秘書課へおつなぎいたします』と電話を回してくれた。礼は少し緊張したが、秘書くらいに礼を言うのが、たしかに妥当だろうと思う。ところが、

『はい。こちらはエドワード・グラームズ……』

と、低い声で電話に出たのは、エド本人だった。その特徴的なパブリックスクール・イングリッシュで、すぐに分かる。

礼はぎくりとして慌てた。

「あ、あの……丸美《まるび》出版の、レイ・ナカハラです。御社に、個人的にお礼をお伝えしたくお電話いたしました」

焦ったまま言うと、受話器の向こうで数秒の沈黙があった。それから『レイか。……ああ、協賛の件なら、気にしなくていい』と答えが返る。やはり出資の件はエドの意志あってのことなのだと思うと、昨日の今日でどうして、という思いが湧いてしまった。

上手く言葉が出て来ずに惑っていると、

『昨日は――悪かったな』

と謝られて、礼は思わず息を止めた。

「……いえ、あの、こちらこそ」

しかし具体的には、なにを謝ればいいか分からず、あやふやに言ったきり黙ってしまう。するると電話の向こうで、エドがため息をつくのが聞こえた。

『俺は……お前の仕事を邪魔したいわけじゃないんだ。楽しいのなら、できるだけ長く続けてほしいと思ってる』

なのについ、とエドは続け、やがて口ごもり、『いや、言い訳か』と独り言のように呟《つぶや》いた。

『……結局俺は、嫉妬《しっと》してるんだ。俺の知らないお前の八年間、すべてに』

心が狭い、とエドは言う。

『俺がいなくてもお前が幸せなことは……もう、分かっていたつもりなのにな』

「エド……？」

礼は思わず、声を出した。一体、エドはなんの話をしているのだろう。けれどエドはなにも答えてはくれず、『もう切る』と一言伝えてきた。引き留める権利などなく、電話はあっさりと切れてしまった。礼はしばらく、受話器を耳にあてたまま、不通音を聞いていた。

モヤモヤとした気持ちのまま、電話を置く。

（エドがいなくて幸せとは……僕、言ってないでしょう？）

思ったからといって、伝えることもできない。

ため息をついたそのとき、礼の携帯電話が鳴った。

エドだろうか、と緊張して電話を見た礼は、そこに表示されている名前を見て、「えっ」と声をあげていた。画面には、しばらく連絡をとっていなかった友人の名前があったのだ。


その晩仕事をあがった礼は、少し約束の時間に遅れそうだったので、タクシーを飛ばして待ち合わせのホテルに着いた。

そこは外国人も多く泊まるアッパークラスの高級ホテルの一つで、最上階にあるトップバーは広々としており、フロアの中央でピアノ演奏が行われている。照明は落ちていて暗く、その分、大きくとられたガラス窓からは都会の夜景がきらめいて見えた。

「レイ」

待ち合わせのカウンターで、手を振ったのはギルバート・クレイス。一時は従兄弟《いとこ》だった、ギルだ。メールや電話ではたまに連絡を取り合っていたし、ギルが大学生のころには何度か日本まで来てくれたこともある。けれど互いに忙しく、しばらく電話もしていなかった。

久しぶりに会うギルは、エドと同じくらい逞《たくま》しくなった体に、ブリティッシュスタイルの洗練されたスーツを着ている。顔立ちは前よりスマートになったものの、昔より性格が丸くなったせいか、整った顔は前よりもっと甘やかになっている。

「ギル、元気だった？」

思わず駆け寄ると、ギルは笑い礼の手をとった。「待った？」「少しね」と軽く会話をしながらカウンター席に並んで着く。人気《ひとけ》は少なく、あたりは静かだ。

お互いの近況は大体知っている。注文を済ませて話を始めると、すぐに学生のころに戻ったようになる。とはいえ話の内容は、どうしても仕事のことになった。

「ギルは今回、出張？　いつ帰国するの？」

「まあそう長居はしないね。一、二週間で目処《めど》がつけばと思ってるけどな……」

ギルは今、グラームズ社のイギリス本社で働いている。高校時代はエドのあとを追うように寮代表《ヘッドボーイ》を務め、ケンブリッジに入学したので、エリートコースを順当に歩んできたわけだ。けれど社会に出るとそうもいかないらしい。一族出身なので若くしてマネージャーのポジションにいるが、恐慌状態のイギリスではストレスばかりで仕事は厳しいという。

「貴族でも、働かざるもの食うべからずさ。一夜にして大企業が倒産するんだから。破産した貴族もザラにいる。俺の母親なんかは、まだその現実を分かってないけどね」

肩を竦《すく》めて笑い、度の強いウィスキーを味わうギルは、リーストンにいたころに比べると、ずいぶんと大人になった。

礼のことを混血児と罵《ののし》っていたことなど、もはや遠い過去のことで、会社に入ってみると、教養ある庶民のほうが、貴族よりも社員として使えることがある、と考えを変えたようだ。

「本当のところ俺たち貴族は、実は汗水垂らして働く大勢の平民に支えられてきたわけだ」

数年前に一度だけ、「そういう考えのきっかけは、お前がくれた」と言われたことがある。

大学時代から、ギルは暇ができると、天涯孤独の礼を気にして、日本に泊まりに来てくれるのだ。

「それより、レイ、エドと会ったんだって？」

話題の切れ目でギルにふと訊かれ、礼はぎくりとした。

やはりその話題になるか、と思う。小さな声で「うん」と頷《うなず》くが、落ち込む顔を隠すこともできない。うつむく礼を見て、ギルは「昨日会社で、エドから聞いたんだよ」と続ける。

「あいつ、この前イギリスに帰ってきたときはやたら浮かれた様子だったんだ。でも今日はどっぷり落ち込んでたな」

「落ち込んでたの……？」

礼は少し驚き、思わず顔をあげた。

エドとギルは仕事仲間なせいもあり、わりと仲良くやっているらしい。お互い相手のことは罵りあっているが、理解しあってもいる。そんなふうに見える。そのギルが、エドが落ち込んでいる、というのだから、本当に落ち込んでいるのだろうと思う。

（……それってまさか、僕のせい？）

展覧会への出資の件にしても、落ち込んでいるという情報にしても、エドなりに礼を拒絶したことに、罪悪感があるのだろうか。エドの気持ちが分からず黙り込んでいると、

「なあ、なにがあったんだ？」

ギルがずいっと身を乗り出して訊いてくる。その眼は好奇心に満ち、なにがあったか半分見透かしているような、賢《さか》しげな光をたたえている。

隠したところで意味がない気がして、礼はため息をつくと、たどたどしく、再会から昨夜までのことを話した。

エドの気持ちが分かるのは、こうなるとギルだけに思える。少なくとも同じ貴族、同じ家柄で、ギルは誰よりエドの価値観を知っている。

「なるほどね……どうも話がややこしくなってるみたいだな」

聞き終えたギルはため息をつき、飲んでいたウィスキーのグラスを回した。中で氷が溶け、からからと音がする。

「どうりで落ち込んでるわけだ。エドのやつ、覚悟が足りないんじゃないか？」

呆《あき》れたようなギルに、礼は「覚悟って？」と首を傾《かし》げた。そんな礼に、ギルはちらっと意味ありげな視線を向けた。

「実はな――俺が日本に来たのは、エドを連れ戻すためなんだ。本国の役員たちがこぞって、

来年度からの社長にエドを据《す》えたがってる。そろそろチェックってところさ」

言いながら、ギルは片手でチェスのコマを置くような素振りをした。

なにしろエドの実績とは、百年に一度の逸材かと言わしめるほどだという。けれどエドがのらくらと帰国をかわすので、できれば首に縄をかけてでも、イギリスに連れて来い、そう言われてギルは訪日したらしい。

「……そうだったの？」

それなら本当に近いうちに、エドはイギリスに帰ってしまうだろう。もしかしたら、一ヶ月どころか一週間や二週間の話かもしれない。

（このまま……離れるしかないのか）

ショックを受けて肩を落とすと、ギルは「でも」と言葉を続けた。

「エドは社長になるにあたって、一つ条件を出してるんだよ。役員たちがそれを飲まない限りはならないとかなんとか」

「条件？」

「エドには連れ添いたい相手がいる。その人との仲を許してくれない限り、無理だってね」

――連れ添いたい相手。

礼は一瞬言葉をなくしてギルを見つめた。

「……だって、エドは婚約者がいたんじゃ」

「それなら先の世界同時不況のときに、話自体なくなったんだ。相手方の銀行が倒産したからな」

さらりと言われ、礼は眼を瞠《みは》った。つまり、エドには今婚約者はおらず、かわりに心から連れ添いたい相手が一人、いるということだ。その事実はだんだん、心に重たくなってくる。

（エドに、そんな相手がいたの……？　いつから……）

いや、いつからなんて、考えるだけ無意味だと礼は思った。礼がエドと別れてから、八年もあったのだ。その間礼だって恋愛の一つや二つあったのだから、あのエドにないわけがない。けれど問題は、その恋愛がリーストンにいたころのような体だけの関係ではなく、本気の愛だということだろう。

「まあ、その条件についてもすったもんだあってね。最終的に、サラの所有株をエドが取り戻せたら飲むってことで、話がついたわけだ。それもここ一年くらいの話」

「サラの株を……」

礼は不意に思い出した。そういえば再会した最初のころ、エドはサラの株について話をしていた。

「役員たちは穏便にすませたいのさ。サラは騙されやすいから、放っておくととんでもない火種になる。アメリカのファンドが、サラを焚《た》きつけようとしてるわけ。ＴＯＢなんてことになったら困るだろ。そんな体力、もううちにはないんだよ。まあそれも、エドがなんとかけりをつけてくれそうだ。何度かサラに会いに行ってたしな」

礼にはまるで雲の上の話だ。けれど礼と会っていたたかだか二週間の間にも、エドはそんな大金のからむ、血なまぐさいやりとりをしていたのかと思うと、びっくりした。そういった素振りはまるで見せなかった。けれど母親から財産を奪うのだから、相当なことだと思う。

(そんな話も、してくれないんだから……)

連れ添いたい相手がいるなんて話を、自分にするわけがないか、と思う。

(失望されるような人間、なんだもんな……)

勝手に落ち込んでいる自分が情けない。

うつむくと睫毛《まつげ》が震え、手に持っているグラスの中でカクテルが揺れる。と、礼の携帯が鳴った。見るとメールだった。海外の友人、ポールとスティーブンからそれぞれ同時に届いている。礼の手元を覗《のぞ》き込んだギルは、ため息をつくと「まったく、エドはなにやってるんだか」と呟いた。

「お前の鈍さも大概だけどな、レイ。つくづく心配になるよ。お前ときたら、昔無理矢理キスした男と、こんなホテルのバーで簡単に会うし、エドから聞いたら、また性懲《しょうこ》りもなく男を侍《はべ》らせてるらしいじゃないか」

「……はべらせ？　ポールやスティーブンのこと？　それともジョゼフ？」

礼はぎょっとした。嫌な言い方に、数秒遅れてムッとする。

「……みんなそんなふうに言うよ。自分でも、少しは自分が迂闊《うかつ》なこと、分かってるけど」

悲しくなって呟くと「お、やっと自覚ができたか？」と、ギルは楽しそうだった。

礼はカクテルグラスをぎゅっと握りしめ、「仕事の相手に言われたんだ」と、及川の言葉をギルに伝えた。

「そう見えてるんだね。……自分がいかにちっぽけで、力がないか思い知った気がする」

体や顔で男を魅了している。そう思われたり言われたりするということは、礼自身になんの力もなければ、努力も見えないということだろう。自分では必死に、真面目にやっているつもりだった。その熱意に応えて、多くの作家が頼ってくれていると思っていた。けれどそうでもないという話だろう。そんなふうに考えると、気持ちが沈んでいく。

「それはちょっと違うな、レイ」

けれど聞いていたギルは、しばらくしてそう言った。

「違うって？　どのへんが？」

振り返ると、ギルは思ったよりも真面目な顔で、うーんと考えている。

「お前がただ美人で英語が喋《しゃべ》れるだけの人間なら、そこまでの人望もないさ。ましてや嫉妬や羨望《せんぼう》なんて、起こるはずがない。つまりね、それだけお前が、魅力的で特別に見えるってことだよ」

ギルはおかしそうに眼を細め「そろそろ自分が、こっち側に来たことに気付いてきたろ？」

と言う。

「……こっち側……?」

なんのことかと眉根《まゆね》を寄せると、ギルはニヤリと笑って言った。

「持てる側のことだよ、レイ。ノブレス・オブリージュ。高貴さは義務を強制する。持たない者からのひがみややっかみも、あるいは愛や執着も、すべては持てる者の義務だ。パブリックスクールの恩恵は、お前にもあったってことさ。どうだい、少しはこっち側の気持ちが、想像つくようになったろう?」

ならありがたいね、とギルはしゃあしゃあとしている。

礼は眼を見開き、それからなにか言葉にならないショックが、背に走るのを感じた。

日本で暮らしていた幼いころ。礼は周りの子どもたちより、ずっと貧しかった。

イギリスに渡ってからも、いじめられ、蔑《さげす》まれた。礼はいつも、持たない者だった。

それが気がつくと、そうではなくなっていたというそのことに、突然雷で打たれたような、天地が動転するような、そんな驚愕《きょうがく》を受けた。貯蓄、語学力、パブリックスクールに通ったという経歴、グローバルな人脈……。

(……本当だ)

持ったら持ったで、どこにも誰にも、弱音は言えないだろ、とギルは楽しそうだ。

と、礼は思う。持っているもののためにどれだけ傷つけられても、そのことを嘆く場所はどこにもない――。その孤独さを、礼は初めてハッキリと感じた。長らく、なにも持ったことがない、人よりなにもかもが少なかった礼にとって、そんな感覚は未知のものだった。

（リーストンにいたのは、それだけ大きなことだったの……）

礼の人生の、ほとんどすべてがあの学校にいた三年間で決められた。

そんな真実が、ふと、頭の隅にちらつく。あるいはそれは、礼に限らずギルやエドも、同じなのかもしれないと。

「まあそれはそれとして、だ。俺はヘテロだけど、お前にはちょっとくらくらする。……会う前には毎回、多少むさ苦しくなってるかと思うのに、美少女が美人になっていくだけだからな。ジーザス、神よ、こいつは俺と同じ生き物か？　と叫びたくなるよ」

「……きみが僕の容姿を褒《ほ》めるなんて、雨が降りそう」

まだ半分、今まで考えたこともなかったギルの視点に驚きながら――それでも、どうにか平静を取り戻して疑いの眼を向けると、ギルは「これだよ。これだから、お前は鈍感なのさ」と呟いた。

「俺も悪かったよ、レイ。昔はひどく罵ったから。あれは母の受け売りだった。ところがリーストンにいる間、始終見てたらお前が可愛《かわい》いことに気づいた。それもとびきりさ。まるでコマドリみたいに、お前は愛らしい。男の自尊心を無意識にくすぐってる。気づいてないだろ？」

「……」

礼は呆気《あっけ》にとられてしまった。ギルは酔っ払って、正気をなくしたのだろうか？　と、思う。

「悪い噂《うわさ》ばかり聞こえたかもしれないけど、最後は東の蕾《つぼみ》なんて呼ばれてたろ。笑うと可愛い。花が咲いたみたいだと。暑苦しい男どもの集団の中で、お前だけがスミレみたいに可憐《かれん》で、色っぽかったからね」

「メイソンやミルトンがいたじゃない。ジョナスやオーリーだって」

「あいつらは大輪のバラさ。ジョナスがいいとこつるバラだ。ゴージャスもいいが、結局男はカルメンよりオフィーリアなんだよ。エドはもう神経を尖《とが》らせて、お前に誰も近寄らせないよう、ずっとイライラしてた。大事にしてる小さな花を、誰かに摘まれやしないかってね」

「ギル……変な冗談やめて」

　今はエドのことでも落ち込んでいるのに、なぜそんな軽口に付き合わねばならないのかと、礼は少し怒った声を出した。けれどギルは「冗談なものか」と肩を竦《すく》める。

「何度も言ったろ。大体、ジョナスやオーランドがなんでお前を気に入ってると思う？　みんなお前が可愛いんだ。お前に笑顔を向けられて、ありがとうなんて言われると蕩《とろ》けるよ。自意識過剰で繊細《せんさい》な芸術家なら、尚更だろうな。なにしろお前は、こっちがなにを話してもじっと聞いてくれて、マリア様みたいに微笑《ほほえ》んでくれる」

「……そうする人間は、他にもいるよ」

「修道院にならな、レイ。この罪深き大地で、お前ほど自分より他人に興味のあるやつは珍しい。お前は自分のことは最小限しか理解してないのに、眼の前の相手のことはやたらと知ろうとする。自分の話を楽しそうに聞く、可愛いスミレ……くらっと来ない男がいるか？」

「……ギルは本当によく、人を観察してるね」

思わず感心すると、ギルは小さく笑った。

「それだよ、レイ。今俺は、お前の話をしてるのに、お前は俺のことを考えてる」

思わず礼が黙ると、ギルはグラスを回しながら呟いた。

「レイ・ナカハラを抱いてみたい……男なら多少は考える。楚々《そそ》としたきみが、夜にどんな乱れ方をするか、知ってみたい……大勢からそう思われてるんだ。そりゃ嫉妬もされるよ」

「……僕をからかってる？」

「まさか。可愛いコマドリちゃん。だからもう少し、エドの気持ちを考えたらって話」

やれやれ、と言うようにギルは両手をあげ、首を横に振った。

（……エドの気持ちを？）

「少しだけ、エドに同情するよ」

ギルは言い、ため息をつく。礼が眼をしばたたくと、ギルは「エドはお前を傷つけるのが、なにより怖いんだよ」とつけ足した。

「愛しすぎると臆病になるかもしれない……持てる者の側になったところで、もう少し理解できるんじゃないかい？　今のエドは、八年前より分かりにくいかな？　そんなことはないと思うけどね」

礼はドキリとし、ギルを見つめた。

（僕は……エドのことを、あまり考えてなかった？）

エドに会えたことに混乱し、エドの気持ちを、エドのしてくれたことから見つけようとするのを、忘れていたかもしれない。これでは昔と変わらないと思う。

エドがしてくれたこと。それは毎日メールをくれ、ラウンジで礼の話を聞いてくれたこと。どんなに忙しくても会いに来てくれ、礼が好きそうな画集を選んで買ってきてくれた。リオンヌのことだって、心配してひそかに手を回し、助けてくれた。ちゃんと仕事をしろと、励ましてもくれた……。それでも礼に失望したと言ったのは、どうしてなのか――。

考えていたそのとき、ギルが、

「正直ね」

と声を潜め、カウンターに置いていた礼の手を握ってきた。不意の行動に、心臓がドキッと跳ねる。

「今も抱いてみたいよ。……レイ」

じっと顔を覗き込まれると、体が動かせない。

「どう？　俺じゃ、物足りない？　……部屋はすぐとれるよ、レイ」

熱っぽい瞳で、ギルが微笑む。ギルも美形だ。そんな仕草には、壮絶な色気がある。ぐいっと身を乗り出され、体を硬くしたときだった。ガタン、と隣の席が乱暴に引かれ、礼の腕が誰かに摑《つか》まれた。ハッとなった礼の耳に、低い声がした。

「……ギル、貴様」

礼は眼を見開き、振り向いた。ギルはニヤニヤと嗤《わら》っている。

そこには顔を真っ赤にし、怒りに震えているエドが立っていた──。


「どういうことだ⁉　商談があるから直帰すると言ってたのに、なぜレイと会ってる⁉」

高級ホテルのトップバー。

静かなその空間で、エドはあたりを憚《はばか》ることなく怒鳴り散らした。

いつもは身綺麗《みぎれい》にしているエドの出で立ちは、いつぞやの出張帰りよりもひどいものだった。走ってきたのか、上着も着ていない。シャツにベストは着ているが、ネクタイは緩み、額に汗が浮かび、髪も乱れている。しかもやって来るなりギルに怒鳴っているのだ。英語なので、日本人客には意味が分からないのだけが救いだろうが、とにかく礼は驚き、おろおろしていた。

「あれっ、言わなかった？　さっき秘書にメールは入れたけど」

詰め寄られても、ギルはしれっとしている。

「俺が気づくのが遅くなってたら、どうするつもりだった！」

「だけどべつに、報告する義務があるかい？　レイとエドって今じゃ兄弟ですらないし、恋人でもない。それに、距離を置くんじゃなかったの？　レイから聞いたけど」

笑いながら突き放すギルに、エドは一瞬言葉に詰まったようだ。けれど礼にも、エドがなにを怒っているのか、いまいち分からない。戸惑い、困り、そしてもう会わないだろうと思い込んでいたエドと顔を合わせてしまって、どうすればいいか迷ってしまう。

「問題はそこじゃない。部屋をとるとか言ってたな。性懲りもなく、まだレイを諦《あきら》めてなかったのか？」

「そりゃ、一回くらい寝てみたいとは、ずっと思ってるさ」

あっけらかんと言うギルに、礼もぎょっとしたが、エドは青ざめ、拳《こぶし》をぶるぶると震わせていた。とうとう我慢が切れたのか、その拳で、ドン、とカウンターを叩《たた》く。

「一回……一回くらいだと？　ふざけるなよ。前にも言っただろうっ？　この子は、この子はな……天涯孤独なんだ……傷つけられても、逃げ場がないのを、分かってるのか！」

――この子は、天涯孤独。

その言葉が、礼の耳に残る。眼を瞠ってエドを見つめると、エドは口を滑らせたように、ハッと口をつぐむ。ギルが反論をしなかったので、あたりは静かになっていた。

カウンターの奥からウェイターがやって来て「あの、お客様」と英語で話しかけてきた。困り顔のウェイターを見て、礼はハッとした。

「あの、すみません。お店を出ますね、お会計は……」

焦って財布を出すと、深々とため息をつきながら、ギルが片手をあげて礼の行動を制した。

「いいよ、俺のカードで済ますから。二人はどうぞ行って。俺はもう少し飲んでいく」

しっし、と手で犬を払うようにする。ギルはすっかり呆れたような、興ざめしたような顔だ。

「――エド。その逃げ場にきみがなれる自信がついたから、日本に来たんじゃないのかい？……そろそろ決着をつけてくれよ。ここまできて距離をとるなんて、馬鹿げてる。俺も役員にせっつかれて困ってるんだ。きみを本国に戻さなきゃ、出世にひびく。レイみたいなのは、ほっとくとどんどん虫がつくんだ。……分かってるだろ？」

根回しの協力はしてやるからとギルが呟き、ウェイターに、もう一杯同じウィスキーを注文する。

エドは一瞬、すねた子どものような顔になった。

けれど次には、突然ギルの前に置かれたばかりのウィスキーグラスを摑み、一息に飲み干してしまった。度数五十以上の銘柄だ。礼は呆気にとられたが、エドは平気な顔でグラスを置き、「貸しにしとけ」とギルに言って、ポケットから黒いクレジットカードを一枚出し、カウンターを滑らせてギルに渡す。カードを持ち上げたギルは、嬉《うれ》しそうにニヤニヤした。

「いいね。ちょうど車が壊れたところだ。アストンマーティンでも買おうかな」

「好きにしろ」

イギリスの高級車名をあげるギルに、エドは素っ気なく言うと、礼の腕を摑んで引っ張った。その行動に驚き、おろおろとしたが、振り払うこともできない。

なにがなにやら分からずにギルを振り返る。ギルは微笑んで、礼を見ていた。眼を細めると、

「さよなら、レイ。……十六の思い出」と、言う。そうして小さく、

「……ちゃんと幸せになってくれよ」

と、付け加えた。

さよなら。

その言葉に、礼は眼を見開いた。それはいつも、ギルと礼の間で使うことの多い「See ya」という英語ではなかった。ギルは「Good-by」と、言ったのだ――。

日本なら、教科書のはじめに習う言葉だが、イギリスにいる間に聞いたことはほとんどなかった。それはもう二度と会わないだろう人への、永遠にさようならという意味が込められているからだ。けれどギルはすぐに明るく笑い、「See ya」と言い直した。

ふと胸に、淋しい気持ちが湧いてきた。

十六歳のギルのことは、もう知るよしもないけれど。

思い出の彼方にいる、少年のギルは、礼が思うよりは礼を愛してくれていたのかもしれない

……。そう、このとき初めて、礼は気づいたのだった。

十二

ホテルの下まで降りると、ハイヤーが一台停まっており、礼《れい》はそこに押し込まれた。後から乗り込んできたエドが、運転手に「家まで」と言い、車は夜の中を滑り出す。

見ると、エドの上着や鞄《かばん》が座席に残っている。どうやらホテルまで乗り付け、そのまま待機させていたらしい。

（さすがお金持ち……）

と、感心する。一方のエドはイライラとネクタイを解き、シャツのボタンを二つ外した。むっつりと押し黙り、なにも言わないが、顔を見ると今にも出てきそうな悪態を我慢している――そんなふうに見える。

（なんだか流れで会って……車に乗ってしまった。でもどうして？　僕に失望したはずなのに……）

不意に状況を理解していないことに気づき、礼は焦ったが、なにか訊こうにもそういう雰囲気ではない。

順当に考えると、ギルと会っていたことに、エドは怒っているようだが……。

結局互いに押し黙ったまま、気がつくとハイヤーは礼のオフィスからもほど近い高級マンションの駐車場に滑り込んでいた。

礼の手は、まだエドに握られたまま、ハイヤーを降りても、エドはなにも言わずに礼を引っ張り、ずんずんとマンションの中へ入っていった。エレベーターの最上階ボタンを押し、一気に高層階へと上がる。そうして礼は、フロアに一つしかない部屋の中へ引っ張り込まれた。

（わ……すごい家）

ついそう思う。

といっても、イギリスのグラームズ邸に比べれば大したことはないわけだが、それでも三十畳はあろうかというリビングに、ガラス張りの窓から見える夜景、キングサイズのベッドが置かれた寝室と、スイートルームのような豪勢な部屋だった。リビングには大きなワインセラーがあり、高級そうなワインがごろごろと入っている。

（ここは……エドの家？）

なぜエドは自分をここに連れてきたのだろう……。

そう思って言葉を探していると、不意にエドが礼の二の腕を摑み、ぐるっと反転させた。自然と、礼はエドに向き合う形になる。瞳を覗き込まれ、礼は息を止めた。

とうとう——最後の別れを告げられるのかもしれない。あるいは、昨日の言い争いの続き。

また は連れ添いたい相手の話――覚悟を決めた瞬間、

「……お前を抱く」

エドは切羽詰まった表情で、唸《うな》るように言った。

（……。……おまえをだく？）

英語は日本語のような曖昧《あいまい》表現は少ない。イギリスではそれでも遠回しに誘うものだ。けれど今エドが言ったのはハッキリしていた。

「I'd like to make love with you.」

それはセックスがしたい、という意味しかない。

「今から、俺はお前を抱く。もういい。もうこれ以上、待つのは無理だ。いいな？」

礼は呆気にとられて、エドを見返していた。

思考が追いつかず、ただ眼を丸くしていると、エドが焦《じ》れたような顔になった。

「いいと言え、レイ。もうこんな思いはたくさんだ。お前が俺以外の男と寝たら発狂する」

頼む、とそのとき、エドは続けた。搾《しぼ》り出すような声で、頭を垂れ、礼の額に額をこすりつけるほど近く寄せてくる。

「……いいと言ってくれ。じゃないと、俺はもう、冷静でいられる自信がない――」

「エド……？」

弱々しいその態度に、礼は眼を見開いた。エドは眼を伏せ、長い睫毛を震わせている。礼の二の腕を摑んでいるその手も、小刻みに揺れていた。なにかに怯《おび》えるようなその姿に、胸が痛む。エドは苦しそうに、くそ、と声を漏《も》らす。

「……俺はお前に、優しくしてる。お前を幸せにしたい——なのに、お前に愛される方法が、分からない」

俺がもっと、弱ければいいのか？

そう問われて、礼は混乱し、呆然《ぼうぜん》としていた。

（待って。……待って。エドは……エドは僕を、どう思ってるの？）

「だけど……ギルが、エドには一生連れ添いたい相手がいるって言ってたのに……」

喘《あえ》ぐように言うと、エドが眼をすがめる。

「そんなもの、お前に決まってるだろう。そのために八年も努力してきたんだ。……たしかに、よそ見をしたことはある……自分でも、覚悟がつかなかった。それでも、ケンブリッジは飛び級したし、お前のために必死に働いた。会うのも我慢して——なのにお前は……フラフラ他の相手と付き合ったり、あちこちで男を誘惑してる……」

「フ、フラフラ？　……ゆ、誘惑!?」

そんなことはしていない、と言う前に、エドが礼の声を遮《さえぎ》る。

「ロペスにコール、さらにリオンヌ。俺は耐えようとして、でも、できない！　できるか！　くそったれ！」

わなわなと体を震わせ、エドはとうとう怒鳴り声をあげた。礼はさっきまで弱っていたはずのエドから突然怒られ、うまく反応できなかった。

「お前に会いに、あの会社のサロンに行ったとき、どれだけ緊張したか――お前が俺を見て、顔を赤らめて恥じらっているのを見て、どれだけホッとしたか分かるか？　八年も離れてたんだ、もう過去の恋だと言われたらどうしようかと……俺はお前だけを愛してきた……俺は変わった。変われたと思ってたのに――」

エドが緊張していた？　礼はわけが分からず混乱してきた。

（エドが僕を……好き？　今も……？　愛してくれてる？）

待って。嘘。そんなこと。

頭の奥で声がする。礼は体が震えてくるのを感じた。心臓が激しく高鳴り、頰《ほお》に熱がのぼってくる。眼が潤み、鼻の奥がツンと痛む。

「変われた。変わったんだ。地位も権力も、財力も手に入れて、ジョージもサラも、もう俺を裁けない。誰にも文句を言わせないだけの力をつけた。お前を守ることもできる。……リーストンにいたころのように、もう、お前を縛りつけなくてもいい……優しくできる。そう思えたから会いに来た……」

なのに、とエドは呟き、緑の瞳を苦しそうに潤ませた。

「お前がリオンヌに優しくするのを見て、腹が立った。……手を握ったことも、あの言葉を言ったことも……分かってる。お前にとっては特別なことじゃないと。そして俺はお前を、縛りつけたいわけじゃない。仕事はしてほしいし、好きな友人とも会ってほしい。自由に、生き生きと、笑ってほしい……」

ただ、とエドはかすれた声で言う。

「ただ、幸せにしたい……。そう思ってる。思ってるのに、十八歳のころから、俺は変わってなかった。みっともなく嫉妬して……不安になってる。誰にでも優しいお前が好きなのに……そんなお前を縛りつけたい──。誰にも会うなと言いそうになる。体だけでもいいから、俺のものにして安心したいとさえ……。滑稽《こっけい》だ」

かすれた声で、エドは懺悔《ざんげ》するように言い、「だが、レイ……お前は……誰の弱さでも愛せるだろうが」と、続けた。

「俺の弱さを愛してくれるのは、お前だけなんだよ……」

エドは呻《うめ》くように言った。

刹那《せつな》、心の奥深くに押し込め、眠らせていた記憶が一気に弾けた。

イギリスの薄暗い空。リーストンの重苦しい建物。エドの愛は、届いているのと訊いてくれたのは、ジョナスだった。

突然なんの前触れもなく、見開いた眼から、涙がこぼれてくる──。

だって、と礼は喘いでいた。

「だって……エドが愛してるって言ってくれなかったから……」

　エドも泣きそうなのか、怒った顔の目尻《めじり》を赤らめている。瞳を不安そうに揺らし、エドが「言えなかった」と呟く。言えない、言えるわけがないだろうと。分かってくれ、と。弱々しく続ける。

「愛してる。愛してるよ、レイ。だけど……お前には分からないだろう。お前は、貴族じゃない。たった一言を言っただけで、一人の人間を殺したかもしれない俺の血の重みを、お前は知らない……」

　──ペディグリーが違う。

　出会ったころの、エドの声が聞こえてくる。だから愛し合えないと、礼は何度も思い知らされた。

　エドの大きな手が、礼の腕を撫《な》でる。エドは礼の額に額を寄せた。小さく「レイ」と呼ばれると、胸が震えるような気がした。

「十二年前……お前が俺を、愛すると言ってくれた。……俺は怖かった。俺がお前を愛し返したら、グラームズ家はお前を、ジョナスのように殺そうとするかもしれない。お前は一人ぼっちだ。頼れる家族もいない。お前を守るために、遠ざけなければと思いながら、俺は……心に空いた穴の中にお前が入ってくるのを、どうしても止められなくて」

　家族に愛されていないと、知っていたから、と、エドは呻く。

「幼いお前は、可愛かった。可愛がりたかったが、できなかった。……リーストンに来させてはいけない。俺はお前を愛してしまう。抱けば、もう手放せなくなる。卒業と同時に、お前を捨てなきゃならないのに。お前を傷つけて、ぼろぼろにして日本に帰すなんてできない。……俺は止めようとした」

それは、初めて語られるエドの本心だった。

十二年の時を経て、初めて知ったエドの本当の声だった。

泣き濡《ぬ》れた礼は眼を見開き、エドを見つめる。

「なのに、お前は俺のそばに来た。俺は必死で、お前から眼を背け、遠ざけた。他の相手を見つけて抱いた。そうやって憂さを晴らした……一方で、お前の世界が広がるのが嫌で、誰とも、関わらせたくなかった。お前が、俺以外愛するのを見たくなくて――」

エドはうつむき、ぎゅっと眼をつむると、懺悔するように囁《ささや》く。

「お前は、きっと俺以外を、愛せると知っていたから」

礼はその言葉に固まり、声もなく、ただエドを見つめた。エドの閉じた瞼《まぶた》がぴくぴくと震えている。

「お前の愛が広いことを……俺は知っていた。だから、誰かに奪われるくらいならいっそ……最初だけでも、俺がお前を奪いたくて……とうとう……抱いてしまった」

今も同じだ、と、エドは苦しそうに呻いた。

「今も同じように、俺は苦しい……お前を愛して、苦しい──」

礼は動けなかった。口もきけない。

そんなことがあるのだろうか？　エドが礼をそこまで、愛していたなんて？

（ううん、愛してくれてるとは、思ってた……）

けれどそれはただ、礼がエドを愛していたから、その愛に対する同情がほとんどだろうと思い込んでいた。

（エドの苦しみを、僕はまるで知らなかった……）

体が震え、胸が押しつぶされたように痛い。

うっすらと眼を開けたエドの睫毛に、涙がかかっている。美しい瞳に涙が映り、きらめいている。まるでクリスマスのヤドリギだ。淡い緑の葉の中に、真珠の粒が光っているような……。

「──エド……ごめんね」

無意識に、そう言っていた。エドが苦しそうに眼を細める。礼の眼に、新たな涙が浮かんでくる。

「気づかなくてごめんね。ごめんね。……たった一言、言ってくれてたら……」

もし一言だけ、待っていてほしいと言われたなら、礼は待っていたのに。

エドの愛を信じて、いくらでも耐えられたのに。

そうすれば八年も、離れずにすんだかもしれない。一緒にいた五年間も、あれほど苦しまなくてすんだかもしれないのに――。

そう思って、けれどすぐ、いや、そうではないのだと礼は思い直す。

愛されていないと思いながら、エドを愛してよかったのだ。

愛が届かないことを憂い、思い悩んでよかったのだ。

いじめに怯《おび》えながら、プレップスクールでエドだけを想って過ごしてよかったし、リーストンに入学し、エドを傷つけ、そして礼も傷つけられて、それでよかった。

誤解やすれ違い、孤独や苦悩、怒り、あらゆる苦しみの中で、エドとぶつかり、すれ違ったけれど、それでもよかった。

そうしたすべてのことが、礼を一つの答えに導いてくれた。

エドは礼を愛してくれている。礼の愛は届く。それと同じように、エドの愛も礼に届く……。

誰かを愛すること、そして誰かの愛を知ること、それだけがこの世界でかけがえなく、幸せなことだと。

エドの睫毛にかかっていた涙が、礼の胸に落ちてくる。とたん、そこからほのかな熱が、全身へ広がっていくようだった。

温かなもので満たされ、礼は微笑んだ。そうして今、たった今、エドの愛はすべて礼に届いた気がした。

――世界は広く、けれど礼の心はもっと広い。

（僕の心が、ようやくエドを受け入れられるくらい、大きくなれそう……？）

エドの抱える血の重み、背負う悲しみや苦しみも包めるよう、礼の心は、エドに追いつこうとしているのかもしれない。

礼は泣きながら、背伸びして、エドの鼻の頭にキスをした。その大きな手をとり、指の一本一本にも、キスをした。愛してるよ、と言った。

「どんなにたくさんを愛しても、僕の王さまはきみだけ……本当だよ。信じて。きみの不安を消すために、できることはなんでもする。でも、今は信じてとしか、言えることがない――」

愛は切ない。人を愛するとは、なんと悲しいものかと、ふと思ってしまう。

心をとりだして見せることはできない。互いの愛を信じるという、そのことしか、愛にはよすがない――。この途方もない切なさはなんだろう。そうしてこの悲しみだけは、持てる者も持てない者も、貴族も庶民も、どんな血の人間であっても同じなのだろう。

伸ばした両手で、礼はエドの頬を優しく包んだ。母親のような気持ちで、その愛しい顔を撫でる。

「……きみを愛してる。愛してるよ。八年間、変わらずにずっと……きみだけ愛してた」

許して、と礼は囁いた。

「きみ以外にも、好きな人がたくさんいる。それを許して。だけど、信じて。抱かれたいと思うほど愛してるのは……エドだけだよ――」

またたいた睫毛の間から、涙がぽろっと落ちていく。エドの眼にも、じわじわと涙が浮かび上がってくる。レイ、と苦しげに呼んで、エドは胸の内を吐露した。

「──ケンブリッジに進んで、お前を失ってからすぐ、気がついた。お前がいなきゃ生きていけない。俺はお前以外、愛せないことを……」

別れたことを後悔したよと、エドが言う。

「それからずっと、考えていた。どうやって俺とお前の血の差を埋めようと。……お前を守れないなら、俺は迎えに行けない。がむしゃらに働くしかないと気づいて、八年かかった。ようやく、血なんて関係ないと、言えるだけの力がついた……」

エドは不意に礼の手に手を重ねた。じっと礼の瞳を覗き込み、エドは静かに囁いた。

「Please give me the key for your heart……」

──心の鍵《かぎ》をください。

それは遠回しな、求愛の言葉だ。心の中に、ずっといさせてほしい。ずっと一緒にいようという意味だ。これから先の人生を、一生。礼の眼から涙が噴きこぼれた。

「イエス、です。エド」

震える声で返事をする。その答えしかない。

「……きみの心の鍵も、僕にくれる？」

エドが一瞬、大きく震えるのが分かった。

「もうとっくに、お前が持ってる——」

エドに強く抱き寄せられ、礼は身を任せた。強い腕が背中に回り、顎《あご》を持ち上げられる。エドの整った顔が近づいて、鼻の頭にその気息が触れた。そして、そのまま唇を奪われる。

すると甘やかな陶酔が礼を包み、体が溶けそうになった。

あれほどあった不安も猜疑心《さいぎしん》も、なにもかもが甘くかき消えていく。

——エドは礼を愛している。このうえもなく、礼の愛と同じか、それ以上の強さで。

ただこの一つを信じれば、エドのどんな傲慢《ごうまん》さも、横暴さも、それは不器用な愛情表現に変わる気がした。エドの眼からこぼれた涙が礼の涙と混ざり、やがて溶け合って、蒸発していった。


寝室に連れて行かれた礼は、大きなベッドに組み敷かれ、啄《ついば》むようなキスをされていた。一度唇が離れると、礼はなんだか気恥ずかしくなって、頬を染めて眼を潤ませた。

「な、なんか……改まると、恥ずかしいね」

エドと抱き合うのは初めてではないが、愛されていると知って抱かれるのは初めてだし、なにより八年ぶりだ。

「俺は興奮してる。……ずっとお前を抱きたかった」

そう言って、エドは礼の太ももに、硬いものを押しつけてくる。それは既に大きく昂《たか》ぶっており、礼はいっそう顔を赤くした。けれど嬉しい、と思う。エドが自分を見て、欲情してくれているのだ――。

「……エドはずっと、メイソンやミルトンやジョナスみたいな……きれいな人が好きだと思ってた」

礼のシャツのボタンを外しながら、エドは眼を細めて笑い、礼の額にキスした。

「まさか、自分がきれいじゃないと思ってるのか？」

礼は頬を染めてどぎまぎし、「でもきみは昔、僕は好みじゃないって言ったよ」と憎まれ口をきいてしまった。エドはそりゃ言うさ、と肩を竦めた。

「お前が可愛くて、見るたびキスしたくなるなんて……言えないだろう？」

冗談か本音か、そんなことを言って、エドは優しい仕草で唇を重ねる。

厚い舌にそっと唇を舐《な》められると、それだけで背に甘いものが走り、礼は口を開いていた。ゆっくりと入ってきたエドの舌が、礼の口腔内を愛撫《あいぶ》するように舐めていく。

（エドって……こうなんだなあ……）

ふと、思う。

言葉も態度も尊大な王さま。なのに、してくれることだけを見ると――優しい。愛の仕草も、このうえなく甘い。青い血という枷《かせ》がはずれて、その甘やかさは、以前にも増しているように感じられ、礼は口づけだけでぞくぞくと体が震えてくる。

「……ん、う」

いつの間にかシャツをはだけられ、肌着もパンツも下着も、すべて脱がされて、礼は生まれたままの姿でベッドに寝かされていた。

一瞬エドが動くのをやめ、礼の体をじっと見つめてくる。その視線に、礼は恥ずかしくなり、体を小さくした。羞恥《しゅうち》以上に、怖くもあった。

「……十六のころより、骨張ってるでしょう？　がっかりした？」

エドの記憶の中の自分が、どんな姿かは知らない。けれど八年も経っているのだ。ずいぶん違っているだろうと思うと、礼はこの期に及んで、エドが興ざめしないかと不安になった。

「いや……まさか。思い出の中でもお前は可愛かったが……実際見ると、それ以上に」

と、エドは呟き、礼の胸元を撫でて、乳首を摘んだ。ふにふにと刺激されて、礼はぴくぴくと体を揺らした。下半身の性器が、瞬く間に膨《ふく》らんでいくのが分かる。素直な反応が恥ずかしいけれど、体も心も、触れられて嬉しいと、叫んでいるようだった。

「あ、ん、ん……っ」

キスされながら、執拗《しつよう》に乳首を捏《こ》ねられ、引っ張られて、礼は喘ぐ。乳首はいつしか芯《しん》を持って硬くなり、こりこりとしてきた。

「エ、エド、そこ、ばっかり……いや……」

もどかしい快感がたまらず、真っ赤になって言うと、エドが息だけで笑い、礼の頬にキスする。

「昔も言ったろ？　ここで感じておけば、後ろも良くなる。そういう体にしてやるって」

そういえば、そう言われただろうか。礼が顔を赤らめていると、エドは礼の耳を甘噛《あまが》みした。

「……もう一度、俺専用のお前になってくれ」

甘く傲慢な声に心臓が跳ね、するとしばらく誰にも弄《いじ》られていない後ろが、きゅっと締まった気がした。なりたい。エド専用の自分になりたい――という、はしたない願望が湧く。

「今度こそ乳首だけでイケるくらい、いやらしくて感じやすい体にしてやるから、な？」

「あ……あ、んっ」

耳朶《みみたぶ》を甘噛みしながら、エドが礼の乳輪を、両方くにっと摘んで捏ねた。

「乳輪まで膨らんできたな……」

エドは乳首を弄くりながら、礼の耳の中へ舌を差し込んだ。甘い刺激がぞくぞくと体を走り、礼は「はあ……っ」と喘いで、背を反らせ、エドのシャツにしがみついた。

「けど今日は、俺も余裕がない……もう……馴らしていいか？」

エドは言い、乳首を弄っていた手を下へ滑らせると、秘奥を指でつついた。すると後孔はきゅっと締まる。真っ赤な顔でこくこくと頷くと、エドはヘッドボードの引き出しから、ピンクのローションを取り出した。礼はその淫靡《いんび》な道具にも、ドキドキと緊張し、同時に期待で、体の奥がうずくのを感じた。

「楽な体勢でしような」

囁いたエドに、礼はころんとうつぶせにされた。腰をとられ、足を開かされる。気がつくと、尻だけを高くあげた、恥ずかしい格好になっていた。

「……あ、エ、エド」

羞恥に体を震わせると、背中から覆い被《かぶ》さってきたエドが、「大丈夫。……前にもしたろ?」優しい声で言って、礼のうなじにキスをした。

「お前を抱けなかった八年間、何度も思い出してた。……俺に入れられて、感じてよがるお前のこと――ギルたちからお前に恋人ができたと聞くと……他の男にも、触らせたかと思って……嫉妬で狂いそうになった」

囁きながら、エドが礼の後孔にローションを垂らす。ゆっくり中に指が入ってきて、礼は震えた。

「……は、う」

痛くはないが、久しぶりなので違和感がある。潜らせた指を中でゆっくりと回し、エドが、

「きついな。……よかった。しばらくは、誰ともしてないいな」

と、囁いた。そうして、もう一本、入れてくる。

「し、してない、あ……っ」

さすがに少し痛みがあり、声をあげる。するとエドは指を動かすのをやめ、礼が呼吸を整えるのを待ってくれた。

「……何人に、触らせた？　一人？　二人？　五人……？」

執拗に訊かれ、礼は「そ、そんなの、言いたくない」と答えた。

「僕だって……エドだけ、愛してたから……誰とも長く、続かなかった……」

必死の思いでそう言う。するとエドはようやく満足して、微笑んだようだった。笑う息が礼のうなじにかかる。

「そうか。……なら、今日は八年分、お前を抱くからな」

瞬間、中の指がぬぷっと動かされた。

「あっ……」

エドが指を折り曲げ、礼の中を探り始める。空いた手で乳首を摘まれ、捏ねられると、礼の体の芯が、焼かれたようにじりじりと熱くなる。そして中の一点を擦《こす》られた瞬間、熱を持った芯に、じんと強く響いた。

「あっ、あっ、あ……っ」

「やっぱりここか……俺の指が覚えてる」

エドが独りごち、礼は恥ずかしくて、ぎゅっと眼をつむった。

八年前も、礼はエドに触られて、最初から呆気なく陥落した。今度もそうなりそうだった。

後孔の中の前立腺の場所を、エドは覚えてくれていた。恥ずかしいのに嬉しい。はしたないと思うのに、喜んでしまう。

そこを擦られると尻がふるふると揺れ、体には甘酸っぱい愉悦が走って、性器もむくむくと膨らむ。

「あ……っ、あ、ん」

エドはまだ乳首を弄っていて、中の前立腺と乳首が、ぴりぴりと甘い刺激で繋がったようになっていく。全身が、切なくうずいてたまらず、腰が動くのが恥ずかしかった。

「お前の体を、こんなに悦くしてやれるのは、俺しかいない。……そうだろ？」

ぎゅっと乳首を引っ張られ、礼は「あっ」と喘ぎながら、必死でこくこくと頷いた。

「エド……、う、うん、そう、あ、そう、だから……っ」

「……じゃあもう、他の男のことは忘れてくれるか？」

礼はとっくに忘れている。

誰とセックスをしても、エドとするときのように気持ち良くなれなかったのだ。そこまでは言わないが、執着しているのはエドのほうだ。けれどそれもエドの愛情表現かと思うと、嬉しいのだから、自分もたいがい、おかしいのだろう――。

やがて三本目の指が入り、ぬちゅ、ぬちゅ、と音がたつほど出し入れされた。

「きついのに、すぐほぐれるな。……前もそうだった。分かるか？　レイ。ほら、もうこんなに広がる……」

　エドが三本の指を中でめいっぱい開いても、礼の後孔は従順だ。

「あ、い、いや……エド……、あ、あん……」

　指で開いた場所に、エドが服を着たままで、硬くなった性器を押しつけ、刺激してきたので、礼はうずうずした。

「自分の蜜壺《みつつぼ》がどんな色か知ってるか……？　桃色で可愛い……ほら、俺のものをほしがって、ひくひく動いてる……いやらしくて健気だな」

「や、やあ……あ、ん」

「レイのいやらしい蜜で、俺のスーツが汚れてしまった……」

　喉《のど》の奥でエドが笑い、礼は真っ赤になった。後孔の入り口で、エドのスーツの生地が擦れ、もどかしい気持ちになる。

「可愛いレイ。……俺がレイにペニスを押しつけたから……お前は感じているのか？　それともレイは俺以外にも、こうなる？」

「や、あ、あん、ちがう、エド、エドにだけ……」

　恥ずかしくてたまらなかったが、礼は素直に答えた。本当に、エド以外にはこんなふうにならない。

　愛しているのはエドだけ。感じすぎてしまうのも、相手がエドだからだ。

そう知ってほしくて、礼は小ぶりの尻を回しながらエドの性器に押しつけた。そそり勃《た》った礼の性器からは、もうぼとぼとと先走りが垂れて、シーツがじっとり濡れている。ローションでたっぷり濡らされた後孔からも、つゆが落ちて、礼の下半身はとろとろだ。

「俺にだけ？」

まだ食い下がるエドの性器を、礼は後孔の入り口で、きゅうっと締め付けた。

「エドだけ……エドだけだよ。……お願い、もう言わせないで……」

不意にエドが、ふっと笑う。

「……悪い。嫉妬深いな、俺は」

そうして甘い声で囁くと、礼の尻にキスをする。それにさえ感じて、礼は「ひぁん……っ」と甘ったるい声をあげてしまう。

「じゃあ……お前の中に、入らせてくれ」

エドが呟き、手早くズボンの前を寛《くつろ》げる音がした。放置された礼の後孔は、期待にひくひくとうごめいている。心臓はドキドキと高鳴り、全身がうずく。

けれどエドがヘッドボードの引き出しからスキンを取り出したのを見て、礼はハッとした。すぐ後ろで、アルミ製のパッケージを破る音がし、礼はエドのしようとしていることを知った。

「エ、エド」

「ん？」

思わず名前を呼ぶと、エドはそっと訊いてくる。礼は迷いながら、次の言葉を言おうかどうしようか、ためらった。言うのは、恥ずかしい。恥ずかしくてたまらない。

たまらないけれど……。

エドがパッケージをくずかごに放ったのを見た瞬間、礼は思いきって言っていた。

「あのね……あの、エド、コンドームは、つけないで……」

とたんに、エドが手の動きを止めた。驚いたように息を吞《の》む、その気配が分かる。

これ以上赤くなりようがない白い肌を、さらに赤らめて、礼は必死に言葉を繋ぐ。

「八年前、してもらってたとき……僕は、エドが中に出してくれるのが、う、嬉しくて……」

自分の体で、エドが感じてくれる。達してくれる。そうして中に、エドの一部を残してくれる——そのことが嬉しかった。

「だから……今回も……あの、嫌じゃなかったら……中に、エドのが、ほしい……」

最初だけでいいから、と懇願する声は、もう小さくなって震えていた。あまりに淫乱だと、軽蔑《けいべつ》されたらどうしよう。

礼は真っ赤になって震えていたが、次の瞬間、「バカか」と、エドが呟いた。

「レイ……そんなふうに言われたら、俺は、理性が飛ぶぞ」

喘ぐように言われたと思った刹那、熱く太く、長い塊が、ぐっと礼の後ろに押しつけられた。

使用前のコンドームが、床に落ちる。

とたん、エドの杭《くい》が、生のまま礼の中を貫いていた。

「あっ、ああ……っ」

八年ぶりの、エドの性は灼熱《しゃくねつ》のようだった。肉を押しのけられ、礼は小さく悲鳴をあげた。

「あっ、あっ」

けれど数度揺すられると、中のいい場所にエドの杭が当たり、痛みが遠のいた。礼の性器の先端は、シーツにぐりぐりと押しつけられているし、エドが片手で乳首を弄ってくれる。

「あ、あん、あ、ん、ん」

体はすぐに、八年前の深い快感を思い出していた。シーツをぎゅっと握ると、礼は無意識に、エドが動きやすいよう、もっと高く腰をあげていた。

「さすがに、こっちを入れるとまだきついな……痛いか？」

エドが、苦しそうな声を出す。動きたいのを我慢している。そんな声だ。

「大丈夫……動いて、エド」

どんなふうにされてもいい。むしろめちゃくちゃにされたい。

なにをされても、エドへの気持ちは変わらない。

——エドは僕の王さま。……僕は、エドが優しくしてくれるから、好きになったんじゃない。

優しくされたいのではなく、優しくしたくて。

愛されるのではなく、愛したくて、礼はエドを愛した。

誇り高く尊大で、美しい王の外見の下に眠る、繊細で傷つきやすい心や、不器用な優しさ、虚勢を張ることに慣れた孤独と、愛を知らないと言い張る悲しみを愛した。

礼はずっとエドに、なにかしてあげたくてたまらなかった。はじめに愛そうと決めた、十二歳のときから。エドの弱さを、礼は愛したのだ。

知らず、後孔がきゅっと締まる。中に入っているエドのものが、ずくんと脈動した。それからエドは、「お前な」と喘ぐ。

「……優しくしてやろうと、思ってた、のに……っ、朝まで、抱き潰《つぶ》してしまうだろ――」

最後のほうは、エドの声はかすれていた。出し抜けに腰を掴まれ、礼は激しく突き上げられていた。

「あっ、あ……っ」

肌と肌がぶつかり、パン、と音がたつ。エドはもう止まれないようで、そのまま抽挿《ちゅうそう》を続ける。エドの先走りが中を濡らし、ローションと混ざり合って太ももを伝ってくる。

エドは礼の悦いところを、えぐるようにして突いてくる。背中に走る甘い快感。それは脳天にまで突き抜け、礼の体を蕩けさせた。

「あっ、あっ、あっ、あっ!」

触られてもいない前がパンパンになり、ぐっしょりと濡れたシーツにからみつく。不意に、昔のセックスではまずそこに触れなかったエドが、片手を伸ばして握りこんできた。

「や、あ、あ、エド……っ」

性器を擦られると、中と外の刺激で、頭がおかしくなりそうだった。強すぎる愉悦に内股が震え、眼からは涙が溢《あふ》れてくる。

「気持ちいいか？」

「あ、あん、う、うん……っ、いい、気持ち、いい……っ」

荒く息をしながら訊いてくるエドに、礼は素直に頷いた。喘ぎながらエド、エドは、と訊く。するとエドが舌打ちした。

「……いいに、決まってるだろ……っ」

エドの突き上げが激しくなり、礼の体は手足の先端が痺《しび》れるように感覚がなくなっていく。貫かれると体が空に浮き、抜かれるとそのまま墜落しそうになる。絶え間ない浮遊感が悦楽と一緒になって礼を犯し、体がぐずぐずに溶けてしまう。

「あ、ん、あ、あ、あ、あ、あー……っ」

そうして一際強く突かれた瞬間、性器の鈴口をぐっと押され、礼は体を震わせた。ぎゅうっと後孔が締まり、中でエドが達する。腹の中に温かな精がじんわりと広がり、その感覚に、礼もまた白濁を飛び散らせて果てていた。

「あ……、あっ、あ、あー……」

体が甘く痺れ、頭は朦朧《もうろう》としている。腹の中の、エドの精が嬉しい。

エドは礼の後ろから性器を抜くと、背中へ倒れ込んできた。ぎゅっと抱き締められ、こめかみに優しくキスをされる。頭を動かして振り向くと、夢かと疑うほど、エドは柔和な表情だった。見たことがないくらい優しく微笑み、エドが礼の髪を、そっと梳《す》いてくれる。

「……愛の証明を、させてくれるか？」

訊かれて、礼はドキドキしながら、小さく頷いた。エドが礼の左手をとる。そうして、礼の親指にキスを落とした。

「愛してる」

次は人差し指に。

「レイ、ずっと言いたかった」

中指にキスし、エドはじっと礼を見つめた。

「やっと愛せる。やっと……ちゃんと、お前を愛せる――」

嬉しい、とエドは囁き、薬指と小指にキスを落とし終えると、エドは礼の薬指を撫で、「ここに指輪をはめても？」と訊いた。

「……持ってるの？」

そっと訊くと、「まだだが」とエドは言い、「今すぐ必要なら、マンションの外で、クローバーでも摘んでくる」と続けた。

「俺は花を摘むのが得意な指なんだ。……ラベンダーは生憎《あいにく》なさそうだから、クローバーでいいなら……指輪を作って送ってやろう」

本当は世界一高級な指輪だって買えるだろうエドのその冗談が、なんだかたまらなく可愛い。礼は小さく笑い、エドの首に腕を回した。うん、エド、と礼は囁いた。

「……それでいいよ。ううん、それがいい」

エドは礼の言葉に、まるで少年のように晴れやかに笑った。険の抜けた顔は、いつだったかグラームズ家にたくさん飾られていた、幼いエドの写真を思い出させた。屈託なく笑っていた、小さなエド。きっと、愛を信じていたころのエド——。

「エドは……神さまが僕にくださったものだね……」

そっと呟くと、そうだな、とエドは眼を細め、「レイも、俺が天からもらったものだ」と続ける。胸の中に抱かれると、体はぴったりとエドの肌にくっついて、そこから二人、溶けあっていく気がした。

血の違いも、国の違いも消えていく。

残るのは互いの温もりと、愛しているという気持ちだけだ。そうだ、きっと愛してさえいれば、いつか愛は、返ってくる。

母が遠い昔に言ってくれた言葉が、今はっきりと答えを示してくれた。

きっと自分はもう、オフィーリアがなにを思って死んだのかを考えなくなるだろうと、礼は思った。

彼女が最期に信じたもの。礼は答えを知ったのだ。

「お前、このマンションに引っ越して来い。俺がイギリスに帰ったら、しばらくは遠距離だろう？　仕事は続けてもいい。……だが、数年経ったら転職を考えてくれ。イギリスの美術館でも、出版社でもいい。面白い仕事になるはずだ。俺が紹介してもいい――」

礼の頬にキスしながら、エドが言う。

「……そんな先のこと、今考えてるの？」

驚いて訊くと、エドは「当たり前だろう」と眉間《みけん》に皺《しわ》を寄せた。

「一生一緒にいるんだから、ずっと遠距離は辛《つら》いだろう？　第一俺が耐えられない。……俺は嫉妬深いからな。俺はお前を幸せにするが……お前も、俺を幸せにしてくれないと」

エドの顔が真剣で、礼は気持ちが明るく、優しくなっていくのを感じた。イギリスで今のような仕事につけるなら――それはそれで楽しいだろう。それまではこのマンションで暮らして、エドの来るのを待つのも悪くない。

「それから近いうちに、お前の母親のところへ、俺を連れて行け……」

挨拶《あいさつ》がしたい、とエドは言った。礼はエドのその気持ちが嬉しかった。まずは俺が社長になって、それからイギリスに家を買おう。それから……それから……。

これからの計画を楽しそうに話している、エドの声を聞いていると、礼はいつしか眠気に包まれ、エドの腕の中でとろとろとまどろみはじめた。

エドの弾んだ声音が少年のようで、可愛くて、礼は小さく笑っていた。きっとこれは始まりに過ぎず、これからも大変なことはたくさんあるだろう。頼れるのは互いの愛だけ――。けれどそれでも、今だけは幸せな、満ち足りた気持ちが胸の中をいっぱいにする。

……世界でたった一人の、僕の王さま。

礼はふと思う。

きみが幸せなら、僕は幸せ。

きみの檻《おり》を開ける鍵に、僕がなれるなら……。

――手に手をとって、どこまでも好きな場所へ行こう。

僕たちはもう、自由なんだね。

口にしたかどうかは分からない。

礼はただ、小さな子どもが親に抱かれたように安心して、もうなにも心配せず、深い眠りに落ちていった。

あとがき

こんにちは、樋口美沙緒《ひぐちみさお》です。今回は『檻《おり》の中の王』の続きなので、あまり初めましての方はいない気がするのですが、もし初めましての方がいらっしゃったら、初めまして。この続編を待っていてくださった方は、ありがとうございます。前の作品は読んでないという方は、『檻の中の王』のほうからお読みいただけると、嬉しいです。

さてパブリックスクールものの本作ですが、そもそも私が最初に読んだパブリックスクールものとはなんぞ？　と考えてみたのですが、あまりに昔のことで記憶が曖昧《あいまい》でした。少なくとも小学生時代には、『寄宿学校』を知っていて、外国の子どもたちはみんな寄宿舎に入るのだと、漫然と思っていました。もしかしたら、昔アニメでやっていた小公女セーラが、初めて出会ったパブリックスクール（ぽいもの）だったかも……。古い少年愛のマンガなどでも、よく出てきましたよね。

このお話は礼の物語でありながら、結局は、エドの物語だったのかなという気がしています。私には想像するしかできない貴族社会で生きているエド。彼には幸せになってもらいたいなあと思います。そして礼。本当は、日本に戻ってきてからの八年、どれだけ孤独だったろうかと思います。十二歳の礼を置いていくとき、お母さんはとても心配しただろうなあ……。書ききれませんでしたが、きっとファブリスにも想いがいろいろとあったことでしょう。しばらくは遠距離恋愛の礼とエドですが、仲良くやっておくれ、と母のような気持ちで願ってます。

今回もイラストを担当してくださったｙｏｃｏ様。原作のつたなさを補い、まるで絵画のような表紙、挿絵を描いてくださって、絵を見るだけでうっとりします。物語のある絵、と前回も書きましたが、今回も、想像力を掻き立てる素晴らしいイラストで作品に力を貸してくださり、ありがとうございました！

そしていつも一読者として、まずは率直な感想を伝えてくださる担当様。面白いと言っていただけると、ホッとしますし、勇気が出ます！　もうちょっと頑張ってみたい、とわがままを言っても、作品に求めるものがいつも一緒なので、どんなに時間がないなかでも、やってみましょうと後押ししてくださるのが頼もしく、心から感謝しています。

そして私を助けてくれる大切な家族、友人。ありがとう。支えられてます。

読んでくださった皆様にも、感謝いたします。よかったら是非、ご感想などお寄せください。ほぼ一年を費やして書いたこともあり、書いてよかったかな？　というのはいつも、答えが出ないまま、読者の皆様に楽しんでいただけるかどうかで決めているところがあります。なので、次作につなげていくためにも、よかったら是非、お声を聞かせていただけると嬉しいです。

やっぱり読んで楽しんでもらえてなんぼ！　と、思っているので。

また次の本でお会いできれば幸いです。ありがとうございました！

樋口　美沙緒

この本を読んでのご意見、ご感想を編集部までお寄せください。

《あて先》〒105－8055　東京都港区芝大門2－2－1　徳間書店　キャラ編集部気付

「パブリックスクール―群れを出た小鳥―」係

■初出一覧
パブリックスクール―群れを出た小鳥―……書き下ろし

Chara

パブリックスクール―群れを出た小鳥―

……【キャラ文庫】

2015年11月30日　初刷

著者　樋口美沙緒

発行者　川田 修
発行所　株式会社徳間書店
〒105-8055　東京都港区芝大門2-2-1
電話　048-451-5960（販売部）
03-5403-4348（編集部）
振替　00140-0-44392

印刷・製本　図書印刷株式会社
カバー・口絵　近代美術株式会社
デザイン　百足屋ユウコ＋カナイアヤコ（ムシカゴグラフィクス）

ISBN978-4-19-900822-1

樋口美沙緒の本

好評発売中

【パブリックスクールー檻の中の王ー】

イラスト✦yoco

名門貴族の子弟が集う、全寮制パブリックスクール——その頂点に君臨する、全校憧れの監督生《プリフェクト》で寮代表《ヘッドボーイ》のエドワード。母を亡くし、父方の実家に引き取られた礼《れい》が密かに恋する自慢の義兄だ。気ままで尊大だけれど、幼い頃は可愛がってくれたエドは、礼の入学と同時に冷たく豹変‼「一切誰とも関わるな」と友人を作ることも許さずに⁉　厳格な伝統と階級に縛られた、身分違いの切ない片恋‼

樋口美沙緒の本

好評発売中

「予言者は眠らない」

イラスト✦夏乃あゆみ

見た夢が、そのまま現実に起きる予知夢——。幼い頃、父の事故死を見て以来、夢に怯える大学生の浩也《ひろや》。そんな浩也が密かに想いを寄せるのは、バイト先の同僚で、高校生の高取《たかとり》だ。年下なのに物怖じしない高取は、浩也にも容赦なく手厳しい。ところがある日、浩也は高取に「好きです」と告白されてしまった!! これはきっと、予知夢が引き寄せた願望のせい!? 浩也は高取の気持ちが信じられず!?

樋口美沙緒の本

好評発売中

「狗神の花嫁」

イラスト✦高星麻子

「命を助けてやる代わり、20歳になったら迎えに行く」――雪山で遭難した10歳の比呂《ひろ》にそう告げたのは、山を治める九尾の狼。絶対夢だと思っていたのに、10年後、現れた狗神《いぬがみ》は比呂を強引に拉致!! 神気が弱まり、人間の精気を喰って力を保つ狗神に、「貴様ごとき好きで伴侶にすると思うな」と無理やり抱かれてしまい!? 昼は美しい銀狼、夜は傲慢な捕食者の男に変貌する神との、恋の御伽草子♥

樋口美沙緒の本

好評発売中

「花嫁と神々の宴」

狗神の花嫁2

イラスト✦高星麻子

八百万の神々が集う、八年に一度の宴──。「伴侶の披露目をせよ」との命を受け、渋々出席することになった狗神《いぬがみ》。けれど、比呂《ひろ》は内心興味津々!! 狗神がかつて眷属の神狼たちを預けた、もう一人の狗神に会えるからだ。ところが、宴で出会ったその神・青月《あおつき》は、なんと祟り神に堕ちかけていた!? 髪も尻尾も毛先が黒く染まった静謐な美貌の神は、「おまえに会いたくて来た」となぜか比呂に執着して!?